Es geschah in Preußen 1840

Jan Eik

Verhängnis in der Dorotheenstadt

Von Gontards erster Fall

Criminalroman

Jaron Verlag

Jan Eik, geboren 1940 in Berlin als Helmut Eikermann, ist seit 1987 freiberuflicher Autor und Publizist. Er schrieb zahlreiche Kriminalromane und -erzählungen sowie Hör- und Fernsehspiele. Zu seinen Veröffentlichungen gehören u. a. »Der siebente Winter« (1989), »Der Geist des Hauses« (Ein Friedrichstadtpalastkrimi, 1998) und »Trügerische Feste« (2006). Im Jaron Verlag erschienen von ihm u. a. der Kriminalroman »Am Tag, als Walter Ulbricht starb« (2010, mit Horst Bosetzky), »Schaurige Geschichten aus Berlin« (2007) und »Der Berliner Jargon« (2009); für die Krimireihe »Es geschah in Berlin« verfasste er »Der Ehrenmord« (2007), »Nach Verdun« (2008, mit Horst Bosetzky), »Goldmacher« (2009) und »In der Falle« (2011).

Originalausgabe
1. Auflage 2011

www.jaron-verlag.de
Umschlaggestaltung: Bauer + Möhring, Berlin
Satz: Pinkuin Satz und Datentechnik, Berlin
Druck und Bindung: CPI – Clausen & Bosse, Leck

ISBN 978-3-89773-666-5

Eins

Am Mittag des 16. Oktober 1840 erschien der Major Christian Philipp von Gontard in der Wohnung des jungen Physikers Doktor Heidenreich, um nach den Gründen für dessen Abwesenheit bei der Huldigungsfeier für den neuen König an der Vereinigten Artillerie- und Ingenieurschule zu forschen, an der sie beide als Lehrkräfte für die künftigen preußischen Artillerie-Offiziere tätig waren.

Im Grunde handelte es sich nicht um eine Wohnung. Gebhardt Heidenreich bewohnte ein eher ärmliches Quartier, eine Stube im zweiten Obergeschoss im Hause des Cichorienfabrikanten August Knoppe in der Dorotheenstädtischen Mittelstraße, wohin der Major von Gontard bis dahin nur einmal vorgedrungen war.

Zu seiner Überraschung erblickte Gontard vor dem schmalbrüstigen Bau, dessen Haustür weit offen stand, eine mit einem ausgemergelten Pferd bespannte Chaise, die ihm nicht unbekannt war. Als er naher trat, drang aus den oberen Stockwerken dumpfes Stimmengewirr bis in den Durchgang zu ihm, von dem sich der klagende Tonfall einer Frau abhob.

Was mochte hier vorgefallen sein?

Höflich zog er den Klingelzug neben der Tür. Oben schien man das jämmerliche Scheppern nicht zu hören.

Er klopfte, kräftig diesmal, dann trat er in das Halbdunkel des Flurdurchgangs und begann entschlossen, die gewundene Treppe mit dem altertümlichen Geländer zu erklimmen. Im ersten Stockwerk, das, wie er wusste, erst seit kurzem wieder vermietet war, gestattete eine offene Tür den Blick in ein frisch gekalktes Zimmer, in dem Kisten und Kasten durcheinanderstanden. Seinen Ruf beantwortete niemand, doch plötzlich kam jemand die Treppe herab, ein – soweit von Gontard das im Halbdunkel erkennen konnte – bürgerlich gekleideter Mensch kaum mittlerer Statur, der sich an ihm vorbeidrängte und ihm dabei höflich zunickte, ohne ihn wirklich anzublicken. Gontard, der über ein gutes Personengedächtnis verfügte, kam der Mann bekannt vor. Außer dem hohen Zylinder trug er nichts in der Hand.

Im Obergeschoss war es still geworden. Hinter einer Tür weinten Kinder. Als Gontards Kopf die Höhe des oberen Fußbodens erreichte, gewahrte er in der engen Diele drei Personen, die schweigend seiner harrten. Die Frau erkannte er sofort als die Tochter des Hauses Knoppe, die ihn selber einmal diese Treppe hinaufgeleitet hatte. Ihr zur Seite stand ein hochgewachsener Mensch in einem dunklen Anzug und mit ebenso dunklem Haar, das bärtige Gesicht mit dem goldgefassten Kneifer zu der sichtlich von Unglück Betroffenen geneigt, dem uniformierten Gontard dabei einen wachsamen Blick entgegenschickend.

Der Dritte, der unübersehbar und in seiner ganzen Breite die Tür zu Heidenreichs Gemach versperrte, war der Criminal-Commissarius Waldemar Werpel, dem Gontard bereits mehrfach begegnet war. Eine von der ersten Minute an unausgesprochene gegenseitige Abneigung hatte bisher verhindert, dass Gontard ein Wort mit dem Mann gewechselt hätte, dessen Geschäfte ihn dennoch brennend interessierten.

Die Konstellation der drei – insbesondere Werpels Anwesenheit und die sichtliche Bestürzung der Demoiselle Albertine – ließ von Gontard Schlimmes befürchten. Erst einige Abende zuvor war ihm aufgefallen, wie sehr sie sich um Heidenreichs Wohlergehen bemühte, und der sprach stets in wohlwollendem Ton von ihr.

»Sie kommen zu spät«, verkündete sie mit heiserer Stimme und schlug die Hände vors Gesicht. »Er ist tot.«

Von Gontard, durchaus daran gewöhnt, Tatsachen als solche zu erfassen und hinzunehmen, gelang es diesmal nicht, seine Skepsis zu unterdrücken. »Heidenreich?«, fragte er ungläubig, als gäbe es in der hier angetroffenen Situation den geringsten Zweifel an der Identität eines möglichen Toten.

»Heidenreich!«, bestätigte der Commissarius denn auch in beinahe befriedigtem Tonfall. »Sind Sie mit ihm verwandt?«

»Ich bin sein Freund und Kollege. Major Christian Philipp von Gontard.«

Der Commissarius nickte hoheitsvoll. »Wer hat Sie von seinem Ableben verständigt?«

Gontard sah den Commissarius an, konnte jedoch dessen Gesichtszüge im Halbdunkel der Diele und gegen das schwache Licht aus Heidenreichs Stube nicht deutlich erkennen. Nur um sich nicht sofort mit ihm anzulegen, entschied er sich für eine Antwort auf die höchst überflüssige Frage. »Niemand. Ich bin gekommen, um nach ihm zu sehen. Was ist hier vorgefallen?«

»Das wird sich herausstellen!«, entgegnete der Commissarius förmlich. »Sie wussten also von seiner ... nennen wir es Unpässlichkeit.«

Statt einer Antwort trat Gontard auf die Amtsperson zu und vermochte nun immerhin, einen Blick über dessen Schulter in die Stube zu werfen, in der Heidenreichs halbbekleideter Körper verkrümmt auf dem zerwühlten Bett lag. Auf einem Stuhl und auf dem Boden verstreute Kleidungsstücke verrieten wenig Sinn für Ordnung, Papiere und Bücher stapelten sich auf dem Tisch unter dem Fenster, und gleichermaßen vollgestopft wirkte auch der restliche Raum.

»Hat man einen Arzt verständigt?«, erkundigte Gontard sich ungehalten.

Gemessen verbeugte sich daraufhin der schwarzgekleidete Bärtige und stellte sich vor: »Doktor Henricus Bächerle, wenn Herr Major gestatten. *Doctor medicinae* und seit jüngstem hierorts ansässig und demnächst praktizierend.«

Gontard verstand. »Sie wohnen hier im Hause?«

Bächerle verbeugte sich erneut, diesmal noch ein Stück tiefer. »Seit nunmehr drei Tagen.«

Die dunkle Haarpracht des Arztes wies eine schüttere Stelle auf, wie Gontard bemerkte. Seine sanfte Stimme klang angenehm und erinnerte an Heidenreichs singenden Tonfall.

»Er war gestern Abend noch kerngesund«, stellte Gontard fest, was nicht ganz dem Zustand entsprach, in dem er den Freund verlassen hatte. Aber ein paar Gläser Wein brachten einen unverwüstlichen Kerl wie Gebhardt Heidenreich nicht um! Hatte man ihn auf dem Heimweg überfallen und ausgeraubt?

Bächerle sah ihn durch seinen Kneifer mit mildem Blick

an. »Mit Verlaub, Herr Major«, sagte er verhalten, »er war ganz offensichtlich stark betrunken.«

»Sie haben also den gestrigen Abend mit ihm verbracht?«, mischte sich der Commissarius ein. »Ihren Freund möglicherweise sogar nach Hause begleitet?«

Nein, das hatte er nicht, und das war vermutlich ein nicht wiedergutzumachendes Versäumnis, wie Gontard sich augenblicklich eingestand. Dass Heidenreich tot da drinnen lag, versetzte ihm einen Schock. »Ich muss ihn sehen!« Ungestüm versuchte er, den Commissarius beiseitezudrängen, der noch immer den Zugang zu Heidenreichs Stube versperrte, als gelte es, deren düsteres Geheimnis für die Ewigkeit zu bewahren. »Hat er irgendwelche Verletzungen?«

Werpel wich nicht von der Stelle. »Erwarten Sie solche?«, fragte er bedeutungsvoll.

Gontard verlor die Geduld. »Ich erwarte vor allem, dass man mich die Leiche betrachten und in gebührender Achtung von einem teuren Freund Abschied nehmen lässt«, äußerte er in scharfem Ton.

Aus Albertine Knoppe brach es heraus: »Er sieht so furchtbar aus! Als hätte er sich schrecklich quälen müssen, der Arme.«

Gontard senkte seine Stimme. »Sie haben ihn gefunden?«, erkundigte er sich mitfühlend.

Sie nickte unter Tränen, und der Doktor Bächerle setzte zur Erläuterung, vielleicht auch zu ihrer Beruhigung hinzu: »Infolge einer Überdosis an Alkohol Verstorbene bieten selten einen erfreulichen Anblick ...«, worauf die Demoiselle in heftiges Schluchzen ausbrach.

Der Commissarius Werpel schien einzusehen, dass es nach dieser Erklärung nicht länger sinnvoll oder notwendig war, Gontard von der Leiche fernzuhalten, und gab endlich den Weg frei.

So leicht aber war Gontard nicht zu beruhigen. »Darf man fragen, weshalb Sie hierher gerufen wurden?«, wandte er sich an Werpel. »Um welche Art von Criminalvergehen handelt es sich Ihrer Meinung nach?«

»Das wird die Untersuchung ergeben«, antwortete der in steifem Amtston. »Die Criminal-Ordnung schreibt vor, dass der Körper eines Menschen, dessen Tod durch Gewalt, Zufall, Selbstmord oder eine bis dahin unbekannte Ursache bewirkt ist, niemals eigenmächtig beerdigt werden darf. Ein solcher Vorfall muss von demjenigen, der ihn entdeckt, sofort der Ortspolizeibehörde zur weiteren Veranlassung angezeigt werden.«

Unter Schluchzen brachte Albertine Knoppe wie zu ihrer Entschuldigung hervor: »Ich habe einen Jungen zum Herrn Commissarius gesandt. Der Herr Doktor Heidenreich hatte mir doch anvertraut, es bestünde eine sehr große Gefahr ...«

Von Gontard horchte auf. Auch ihn hatte Heidenreich am gestrigen Abend mit dunklen Andeutungen überrascht, auf die er betrüblicherweise wenig gegeben hatte. Gespannt fragte er: »Um welche Art von Gefahr sollte es sich dabei handeln?«

»Das eben kann oder will das Fräulein nicht näher ausführen!«, trompetete der Commissarius unzufrieden.

»Dem Trunke Verfallene neigen gelegentlich zu irrigen Annahmen oder leiden unter überspannten Trugbildern ...«, ergänzte Doktor Bächerle mit seiner sanften Stimme.

Gontard sah ihn an und schüttelte den Kopf. »Kannten Sie Doktor Heidenreich näher?«, fragte er.

Bächerles bärtigem Gesicht war keine Gefühlsregung abzulesen. »Nein«, entgegnete er höflich, »ich habe ihn lediglich mehrmals auf der Treppe gehört.«

Albertine hatte sich inzwischen gefasst. Gontard schien es, als wolle sie ihm etwas mitteilen, doch drängte Werpel nun plötzlich: »Wollen Sie Ihren Freund und Kollegen sehen oder nicht? Der Leichenwagen ist bereits angefordert. Wir warten nur noch die Ankunft des Hauseigentümers ab.«

Gontard war drauf und dran sich zu empören. Den toten Freund mit dem »Nasenquetscher« zum Koppe'schen Armenhaus zu befördern – etwas Widersinnigeres fiel einem empfindungslosen Menschen wie Werpel nicht ein! Jeder in der Residenz kannte das armselige Gefährt mit dem flachen Behältnis darauf, das die Selbstmörder, all die Unglücks- und Wasserleichen und die unter fragwürdigen Umständen irgendwo und irgendwie aus dem Leben Geschiedenen in das gerichtliche Obduktionshaus, das berüchtigte Türmchen in der Auguststraße expedierte.

Dem Commissarius schien die eilige Entscheidung angesichts Gontards Auftauchen und dessen Entrüstung wohl selbst nicht mehr ganz angemessen, weshalb er es für nötig befand, sie zu verteidigen: »Demoiselle haben uns versichert, dass hierorts keine Angehörigen des Verstorbenen ansässig sind.«

»Herr Doktor Heidenreich steht in Königlich Preußischen Militärdiensten!«, war alles, was Gontard darauf in aller Deutlichkeit zu erwidern wusste und damit dem Commissarius endgültig das Ausmaß der Fehlentscheidung klarmachte.

Was Werpel darauf erwiderte, überhörte Gontard. Er war an das Totenbett Gebhardt Heidenreichs getreten, ein schmales Matratzenlager nur, das der Dahingegangene in seinem Todeskampf anscheinend beschmutzt hatte.

Minutenlang stand Gontard stumm und starrte auf den Leichnam. Heidenreich trug ein nicht sehr reinliches Hemd, den Unterkörper verbarg eine Decke. Auf der tief eingebeulten Lagerstatt war der gekrümmte Leichnam mit ausgestreckten Unterarmen auf die Seite gerollt. Es sah aus, als hätte jemand vergeblich versucht, die Leiche auf dem Rücken auszustrecken und deren Hände zu falten.

Von Gontard, obwohl seit frühester Jugend Soldat, hatte nie an einer Schlacht teilgenommen, ja in seinem Leben überhaupt nur wenige Leichen gesehen. Diese hier erschien ihm besonders entsetzlich.

Trotz des ekelhaften Geruchs, der von dem Erbrochenen auf dem Kissen ausging, beugte er die Knie, um dem Toten in das verzerrte Gesicht unter dem wirren Blondhaar zu blicken. Erschüttert suchte er, die vertrauten Züge des Freundes zu entdecken, dessen erstarrte Arme sich ihm flehend entgegenreckten. Unter den nicht gänzlich geschlossenen Augenlidern schien Heidenreich ihn anzublinzeln, als sei alles nur ein böser Spaß.

»Haben Sie ihn gänzlich untersucht?«, fragte Gontard den Arzt, der hinter ihn getreten war. Der nickte gemessen, wies aber darauf hin, dass er noch nicht über die hiesige Approbation verfüge und demzufolge ein weiterer Kollege den Tod und die wahrscheinliche Ursache bescheinigen müsse.

»War das der Herr, dem ich auf der Treppe begegnet bin?«

Bächerle schüttelte den Kopf und blickte Werpel an. Der machte eine abwehrende Geste. »Dieser Herr hat mit dem vorliegenden Fall nicht das Geringste zu tun«, erklärte er so kategorisch, dass Gontard fragend die Augenbrauen hob. »Es handelt sich um einen Besucher des prinzlichen Vorreiters Spielvogel, der mit seiner Familie die Nebenstube bewohnt.« Werpel wies auf die Tür, hinter der noch immer ein Kind greinte. »Ich habe ihn bereits befragt.«

Wieder erschien es Gontard, als habe Albertine Werpels Aussage etwas hinzuzufügen, wage es jedoch angesichts dessen grimmiger Miene nicht.

Mit einem gewissen Unbehagen fasste Gontard seinen Eindruck zusammen: »Die ganze Angelegenheit erscheint mir reichlich mysteriös ...«

»Na eben!«, mischte sich Werpel sofort ein. »Deswegen muss die Leiche umgehend zur Obduktion gelangen!«

»Dafür werde ich Sorge tragen«, sagte Gontard entschieden. Ihm lag daran, dass sein Freund Friedrich Kußmaul den Toten begutachten würde. Möglicherweise würde man Heidenreichs Leichnam vor den Studenten und fremden Ärzten im anatomischen Theater sezieren, doch das erschien ihm allemal würdiger als das erniedrigende Türmchen. Schon lange kämpfte der Professor der Staatsarzneikunde Johann Ludwig Casper um eine der Residenz angemessene Morgue, wie London oder Paris sie besaßen. Der Bau eines solchen Leichenhauses war nunmehr auf dem Charitégelände vorgesehen.

Überraschenderweise stimmte Werpel Gontards Entschluss sofort zu. Der hatte ihn im Verdacht, mit dem Leichen-Commissarius in der nahen Friedrichstraße in Absprache zu stehen, der für das gesamte Beerdigungswesen der Hauptstadt zuständig war. Ein lukrativer Posten, wie jedermann sich vorstellen konnte.

Schweren Schrittes trat von Gontard aus der engen Stube. Albertine war schon halb die Treppe hinunter, doch er konnte sie noch aufhalten. »Wann haben Sie ihn gefunden?«, fragte er.

Sie starrte ihn an, aus furchtsamen Augen, wie ihm schien, und sagte leise: »Mir fiel nicht auf, dass er heute Morgen das Haus gar nicht verlassen hat ...«

Für Gontard war das keine ausreichende Auskunft. Er fragte noch einmal: »Aber wann haben Sie ihn gefunden?«

»Als ich seine Stube aufräumen wollte. Heute ist Freitag, da werden die Dielen gescheuert.«

»Als er gestern Abend nach Hause kam – ist Ihnen da etwas an ihm aufgefallen?«

Albertine blickte an ihm vorbei auf Werpel oder den Arzt, das vermochte Gontard nicht zu erkennen, und schüttelte den Kopf. »Er war wie immer ...«

»Und seine Tür war nicht verschlossen?«

Für Gontards Geschmack zögerte sie zu lange mit der Antwort. »Ich kann sie öffnen ...«, gab sie schließlich zögernd zu und wies ein an ihrem Schürzenband befestigtes Schlüsselbund vor.

Gontard sah ein, dass einer weiteren Befragung im Augenblick kaum Erfolg beschieden sein würde, zumal Geräusche aus dem Erdgeschoss auf die Ankunft der Eltern Knoppe hindeuteten.

»Was war das für eine große Gefahr, von der Doktor Heidenreich gesprochen hat?«

»Ich habe alles Notwendige protokolliert«, wandte Werpel sichtlich verärgert ein. »Von einer Gefahr hat sie mir gegenüber nur in sehr allgemeinen Worten gesprochen ...«

»Albertine!«, tönte eine ängstliche Frauenstimme mit sächsischem Tonfall von unten. Und noch einmal, dringlicher diesmal: »Albertine!«

Und bevor Gontard zu sagen vermochte, dass er unbedingt noch einmal mit ihr reden müsse, war sie schon die Treppe hinuntergeeilt.

»Sie entschuldigen mich wohl«, sagte nun auch Doktor Bächerle. Werpel gestattete es gnädig. Der Doktor verbeugte sich beinahe ehrerbietig auch vor Gontard. »Falls Sie noch Fragen haben bezüglich des Ablebens Ihres Freundes ...«, äußerte er in teilnahmsvollem Ton, »Sie treffen mich jederzeit hier an.«

Von Gontard nickte ihm zu. »Davon werde ich gewiss Gebrauch machen«, sagte er. Und sei es nur, um zu erfahren, um wen es sich bei dem geheimnisvollen Fremden auf der Treppe handelte, den Werpel so eilfertig aus der Angelegenheit herauszuhalten suchte.

Zwei

Seiner Dienststellung nach hatte Traugott Liborius es keineswegs nötig, sich oder sein Handeln zu verbergen. Er war ein beamteter Inspector des Königlichen Polizeipräsidiums am Molkenmarkt, den allerdings gute Gründe zwangen, seine Person und seine Tätigkeit vor jedermann geheim zu halten. Die Begegnung auf der Treppe des Knoppe'schen Hauses erschien ihm deshalb höchst fatal, hatte er bis dato doch jedes Zusammentreffen mit dem Major von Gontard geschickt vermieden. Dass Gontard als der engste Freund des hinreichend verdächtigen Unruhestifters Gebhardt Heidenreich gelten musste, war ihm selbstverständlich ebenso geläufig wie die Tatsache, dass die beiden gemeinsam und im Geheimen angebliche Studien betrieben, hinter deren Sinn und Zweck zu kommen man sich amtlicherseits bisher vergeblich bemüht hatte.

Liborius, mit dem Jahrhundert geboren und demzufolge just vierzig Jahre alt, hatte sich zeit seines Lebens nur mit einem einzigen, höchst bemerkenswerten Objekt befasst, dem Menschen, und war dabei mit allen Abgründen menschlicher Verworfenheit in Berührung gekommen. Obwohl er sich niemals weiter als bis Jüterbogk aus der preußischen Residenz entfernt hatte, kannte er die Welt und durchschaute sie bis ins Kleinste. Die Menschen waren überall gleich. Und gleich gefährlich. Um das herauszufinden, bedurfte es lediglich eigener Anschauung und nicht des Studiums dicker Bücher. Wäre ihm das Schreiben leichter gefallen, hätte er seine diesbezüglichen Erkenntnisse dennoch gerne weitergegeben – natürlich nur an vertrauenswürdige Personen, deren es nicht allzu viele gab. Die Ketzerei, wie man solche Rebellion in früheren Zeiten bezeichnet hatte, machte vor niemandem Halt, nicht einmal vor Militärs und den höheren Ständen. Handwerker taten sich zusammen, um gegen die gottgewollte Ordnung zu opponieren, Schulen und Universitäten entwickelten sich zu Brutstätten staatsgefährdender Ideen, vor denen weder Zeitungen noch Theater sicher waren. Von der sogenannten Wissenschaft ganz zu schweigen. Mehr als zwanzig Jahre Erfahrung und gründliche Beobachtung gestatteten es Liborius, Begriffe wie Physik und Philosophie, Elektrizität oder Pädagogik als fremdartige und höchst nutzlose Auswüchse menschlichen Geistes einzuschätzen, sämtlich von Männern ersonnen, denen es an Gottesfurcht und Königstreue mangelte.

So war er auf diesen Doktor Heidenreich gestoßen oder vielmehr gestoßen worden, denn Liborius tat in der Regel, was der Geheime Rath von Bewerstorff am Molkenmarkt von ihm verlangte, der wiederum seine Befehle aus höheren Sphären empfing, wohin der gemeine Untertanenverstand üblicherweise nicht reichte. Dessen ungeachtet war Liborius darin geübt, auf Zwischentöne zu lauschen, Andeutungen zu erkennen und Zusammenhänge zu deuten, wo solche insgeheim bestanden, wie beispielsweise zwischen dem auffälligen Interesse Heidenreichs am Stammbaum des Königshauses, einer gewissen weiblichen Bekanntschaft des Doktors und einem weiteren Lehrer an der Artillerieschule. Den, einen alten Krieger von rechtem Schrot und Korn, wusste Liborius leicht für seine Zwecke zu gewinnen, ohne etwas von den vermuteten Hintergründen preiszugeben. Die kannte er nicht wirklich. Dass sie ein Mitglied des Herrscherhauses betrafen, war jedoch mehr als eine Ahnung.

Um wen konnte es sich handeln? Prinzen und Prinzessinnen gab es im fruchtbaren Stammhaus Hohenzollern dutzendweise. Der hochselig dahingegangene König, dessen jüngster Bruder noch unter den Lebenden weilte, hatte neben dem Kronprinzen und Nachfolger drei weitere Söhne und vier Töchter hinterlassen, über die das eine oder andere harmlose Histörchen kursierte – mehr nicht. Wer von denen in eine wie auch immer geartete Verbindung zu diesem Heidenreich und dem Oberst-Lieutenant verwickelt sein mochte, blieb ein Rätsel.

Durch einen blanken Zufall und keineswegs ganz ohne eigene Überlegung war Traugott Liborius auf eine vielverheißende Spur gestoßen, nachdem der Geheime Rath von Bewerstorff in seiner Gegenwart Einblick in ein schmales Aktenstück mit der Aufschrift *P. A.* genommen und ihn anschließend aufgefordert hatte, alle Anstrengungen bezüglich Heidenreich zu vermehren. »Finden Sie alles heraus, was der Kerl treibt, was er denkt, mit wem er umgeht und so fort!«

P. A., hatte Liborius gedacht und sich das Hirn zermartert, wen die geheimnisvolle Akte wohl betreffen könnte. Bis ihm im Gespräch mit einem seiner niederen Vigilanten an der Artillerieschule wie von selbst die Erleuchtung kam. »Ich glaube, der Herr Oberst-Lieutenant verdankt seine Stellung hier im Hause vor allem der Einflussnahme Seiner Königlichen Hoheit, des Prinzen August«, hatte der Zuträger treuherzig geäußert, der dort selbst nur das Gnadenbrot kaute und für gewöhnlich nichts als Geschwätz an Liborius weitergab.

Prinz August! Dass er darauf nicht selber gekommen war! Der Prinz, eine immer noch eindrucksvolle Gestalt mit schlohweißem Haar und großem Charme, galt in Berlin beinahe als ein volkstümliches Original. Seit drei Jahrzehnten Chef der preußischen Artillerie und damit auch Kurator der Vereinigten Artillerie- und Ingenieurschule, die er begründet hatte, war er seiner strengen Inspektionen und Prüfungen wegen ebenso gefürchtet, wie er bei Mannschaften und Offizieren beliebt war.

Es war allgemein bekannt, dass es sich bei dem 1779 im Schloss Friedrichsfelde geborenen Prinzen August um den letzten Spross aus der Hohenzollern-Generation des großen Friedrich handelte. Er war der Sohn von dessen jüngstem Bruder Ferdinand, der seine und Friedrichs Nichte Anna Luise von Brandenburg-Schwedt geheiratet hatte. Augusts unvergessener Bruder Louis Ferdinand war 1806 auf dem Schlachtfeld den Heldentod für Preußen gestorben und genoss noch immer allgemeine Verehrung.

Es fiel Liborius nicht schwer herauszufinden, dass ihre militärischen Ruhmestaten keineswegs das einzige waren, was die Brüder auszeichnete. Hatte bereits Louis Ferdinand nicht nur dank seiner Körpergröße und seiner musikalischen Talente bei den Damen aufsehenerregende Erfolge verbucht, so schien es auch August darauf angelegt zu haben, weibliche Schönheiten gleich im Dutzend mit seiner Huld zu beglücken. Liborius sträubten sich die spärlichen Haarfusseln unter der Perücke, und der Schweiß lief ihm den Nacken hinunter, als er sich nach und nach mit des Prinzen höchst privater Tatkraft in diesem galanten Fach vertraut machte. Wenn alle diese Angaben über den hochgeborenen Frauenliebling in unrechte Hände - sprich in die eines Doktor Heidenreich und seiner demagogischen Kumpane - gerieten, dann, so Liborius' unmaßgebliche Meinung, verfügten die Feinde der Monarchie über explosivere Munition als Augusts gesamte Artillerie.

Leider verleitete ihn seine wohldurchdachte Annahme zu einer Unvorsichtigkeit, die beinahe bedauerliche Folgen gehabt hätte. Dem Geheimen Rath gegenüber, der ihn schon des Öfteren seines mangelnden Scharfsinns wegen getadelt hatte, erwähnte er in einer beiläufigen, aber nicht ganz absichtslosen Bemerkung den Namen des Prinzen und erzielte damit eine ungeahnte Wirkung.

»Falls in diesem Bureau und in Verknüpfung mit angewiesenen geheimen Untersuchungen noch einmal der Name eines Mitgliedes der Königlichen Familie fällt, sind Sie ein toter Mann, Liborius!«, brüllte von Bewerstorff. »Zumindest finden Sie sich als Constabler im letzten Winkel der posenschen Provinz wieder. Haben Sie das begriffen? Der Königliche Hof hat außerhalb aller Ihrer dümmlichen Erwägungen zu stehen!«

Liborius verstand nur allzu gut, gedachte jedoch, sich nur mit Einschränkungen daran zu halten. Immerhin hatte ihm der Wutausbruch Seiner Exzellenz die Richtigkeit seiner Mutmaßung bestätigt. Zwar wusste er noch immer nicht, wie ausgerechnet die Subjekte, auf deren Spuren er wandelte, unmittelbar mit der Person des Prinzen verkettet waren, aber das beabsichtigte er, allmählich herauszubringen. Auf diesen Heidenreich und seinen Umgang schien es hauptsächlich anzukommen. Also hatte er im Laufe von Monaten entsprechende Vorsorge getroffen, jederzeit über dessen Handeln informiert zu sein, ja, er war sich nicht einmal zu schade, die Wege des Delinquenten mitunter aus angemessener Entfernung selbst zu überwachen, wie er es am vergangenen Abend getan hatte. Ein grober Fehler, wie ihm schwante, nachdem er dem Major von Gontard begegnet war.

Wie sollte es jetzt weitergehen mit seinen Ermittlungen, nachdem das Objekt seiner Aufmerksamkeit eines so unerwarteten Todes gestorben war? Am Molkenmarkt würde man allerlei Fragen stellen. Weshalb hatte er alle Schritte dem Criminal-Commissarius überlassen und nicht sofort allen irdischen Besitz des Toten mit Beschlag belegt? Dazu hätte er sich der Knoppe-Tochter und dem fremden Doktor gegenüber aus seiner Deckung begeben müssen. Wie aber sollte es ihm jetzt, nach Gontards Auftauchen, noch gelingen, verräterisches Schrifttum im Besitz oder aus der Feder des Verstorbenen sicherzustellen?

Sorgenvoll machte sich Traugott Liborius auf den Weg zum Molkenmarkt. Er ahnte, dass ihm Unannehmlichkeiten bevorstanden. Wenn er Glück hatte und seine Begegnungen mit Gontard verschwieg, setzte der Rath ihn gegebenenfalls auf den Major an. Eine erste Verbindung in dessen nächster Umgebung war bereits geknüpft, und die zur Artillerieschule ließen sich weiter nutzen. Nur er selber musste sich vorläufig fernhalten von diesem Gontard mit dem scharfen Blick.

Während er an der Schlossfreiheit vorbei hinüber zur Breiten Straße eilte, erinnerte er sich an das Zusammentreffen auf der Treppe. Hatte sich im Gesicht des Majors so etwas wie ein Wiedererkennen gespiegelt? Er selbst war am Vorabend viel zu sehr mit Heidenreich und seinen trunkenen Reden beschäftigt gewesen, um auf Gontard zu achten. Was mochte Heidenreich dem zugeflüstert haben?

Drei

An jenem Abend war Heidenreich seinem Freund Gontard munterer und besser aufgelegt erschienen als in den Monaten zuvor. Die lärmende Meute, dicht um den Doktor gedrängt, musste selbst einem Tauben auffallen, betrat er den verräucherten Keller in der mittleren Friedrichstraße nahe Unter den Linden, der sich prahlerisch als Kasperskis Weinstube ausgab und dabei eher einer billigen Tabagie glich.

Gontard, mit dreißig Jahren im besten Mannesalter, war weder hörgeschädigt, wie es bei Artilleristen nicht eben selten vorkam, noch ein Kostverächter. Manchen Abend hatte er hier in Heidenreichs Gesellschaft gezecht. Im Augenblick allerdings verspürte er keine Neigung, sich dem ausgelassenen Kreis um den Kollegen anzuschließen. Er war müde. Lärm und überflüssige Reden hatte er tagsüber wahrhaftig genügend ertragen müssen. Er war nur durstig und nicht bereit, an diesem besonderen Tag auf den gewohnten Schlummertrunk zu verzichten.

Gab es nicht allen Grund zum Feiern? Der König ist tot, es lebe der König – das galt für den inzwischen 45-jährigen ewigen Kronprinzen allemal, der lange auf diesen Tag hatte warten müssen. Seine Untertanen fühlten mit ihm und hofften auf ihn. Es konnte ja nur besser werden. Zumindest anders. In den vergangenen zehn Jahren hatte sich in Preußen nicht viel bewegt, sah man von den ausufernden Aktivitäten der Polizei und ihrer ungezählten Zuträger einmal ab und davon, dass seit zwei Jahren eine Eisenbahn zwischen Berlin und Potsdam verkehrte. Auf dem Gelände der alten Scharfrichterei entstand gerade der Stettiner Bahnhof.

»Bleierne Jahre« nannte Heidenreich das Jahrzehnt stets, um im nächsten Atemzug einen Vortrag über die vorzüglichen elektrischen Eigenschaften ebendieses unedlen Metalls anzustimmen. Hingewiesen auf den in seinen Worten schlummernden Widerspruch bei der Bewertung des grauen Elements, wusste Heidenreich seinen Exkurs sogleich auf die positive wie negative Wirkungsweise und Richtung des elektrischen Stroms auszudehnen, was endlich auch den letzten Zuhörer die Ohren verschließen ließ. Es sei denn, es handelte sich um einen jener übereifrigen Schüler, die jede Äußerung aus Heidenreichs Mund für Manna nahmen, während andere sie heimlich mitschrieben, um sie höheren Ortes anzubringen, wo man sie ebenfalls nicht recht zu deuten wusste. Heidenreichs ergänzende Behauptung zur bleiernen Zeit, es könne bekanntlich noch so dumm kommen, man lerne immer etwas dazu, forderte einen Vorwitzigen immerhin zu der Frage heraus, wie er das wohl meine. Worauf Heidenreich empört seine wilde Mähne schüttelte und den Fragenden durch seinen Kneifer fixierte. »Doch wohl so, wie Sie es verstehen, werter Herr!«

Das war Gebhardt Heidenreich, wie er leibte und lebte, und an diesem Abend schien er ganz in seinem Element, bemerkte jedoch in einem wachen Moment den eben eingetretenen Freund und erhob sich zu dessen übertrieben unterwürfiger Begrüßung. Dass er damit nur die vormittägliche Huldigung von Friedrich Wilhelm IV. durch die untertänigen Berliner Bürger karikierte, fiel vermutlich nicht alleine von Gontard auf. Auch ihn hatte das Stunde um Stunde währende Zeremoniell zunehmend angewidert, all diese Lobhudeleien und Ergebenheitsadressen an einen Monarchen, der sich im Gegensatz zu seinem einsilbigen Vater und Vorgänger, auf den er sich ausdrücklich berief, als erstaunlich redselig erwies und im Laufe der Feierlichkeiten mehrfach das Wort ergriff, ohne dabei allerdings Wesentliches verlautbaren zu lassen. Verstanden hatten ihn ohnehin nur diejenigen, die der eigens errichteten hölzernen Empore nahe genug standen, einem mit einer geschmückten Balustrade und weiten Treppenaufgängen versehenen Vorbau vor der Lustgartenfassade des Schlosses, unter deren höchster Überdachung Friedrich Wilhelm in seinem Thronsessel die Zeremonie genoss.

Gontards Geschmack traf derlei Pomp und Aufwand nicht, doch hatte er als Militär gelernt, seine persönlichen Anschauungen für sich zu behalten. Eigene Meinungen waren in Preußen nicht gefragt. Das würde sich kaum ändern. Anscheinend fiel es den wenigsten Staatsbürgern auf, dass vom neuen König öffentlich nicht nur vom Herrscher, sondern auch vom »Beherrscher« die Rede war.

Dabei hatte dessen Herrschaft im Sommer durchaus hoffnungsvoll begonnen. Der huldvolle Monarch hatte die vor Jahren zum Tode verurteilten Burschenschafter endgültig freigegeben und im Laufe seiner ersten Regierungsmonate noch mancherlei getan, was die Erwartungsvollen wie die Unzufriedenen beruhigte. In fröhlicher Runde konnten Heidenreich und Gontard die Gläser auf die neuernannten Leuchten der Wissenschaft an der Universität erheben, die wegen ihrer Unbotmäßigkeit in Göttingen abberufenen Gebrüder Grimm, die nunmehr das Berliner Geistesleben beflügeln würden. Was von dem erzkonservativen Stahl kaum zu erwarten war, wie Heidenreich sofort eingewandt hatte. Dass man zahnlose Greise wie den alten Turnvater Jahn nicht länger unter Polizeiaufsicht zu halten gedachte und betagte Alt-Politiker wie Herrn von Boyen wieder zu Generälen berief, hielt er kaum für ein Anzeichen künftiger Liberalität. Die Verfassungsfrage, so dozierte er, sei der entscheidende Faktor, an dem sich jede Progression der Monarchie messen lasse.

Die im Mai 1815 im Überschwang des Sieges über die Franzosen von Friedrich Wilhelm III. versprochene Verfassung war im Laufe der Jahre zumindest beim König selbst gänzlich in Vergessenheit geraten – nicht jedoch bei seinen Landeskindern. Bald hatten die drakonischen Demagogenverfolgungen das ihre dazu beigetragen, die Erfüllung jenes Versprechens besser nicht anzumahnen. So blieb es 25 Jahre lang.

Im September 1840 hatte der neue Monarch die Erbhuldigung der Stände des Königreichs Preußen und des Großherzogtums Posen hinter sich gebracht und bei dieser Gelegenheit sechs neue Grafen und einen Freiherrn ernannt, zehn Rittergutsbesitzer in den Adelsstand erhoben und 53 Orden verliehen. In Berlin hatte Ähnliches in weitaus größerem Maße stattgefunden. Alles nur billiger Protz, wie Heidenreich schon vorher gegenüber von Gontard anzumerken wusste, der ihm nicht widersprach.

Immerhin hatte sich bereits in Königsberg erwiesen, wie der neue Friedrich Wilhelm auf das eigentliche Problem Brandenburg-Preußens reagierte. Dort hatte sich der Landtag des alten Rechts besonnen, anlässlich der Huldigung Bitten und Beschwerden vorzubringen. Mit großer Mehrheit wurde der Antrag auf reichsständische Verfassung gemäß dem königlichen Versprechen vom 22. Mai 1815 vorgetragen, was der König höchst ungnädig aufgenommen und im Landtagsabschied glatt abgelehnt hatte. *Der vorige König*, so ließ Friedrich Wilhelm IV. den in allen Landen ernüchtert aufhorchenden Untertanen verkünden, sei *nach reiflicher Überlegung von der allgemeinen Volksvertretung zurückgekommen und* habe sich *zu der provinzial- und kreisstädtischen Verfassung als dem der deutschen Volkstümlichkeit entsprechenden Weg entschlossen. Diesen Weg* werde auch er selbst *unabänderlich verfolgen.*

Damit war alles gesagt. Von Gontard, seitens der Familie von durchaus königstreuer Herkunft und an Unabänderliches gewöhnt, missbilligte Heidenreichs Erregung dennoch nicht, fürchtete jedoch, dass den Freund noch mancherlei Schwierigkeiten erwarteten.

Zum Ritterstande gehörig, durfte von Gontard zusammen mit den Standesherren und dem hohen Klerus an der Huldigung im Weißen Saal des Schlosses teilnehmen, während sich bürgerliche Naturen wie Heidenreich nach dem Défilé im verregneten Lustgarten eilig in die trügerische Geborgenheit des Kasperski'schen Weinkellers zurückzogen. Wie lange sie hier schon beieinanderhockten, war der Lebhaftigkeit und Lautstärke ihrer Gespräche anzumerken, wobei sie sich bezüglich der Themen keineswegs die übliche Zurückhaltung auferlegten. Es schien, als fürchte an diesem Abend niemand die tausend Ohren der Geheimen Polizei, die in Kasperskis Etablissement so sicher lauschten wie an jedem öffentlichen Ort. Unweit der dichtgedrängten Heidenreich'schen Schar, die Kasperski persönlich bediente, hockte auch hier einer ganz allein an einem Tischchen, schlecht getarnt durch ein Journal, in dem er vorgab zu lesen, und ließ die Kugelaugen hin und her blitzen.

Auch dieses Spähers wegen hielt es von Gontard für geraten, sich mit einer abwehrenden Handbewegung bei Heidenreich zu entschuldigen und ihn mit einer weiteren Geste vor allzu großer Kühnheit zu warnen, bevor er sich einen ruhigeren Platz suchte. Zu seiner Überraschung fand er den im Nebenraum, wo eine weitere muntere Runde bei einem guten Schoppen am Tisch saß, darunter der Schriftsteller Julius Eduard Hitzig. Was mochte den an einem solchen Abend ausgerechnet in Kasperskis schlecht beleumdetes Etablissement getrieben haben?

»Nun? Wie sieht es mit unserem Freund Bathurst aus?«, rief der lebhafte kleine Mann von Gontard fröhlich entgegen. »Dürfen wir die Reste seines Leichnams demnächst in Augenschein nehmen, oder haben Sie ihn lebend in Frankreich aufgespürt?«

Hitzigs gealtertem Kindergesicht hinter der Brille sah man den ehemaligen Criminalrath und Kammergerichtsdirector nicht ohne weiteres an. In Preußens Leidensjahren aus dem Staatsdienst entlassen, hatte der Jurist sich erfolgreich als Übersetzer, Verleger und Buchhändler versucht und erste eigene Werke veröffentlicht. In jenen Jahren genoss sein Lesezimmer nicht nur unter den Studenten anhaltenden Ruhm. Er war ein vielseitiger Mann, wie er acht Jahre lang als Herausgeber der *Zeitschrift für die Criminal-Rechts-Pflege in den Preußischen Staaten* oder als Begründer und Mitglied der literarischen Mittwochsgesellschaft bewiesen hatte.

Seine engsten Freunde, die Dichter E. T. A. Hoffmann und der mit Hitzigs Pflegetochter Antonie verheiratete Adelbert von Chamisso, waren inzwischen dahingegangen. Hitzig, seit einigen Jahren nur noch schriftstellernd, dachte daran, deren Lebensbeschreibungen zu verfassen. Das Haus in der südlichen Friedrichstraße teilte Hitzig mit der Tochter Clara, ihren Kindern und ihrem Mann, dem angesehenen Kunsthistoriker und Professor Franz Kugler. Eine zweite Tochter war die Frau des berühmten Geodäten Baeyerlein.

Der Familie gehörte auch das prächtige Palais Itzig in der Burgstraße, denn Hitzig war der Enkel des Oberhofbanquiers Friedrichs des Großen, Daniel Itzig. Seine Schwester Lea war mit einem Sohn des großen Moses Mendelssohn verheiratet, und sein Sohn Georg galt als hoffnungsvoller und vielversprechender Architekt.

Gontard schätzte Hitzig als einen amüsanten und sachkundigen Gesprächspartner, der gerne mit interessanten Fällen aus seiner reichen Berufserfahrung aufwartete. Umso weniger schätzte er es allerdings, gänzlich unerwartet in den Mittelpunkt allgemeiner Aufmerksamkeit zu geraten. Also versuchte er, die angesprochene Suche nach dem verschwundenen Bathurst herunterzuspielen, indem er die Rolle des beschämten Verlierers übernahm. »Sie haben leider recht behalten, lieber Herr Criminalrath. Ich habe nicht das Geringste herausgefunden.«

Voller Enttäuschung war er erst wenige Tage zuvor in die preußische Residenz zurückgekehrt. Trotz aller Mühe war es ihm nicht gelungen, das mysteriöse Verschwinden des Lord Bathurst aufzuklären. Glücklicherweise hatte er sich diesbezüglich auf keine Wette mit den beiden Schriftstellern und Rechtsgelehrten Hitzig und Alexis eingelassen, die seit längerer Zeit ein Buch in der Art des Franzosen Pitaval über bemerkenswerte Criminalfälle planten. Seit sie in seiner Anwesenheit im Café Stehely das geheimnisvolle Verbrechen an dem jungen englischen Diplomaten in all seinen Facetten erörtert hatten, war ihm der Fall nicht aus dem Sinn gegangen. Da er nun einmal die trübe Oktoberwoche nach Michaelis auf seinem Gut in der wenig aufregenden Prignitz zu verbringen gedachte, ließ sich diese Gelegenheit günstig nutzen, nicht nur den eigenen Pferdebestand gründlich zu prüfen, sondern auch seinem heimlichen Steckenpferd einmal richtig die Sporen zu geben. Insgeheim hoffte er, dass ihm seine vorzüglichen englischen Sprachkenntnisse dabei von Nutzen sein würden. Christian Philipp von Gontard lechzte nämlich geradezu danach, grausame Mordtaten oder andere Verbrechen aufzuklären und den oder die Täter der irdischen Gerechtigkeit zuzuführen.

Statt sich also um sein Gut, seine Frau Henriette und seine beiden Kinder zu kümmern, hatte er beinahe eine ganze Woche damit verbracht, in Perleberg und Umgebung auf den Spuren des vermutlich ermordeten oder zumindest entführten englischen Gesandten zu wandeln und nach dessen Verbleib zu forschen. Ohne nennenswertes Ergebnis, wie er sich eingestehen musste.

Immerhin hatte er eine gewichtige Zeugin der rätselhaften Geschehnisse ausfindig gemacht und befragt. Die Widersprüche zwischen ihren Erinnerungen und den in den Amtsstuben der Stadt vorhandenen spärlichen Protokollen und Papieren lagen auf der Hand und waren mit seinem begrenzten Wissen nicht zu klären.

Musste er sich wirklich mit der Erkenntnis zufriedengeben, dass hier entweder ein kaltblütiger Raubmord fahrlässig oder vorsätzlich auf völlig unzureichende Weise untersucht worden war? Oder steckte doch ein verborgenes Spiel weit höherer Mächte hinter alldem, das aufzuklären er nicht imstande war? Jedenfalls nicht mehr nach gut dreißig Jahren, denn der junge Lord – oder wer auch immer der fremde Reisende wirklich gewesen sein mochte – war am Abend des 25. November 1809 letztmalig lebendig gesehen worden, vor fast 31 Jahren also.

Im Nachhinein belächelte von Gontard sein Vorhaben, das historische Rätsel lösen zu wollen. Es um ein Weniges aufzuhellen, bedurfte es mindestens einiger Auskünfte aus England und eines tiefen Blicks in die Archive der napoleonischen Geheimpolizei. Er kannte ja nicht einmal alle preußischen Unterlagen, und Zugang zum Geheimen Staatsarchiv würde man ihm kaum gewähren. Vielleicht konnte ja Hitzig behilflich sein.

Das Schankmädchen hatte indes auf dessen fordernde Geste hin einen weiteren Stuhl herbeigeschleppt, und Gontard blieb nichts anderes übrig, als sich niederzulassen. »Was ich tatsächlich herausgefunden habe, schildere ich Ihnen besser ein andermal«, raunte er seinem Nachbarn zu. Der nickte beifällig, und nur einer der Herren fragte mit schwerer Zunge nach, um was für einen Leichnam es sich denn handle.

Hitzig winkte ab. »Ein alter und beinahe vergessener Criminalfall«, sagte er. »Der Herr Major betreibt gelegentlich das Gewerbe eines *detective*, wie man derlei Leute in England tituliert.«

»Und Sie und Ihr Freund Häring bringen seine Abenteuer zu Papier!«, vermutete der Fragende und sah sich um Zustimmung heischend im Kreise um. Die anderen am Tisch waren an ihrem vorherigen Gesprächsgegenstand hängengeblieben und stritten weiter über Wert oder Unwert der zahlreichen vom König ausgesprochenen Standeserhöhungen und Gnadenbeweise.

»An altem Adel mangelt es uns wahrhaftig nicht«, meinte Hitzigs linker Nachbar und blickte von Gontard entschuldigend an, bevor er fortfuhr. »Und an verarmtem wohl ebenso wenig. Wozu benötigen wir da einen neuen Verdienstadel, der nicht einmal mehr an den rittermäßigen Grundbesitz gebunden sein soll? Das schafft nur einen neuen armen Adel, der sich verstärkt in die Staatsämter drängen wird!«

Ein glattrasiertes Habichtgesicht widersprach lebhaft: »Meinicke, in Ihnen steckt immer noch der verkappte Demagoge! Kaum hat der König die ersten wohlbedachten Maßnahmen ergriffen, streuen Sie Ihre unbedarfte Kritik darüber aus! Der neue Adel ist in zweiter und dritter Deszendenz, will sagen, in absteigender Erblinie, sehr wohl an den Landbesitz gebunden.«

»Immer mehr große Güter befinden sich in bürgerlicher Hand«, entgegnete ein Kahlkopf undeutlich und ohne dabei das Mundstück seiner überlangen Pfeife zwischen den gelben Zähnen loszulassen, indessen ein anderer gehässig ergänzte: »Wenn nicht gar in jüdischer!«

Worauf sich für einen Augenblick verlegenes Schweigen ausbreitete, wusste doch jeder hier am Tisch, dass Julius Eduard Hitzig vor seiner Taufe Isaak Ephraim Itzig geheißen hatte. Seine jüdische Familie war die erste in Preußen gewesen, der ein königliches Dekret die vollen Bürgerrechte gewährt hatte.

Hitzig, in sechzig Lebensjahren an stärkere Attacken gewöhnt, lachte nur gutmütig und sagte: »Das ist allemal der wirkliche Kummer, dass nun sogar reiche Juden geadelt werden könnten! Nur bei den Staatsämtern sieht es bisher weniger günstig aus.«

»Eben!«, meldete sich wieder der Adelskritiker. »Sagt

doch der Paragraph 35 des Allgemeinen Preußischen Landrechts eindeutig: *Der Adel ist zu den Ehrenstellen im Staate vorzüglich berechtigt*!«

Von Gontard war dieser Art von Debatten überdrüssig, vermochten sie doch nicht das Geringste an den Entscheidungen des Monarchen und seiner Ratgeber zu ändern. Preußen war nicht England oder Frankreich.

Wie um ihn zu erlösen, vernahm er plötzlich eine vertraute Stimme an seinem Ohr: »Du wirst begeistert sein von dieser Aufgabe!«

Mit triumphierender Miene stand Heidenreich hinter ihm, den Zeigefinger erhoben und ein wenig schwankend, als wehe ein kräftiger Wind durch das Kellergewölbe und zause seine wirre Haarpracht.

Gontard, einerseits zufrieden über die Ablenkung, von der niemand außer ihm am Tisch Notiz nahm, andererseits in Erwartung eines der üblichen Heidenreich'schen Geistesblitze, sagte: »Dein Telegraph funktioniert endlich!«

Heidenreich schüttelte seine Löwenmähne. »Leider nicht. Sonst wäre ich schon klüger.«

Er rückte mit seinem Mund so nahe, dass Gontard den heißen Atem, ja ein feines Sprühen an seinem Ohr spürte. »Es ist eine exorbitante Entdeckung«, flüsterte er mit trunkener Zunge, »die ich da mit hochgradiger Wahrscheinlichkeit gemacht habe!«

Gontard war nicht erpicht darauf, zu dieser Zeit und in dieser Umgebung Teilhaber eines Geheimnisses zu werden, das sich im Licht des Tages unter Umständen als eine der voreiligen Schwärmereien des Freundes entpuppen mochte. »Du wirst es mir morgen gewiss genau erklären«, äußerte er in normaler Lautstärke, worauf Heidenreich erschrocken den Finger über die Lippen legte und sich scheu im Kreis umblickte, als fürchte er einen heimlichen Lauscher. In der Tischrunde war der kaum zu befürchten, doch als von Gontard sich umwandte, nahm er den falschen Zeitungsleser aus dem anderen Raum wahr, der sich wie suchend nach einem Platz umsah und dabei dicht an Heidenreich vorbeistrich.

»Die Angelegenheit ist nicht ohne Gefahr!«, zischelte der in Gontards Ohr. »Ich verspreche dir, sie wird dein höchstes Interesse wecken und erfordern!«

»Das hoffe ich sehr, mein Lieber«, sagte Gontard. »Du weißt, wie schwer Langeweile für mich zu ertragen ist.«

Vier

So verhielt es sich in der Tat. Christian Philipp von Gontard hasste Langeweile. Vielleicht hatte er sich ja deshalb mit dem unruhigen Feuerkopf Heidenreich zusammengetan, der von großen Entdeckungen und Erfindungen träumte. An jenem Abend seiner Rückkehr aus der Prignitz, der sein letzter gemeinsamer mit Heidenreich werden sollte, hatte Gontard an seinem zierlichen Schreibmöbel in dem kleinen Salon seiner Wohnung in der Dorotheenstraße gesessen. Vertieft in seine Aufzeichnungen zum Fall Bathurst, gelang es ihm nicht, Licht in das Dunkel der Affäre zu bringen.

Draußen sank die Dämmerung herab, aus der Tanzdiele schräg gegenüber schallte der übliche Lärm, der sich im Laufe der Abendstunden noch steigern würde. Nacheinander flammten in der Dorotheenstraße die Gaslichter auf. Seufzend zündete Gontard zwei Kerzen an. Bis jetzt hatte er es nicht geschafft, seinen Hauswirt und Vermieter zu überreden, sich für die zeitgemäße Form der Beleuchtung zu entscheiden. Der führte die schlechten Zeiten als Grund an, obwohl seine Geschäfte sich in diesem Jahr gut entwickelt hatten und angesichts der anstehenden Feierlichkeiten eine wahre Goldgrube darstellen mussten. Adam Zerkelwitz war Fouragehändler, Pferde brauchten nun einmal ihr Futter, und die Königlichen Ställe lagen nahe.

Christian Philipp von Gontard besaß in der Nähe von Kyritz ein Gut, dessen Verwaltung er gerne dem älteren Bruder seiner Frau überließ, einem hagestolzen Krautjunker, der an mancherlei Launen seiner Schwester gewöhnt war und der das Beste aus Wutike zu machen verstand. Ihm verdankte Gontard auch den jungen Hengst Waldemar, auf dessen Rücken er die zwölf Meilen vom Gut hierher zurückgelegt hatte. Oft würde er dem Tier, das sich nun im Stall bei der Tierarzneischule erholte, eine solche Strecke nicht zumuten. Auf den täglichen Ritt durch den Thiergarten aber freute er sich schon lange.

Gontard, in Berlin geboren und aufgewachsen, war an das großstädtische Leben in der Residenz gewöhnt. Trotz seines Interesses für alles Criminale hatte er die militärische einer Laufbahn bei der übel beleumdeten Polizei vorgezogen. Er war der Spross einer einst adligen Hugenotten-Familie, von deren bedeutendstem Sohn tiefe oder vielmehr sichtbar emporragende Spuren in der Berliner und Potsdamer Architektur kündeten. Der berühmte Architekt und Baumeister Carl Philipp Christian von Gontard, der für seine Verdienste vom Kaiser Joseph 1767 erneut in den erblichen Adelsstand versetzt wurde, war sein leiblicher Großvater. Fürstenwillkür und Hofintrigen hatten den genialen Mann früh ins Grab gebracht. Dabei verdankte ihm die Residenz die eindrucksvollen Königs- und die Spittelkolonnaden, das Rosenthaler und das Oranienburger Thor und – neben manchem Bürgerhaus im eleganten Zopfstil – Berlins schönsten Platz, den Gensdarmen-Markt mit seinen beiden Kirchtürmen. Nur Böswillige erinnerten gelegentlich an den Einsturz des Deutschen Doms während des Baus. Dergleichen war auch dem großen Schlüter widerfahren.

Auch mit diesem historischen Vorfall hatte sich der Enkel ernsthaft beschäftigt, dabei aber keine Spuren krimineller Machenschaften entdecken können. Christian Philipp war bei allem romantischen Interesse für Ereignisse ungewöhnlicher Art ein nüchtern und rational denkender Mensch, der seine Berufung darin gefunden hatte, die künftigen preußischen Artillerie-Offiziere in der Kunst ihrer Waffen und in der Ballistik zu unterrichten. Dass der Umgang mit dem Pulver gewisse gefährliche Besonderheiten aufwies, war ihm nicht unbekannt. Häufig referierte er vor seinen Schülern über die Explosion des alten Pulverturms am Spandauer Thor, bei der im August 1720 insgesamt 72 Personen den Tod gefunden hatten und der König selbst nur durch eine gottgewollte Verspätung mit dem Leben davongekommen war.

Ob es sich tatsächlich um eine göttliche Vorsehung – immerhin war die Garnisonkirche samt Schule zerstört worden – oder um eine höchst irdisch vorbereitete Verzögerung gehandelt hatte, war ihm bei aller Mühe nicht gelungen herauszufinden. Der Soldatenkönig war alles andere als eine beliebte Persönlichkeit gewesen.

Derlei ketzerische Erwägungen erwähnte Gontard niemandem gegenüber. Er war ein königstreuer Offizier und klug genug, nicht wider den Stachel zu löcken. Das überließ man besser den Burschenschaftern und anderen Feuerköpfen, denen sich die politische Polizei mit all ihren Spitzeln und Zuträgern und am Ende das Untersuchungsgericht in Köpenick widmeten. Nicht mehr lange, wie man allgemein hoffte.

Es klopfte an der Tür, und ohne eine Antwort abzuwarten, schob sich seine Wirtschafterin Madame Koblank ins Zimmer, eine resolute Person unbestimmbaren Alters und ebenso unbestimmter Haarfarbe und -tracht. Sie hatte nicht mit seiner heutigen Rückkehr gerechnet. »Jewiss jedenken der Herr Major noch auszujehn?«, vergewisserte sie sich. »Sonst müsste ick zum Abendbrot leider was aus'n Jasthof holen ...«

Nach dem langen Ritt fühlte sich Gontard eigentlich nicht in Stimmung, das Haus noch einmal zu verlassen, doch den Rest des Tages in der tristen Stube zu verbringen, danach stand ihm der Sinn noch weniger. Eine gute Woche Landaufenthalt hatte genügt, seine Leidenschaft für den Glanz und die Freuden der Residenz erneut anzufachen. Er liebte seine Henriette, und sobald er Wutike verlassen hatte, sehnte er sich nach ihr und den Kindern. Denen gegenüber hatte er ein besonders schlechtes Gewissen. Was sollte in dieser ländlichen Einöde nur aus ihnen werden?

Doch all sein Bemühen, Henriette zu einem Umzug in die Stadt zu bewegen, scheiterte an ihrer kategorischen Ablehnung. »Du weißt, ich habe es versucht«, so lautete ihr Einwand. »Ich werde krank von all diesem Gerenne und Getue, diesen alltäglichen und allabendlichen Aufregungen. Du hast gewusst, dass du ein einfaches Mädchen vom Land ehelichst ...«

Nun, ein ganz so einfaches Mädchen war sie nicht, und ausgehalten hatte sie es mit ihm kaum ein halbes Jahr in Preußens Hauptstadt. Die Familie derer von Herzsprung besaß rings in der Mark umfangreiche Ländereien bis hinauf nach Mecklenburg-Strelitz, und der alte Baron hatte seinen drei Töchtern wie den sechs Söhnen eine wahrhaft fürstliche Erziehung angedeihen lassen. Dennoch war eines der Mädchen früh ins Kloster gegangen und die Älteste unlängst im Gefolge eines Musikers zweifelhafter Herkunft gen Italien verschwunden. Aus dem Bruder

Heinrich war ein bigotter Pfaffe geworden, der seinem Sprengel in der nahen Spandauischen Vorstadt mit pietistischer Sittenstrenge vorstand und überdies zu Gontards Ärger dazu neigte, jeden Schritt seines ungeliebten Schwagers Christian Philipp zu überwachen, moralisch zu bewerten und nach Wutike zu melden.

Nicht etwa, dass Gontard sich etwas vorzuwerfen hatte. Sein ungebundenes Leben quasi als Junggeselle brachte eben die eine oder andere Anfechtung mit sich, der er sich nicht in jedem Falle entzog. Für Heinrich jedoch galten bereits der bloße Aufenthalt in einer der Berliner Conditoreien als verwerflich, das Rauchen und der Genuss alkoholischer Getränke als Todsünde. Glücklicherweise reagierte Henriette, die in mancher Hinsicht ebenfalls zu gewissen Affektionen neigte, mit Gelassenheit auf Heinrichs Anzeigen. Gontard aber stieg die Röte ins Gesicht, wenn sie ihm lächelnd pikante Stellen aus dessen denunziatorischer Correspondenz vorlas. Es war weniger die Scham vor Henriette als vielmehr die Gewissheit, dass derlei auch im schwarzen Postkabinett aufmerksam gelesen und vermerkt wurde und dem Fortkommen eines preußischen Offiziers kaum förderlich sein konnte.

Vielleicht würde sich das jetzt ändern. Seit dem Tod des alten Monarchen sprach man allerorten davon, und auch heute Abend würde es in den Cafés und Tabagien, in den billigen Bierschwemmen wie den vornehmen Stadtpalais kaum ein anderes Gesprächsthema geben. Am 21. September war Friedrich Wilhelm IV. mit seiner Elise durch eine reichgeschmückte Triumphpforte in die Stadt eingezogen, für den kommenden Donnerstag waren die Huldigungsfeierlichkeiten für den neuen Herrscher angesagt.

Erst jetzt merkte Gontard, dass Minna Koblank seit

mindestens fünf Minuten von nichts anderem schwatzte als von ebendieser Ehrenerweisung für Fritz und Lörchen, wie sie das Königspaar vertraulich titulierte. Er nahm kaum wahr, dass da mancherlei Despektierliches in ihrem Redefluss dahinplätscherte, vermutete sie doch, dass der neue König sich vor den Anstrengungen der Festlichkeit mit einem kräftigen Trunk stärken würde, wie es nun einmal seine Art sei. »Der Butt«, so nannte sie ihn mit dem von ihm selbst gewählten Namen, verdanke seinen Leibesumfang gewiss nicht allein dem reichhaltigen Essen bei Hofe.

»Es ist gut, Minna«, sagte Gontard mit einem missbilligenden Unterton, den sie geflissentlich überhörte. »Ich gehe noch aus.« Nach den Tagen in der ländlichen Einsamkeit verspürte er geradezu das Bedürfnis nach einem guten Gespräch. Henriette hatte ihn mit den Nichtigkeiten der Kindererziehung und des Landlebens geplagt, und der fischige Schwager hatte fast immer mit vorwurfsvollem Gesichtsausdruck geschwiegen. Er missbilligte von Gontards fortwährende Abwesenheit und war doch im Grunde seines Herzens beglückt, in Wutike ungestört den Herrn spielen zu können.

Trotz seines Perleberger Misserfolges freute sich Gontard auf einen Abend mit den Herren Alexis – der eigentlich Häring hieß – und Hitzig. Die beiden würde er zu dieser Stunde sicher im roten Salon bei Stehely am Gensdarmen-Markt antreffen. Möglicherweise las dort auch sein Freund, der Mediziner Doktor Friedrich Kußmaul, die ausliegenden Journale. Sein Freund und Kollege Gebhardt Heidenreich verkehrte hingegen eher in Etablissements etwas niederer Kategorie, wo er dem Trunke in den letzten Monaten ein wenig zu heftig zusprach und außerdem sicher sein konnte, unter den Studenten der Universität oder des eigenen Bildungsinstituts eine halbwegs aufmerksame Zuhörerschar zu finden. Vielleicht aber, und das schien wahrscheinlicher, hockte Heidenreich wieder einmal über seinen Experimenten und hatte Raum und Zeit und hoffentlich auch den Alkohol vergessen. Gontard war sicher, dass irgendein stiller Kummer Heidenreich plagte, doch wenn es um Persönliches ging, verschloss der sich selbst dem engen Freund gegenüber wie eine Auster.

Irgendwann wird es noch einmal ein böses Ende mit ihm nehmen, dachte Gontard besorgt, während er sich für den Abend umzog.

Fünf

Dabei war zu diesem Zeitpunkt keineswegs vorauszusehen, dass es mit Gebhardt Heidenreich einmal ein schlimmes Ende nehmen würde. Nur Albertine Knoppe, die ebenso tugendhafte wie neugierige Tochter seiner Wirtsleute, prophezeite es ihm mitunter im halben Ernst, wenn sie den Staub zwischen seinen Gerätschaften zu beseitigen versuchte und dabei wie von unsichtbarer Hand von einem Schlag getroffen wurde, der auf seltsame Weise ihren ganzen Körper durchzuckte. Selbst gelb und bläulich knisternde Blitze von beachtlicher Länge waren ihr schon begegnet in der zugigen Mansarde direkt neben ihrer Schlafkammer, die Heidenreich für seine eigenwilligen Machenschaften nutzte. Dennoch hatten alle Verbote des jungen Gelehrten, irgendetwas zu berühren, seine verstreuten Papiere zu ordnen, ja sein Laboratorium überhaupt zu betreten, nicht gefruchtet. Allein der Anblick der blinkenden Kupferapparaturen, denen diese unheimliche Wirkung innewohnte, lud förmlich zur Berührung ein. Wie unter Zwang gab Albertine immer wieder ihrer Wissbegier und dem von der Mutter ererbten Ordnungstrieb nach.

Ansonsten verhielt sie sich so achtungsvoll zu dem jungen Mann, wie es sich gehörte, zumal Heidenreich nicht dazu neigte, sich in irgendeiner Form ungebührlich zu benehmen. Da hatte Albertine mit gewissen Studenten, die im Knoppe'schen Hause in der Mittelstraße zur Miete gewohnt hatten, ganz andere Erfahrungen machen müssen.

Umso mehr schätzte sie den zurückhaltenden jungen Menschen, der sie immer ein wenig geistesabwesend durch seinen Kneifer betrachtete, als blicke er durch sie hindurch. Sie empfand eher schwesterliche Gefühle für ihn, ja, sie neckte ihn mitunter absichtlich, um ihn ein wenig aufzuheitern. Seit einer ebenso heimlichen wie unglücklichen Liebesaffäre mit einem adligen Fräulein, an der sie infolge der durch ihre Hände gehenden Post wie dank Heidenreichs spärlichen Andeutungen innigen Anteil genommen hatte, schien ihr das nötig. Zu tief nistete der eigene Kummer in ihr, hatte sie sich doch vor vier, fünf Jahren sterblich in einen blondlockigen Studenten der Philosophie verliebt, der ihre Neigung bald auf das Heftigste erwiderte, sich dadurch jedoch nicht von seinen gefährlichen politischen Umtrieben abbringen ließ und schließlich Hals über Kopf das Weite suchen musste, wollte er nicht wie die 165 anderen Burschenschafter vom Kammergericht zu einer lebenslangen Haftstrafe oder gar zum Tode verurteilt werden.

Sie wusste nicht einmal, ob ihrem Ludwig die Flucht wirklich gelungen war. Noch immer hatte sie die Hoffnung nicht aufgegeben, die unregelmäßig einlaufende Post würde ihr eines Tages endlich eine Nachricht aus seiner Hand bescheren. Andererseits ängstigte sie der Gedanke, eine solche Botschaft aus dem Ausland könnte im gefürchteten schwarzen Postkabinett bemerkt und aufgehalten werden, worauf sie und der Vater mit einem unangenehmen Polizeibesuch rechnen mussten.

Auch der junge Doktor Heidenreich neigte gelegentlich zu unbedachten Äußerungen über die Obrigkeit. Oder vielmehr zu wohlbedachten, denn er wusste sich stets geschickt herauszureden. Dennoch war und blieb er in Albertines Augen ein echter Gelehrter, ein wenig weltfremd und dadurch in mancherlei Hinsicht gefährdet. Allzu oft hatte sie ihm in letzter Zeit zu später, mitunter sogar zu frühester Stunde die Haustür geöffnet, worauf er mit ihrer Hilfe hinauf in seine Stube im zweiten Stock gestolpert war. Albertine bezweifelte, dass ihn der im Übermaß genossene Branntwein auf die Dauer über den Liebeskummer hinwegtrösten würde, und sie argwöhnte, dass er sich im trunkenen Gespräch zu unbedachten Bekenntnissen würde hinreißen lassen.

Außerdem belästigte das nächtliche Gepolter die Hausbewohner, insbesondere ihren Vater August Knoppe, der vor dem Königsthor eine nicht eben üppig florierende Cichorienfabrik betrieb, die sein frühes Aufstehen erforderte. Ihm gehörte das einst solide, inzwischen ein wenig heruntergekommene Haus mitten in der Neustadt, das sich nahezu seit deren Gründung im Familienbesitz befand.

Früher hatte Albertines Mutter Martha Knoppe, die aus Heidenau bei Dresden gebürtig und dem Dialekt der sächsischen Heimat noch immer verfallen war, das Haus und den Garten dahinter gepflegt und sogar einen Mittagstisch für die Herren Studenten unterhalten. Seit einigen Jahren aber folgte sie jeden Morgen ihrem Mann in die Fabrik und überließ der Tochter die Hausarbeit und allen Kummer mit den Mietern und der greisen Großmutter, die im zweiten Stock das vordere Zimmer zur Straße bewohnte. Das erste Geschoss hatte einige Monate leer gestanden, ohne dass der Vater sich bereit gefunden hätte, den Mietpreis herabzusetzen oder die Stuben an einzelne Studenten zu vermieten. Er sollte recht behalten. Gerade erst war es der Mutter gelungen, einem aus süddeutschen Landen zugereisten Mediziner die Beletage mit allen Nebenräumen zu einer ansehnlichen Jahresmiete zu überlassen.

Albertine hatte sogleich einen guten Eindruck von dem Doktor Henricus Bächerle gewonnen, einem dunkelhaarigen, nicht unansehnlichen Mann von aufrechtem Wesen und Blick, dessen Barttracht die Einschätzung seines wahren Alters ebenso erschwerte wie seine wohlgesetzte Redeweise. Alt war er jedenfalls nicht, wie sie ihrem heimlichen Schützling Heidenreich mitzuteilen wusste, der sich jedoch noch nie für die häuslichen Mitbewohner interessiert hatte. Nicht einmal für den prinzlichen Vorreiter Eginhard Spielvogel, der mit seiner totenblassen Frau Elise und drei kränkelnden Kindern in der Stube neben ihm hauste und den Albertine für einen obrigkeitlichen Ohrenbläser hielt. Sie traute ihm und seiner stillen Frau nicht über den Weg.

Heidenreich focht das nicht an, wenn er Albertine gelegentlich mit gewissen Hohenzollern-Histörchen unterhielt, denen sie mit brennenden Ohren lauschte, den Erzähler jedoch inständig anflehte, ja vorsichtig mit solcherlei Äußerungen über das geliebte Herrscherhaus umzugehen.

Heidenreich stieß darauf, je nach Stimmung, nur ein unwilliges Schnauben oder ein höhnisches Lachen aus, mäßigte aber gewöhnlich seine Stimme. Seiner Ansicht nach schien die allgemeine Demagogenriecherei und -fresserei seit dem Tode des alten Königs ein wenig nachgelassen zu haben, wovon man allerdings in der Artillerieschule kaum etwas merkte. Zu viele der alten Kalkköpfe gaben hier immer noch den Ton an, von denen Heidenreich der stockreaktionäre Oberst-Lieutenant Aemilius von Elster, genannt von Streyth, gleich aus mehreren Gründen so verhasst war, dass sogar Albertine der Name geläufig war und sie Heidenreichs tiefe Abneigung teilte, obwohl sie den fraglichen Offizier gar nicht kannte.

Heute war Heidenreich früh aus der Artillerieschule heimgekehrt und hatte den verregneten Nachmittag in der kalten Mansarde verbracht. Als Albertine sich gegen Abend entschloss, ihm ein wärmendes Getränk zu kredenzen, stand sie lange lauschend vor der Kammertür, hinter der Heidenreich seltsame Laute ausstieß, beinahe eine Art Singsang, da-di-di-da-di-da ... in vielerlei Folgen.

So fröhlich hatte sie ihn lange nicht erlebt, und so öffnete sie entschlossen die Tür, fand ihn jedoch mit gewohnt ernsthafter Miene am Tisch hockend vor, auf dem er mit der Hand zum Gesang passende Rhythmen schlug.

»Sind Sie nunmehr auch noch unter die Komponisten gegangen?«, erkundigte sich Albertine mit jener Mischung aus Spaß und Respekt, die sie sich im Gespräch mit ihm öfter erlaubte.

Heidenreich schüttelte den Kopf. Seine blonde Haarmähne, die sie so schmerzlich an ihren Ludwig erinnerte, stand wirr nach allen Seiten. »Ich übe es, eine Meldung zu senden«, erklärte er. »Nach einem ganz neuen amerikanischen System. Aber das verstehst du sowieso nicht.«

Da hatte er recht. Von dem, was er hier oben tat, begriff sie leider nie das Geringste, obwohl er sich durchaus bemühte, es ihr zu erklären. Die wenigen Jahre in der Parochialschule hatten gerade genügt, ihr neben der

Religion ein wenig Lesen und Schreiben zu vermitteln. Rechnen hatte sie der Vater gelehrt.

Weshalb Heidenreich unbedingt und angeblich in Windeseile irgendeine Nachricht nach Paris senden wollte, blieb ihr unklar. Waren die Franzosen nicht noch immer Feinde, die zudem eine Revolte gegen ihren eigenen König angezettelt hatten?

»Es könnte ebenso gut Königsberg oder meinetwegen Stuttgart sein«, berichtigte Heidenreich sie geduldig. »Wichtig sind ausschließlich die weite Entfernung und die hohe Geschwindigkeit.«

Das half ihr nicht weiter. Eine größere Entfernung als die ins sächsische Heidenau, wo sie einmal die Großmutter besucht hatte, vermochte sie sich nicht vorzustellen, und was die Geschwindigkeit anging, so bereiteten bereits galoppierende Pferde ihr Unbehagen. Die neue Eisenbahn nach Potsdam, die sie nur bei der Bahnhofsausfahrt gesehen hatte, fuhr unterwegs angeblich noch rascher. Und im Tivoli am Kreuzberg, wohin Ludwig sie einmal ausgeführt hatte, waren sie mit einer geradezu ungeheuerlichen Geschwindigkeit die glatte Bahn hinuntergeglitten. Mit Schaudern, aber nicht ohne eine gewisse Sehnsucht erinnerte sie sich daran, wie Ludwig sie mit seinen starken Armen fest umklammert gehalten hatte.

Heidenreich schlürfte inzwischen dankbar die dunkle Flüssigkeit in sich hinein. »Schmeckt beinahe wie echter Kaffee«, brummte er, was im Hause eines Cichorienfabrikanten als ein zweifelhaftes Lob gelten mochte. Albertine registrierte es ohne Empfindlichkeit. Scherze über das wenig geschätzte und doch so ausgiebig genutzte Produkt aus der Brennerei des Vaters begleiteten sie seit ihren frühesten Kindertagen. Selbst Ludwig hatte seinen gutmütigen Spott damit getrieben und behauptet, es enthielte ohnehin ein Gutteil verfälschender Beimengungen wie Beinschwarz oder gar Steinkohlenpulver. Empört hatte der Vater derlei Verdächtigungen von sich gewiesen.

Albertine war der Duft der gebrannten Unkrautwurzel ebenso vertraut wie unangenehm. Sie bevorzugte die poetische Bezeichnung Sonnenwirbelwurz, aber auch die machte das Produkt aus dem gemeinen Wegwart kaum sympathischer.

Glücklicherweise befand sich die Knoppe'sche Brennerei nicht wie andere Gewerbe im Hof des eigenen Hauses, und das keineswegs aus Platzgründen. Die scharf gebrannten, zu Haufen aufgeschütteten oder in Fässern eingestampften Wurzeln entzündeten sich angeblich leicht von selbst, weshalb die Produktion nur außerhalb der Stadtmauern geduldet wurde.

Doktor Heidenreich hatte sich bei ihr nach allen Einzelheiten der Fabrikation erkundigt und auch den Vater eingehend befragt, dann jedoch jegliches Interesse an dem braunen Pulver verloren, das ihm seine tägliche Morgenlabsal lieferte. Dass er ansonsten Wein oder noch stärkere Getränke bevorzugte, war kein Geheimnis. Er stammte schließlich aus dem Süddeutschen, wo der Wein etwas bekömmlicher ausfiel als der heimische Berliner Essigtrunk.

Heidenreich war der hoffnungsvolle jüngste Spross einer im hohenzollernsch-sigmaringschen Ländle alteingesessenen Familie von Feldschern, Handelsleuten und angesehenen Militärs. Er war in jenem Jahr nach Berlin gekommen, in dem zu seiner Begeisterung die erste Lokomotive einen Zug ins nahe Zehlendorf und wenig später bis nach Potsdam gezogen hatte. Zwar hatte man die erste Eisenbahnstrecke zwischen Nürnberg und Fürth erbaut, doch erst die riesigen Flächen und Entfernungen im erstarkenden Preußen ließen ahnen, wo die Zukunft für das neue Verkehrsmittel zu erwarten war. Inzwischen baute man eine Strecke ins Anhaltinische, Schienenpaare nach Stettin und Hamburg würden folgen.

Dennoch war es nicht die Eisenbahn, die das Interesse des jungen Wissenschaftlers in erster Linie fesselte. Seine wahre Berufung sah er in der Erforschung jener geheimnisvollen Kraft, die gewissen Elementen und Stoffen unsichtbar innewohnte, der Elektrizität. Seine außergewöhnliche Begabung für alles Verstandesmäßige, am besten mathematisch oder physikalisch Erfassbare, hatte ihm früh die Abneigung seiner geistlichen Mentoren eingebracht, ihm dessen ungeachtet jedoch zu einem baldigen Universitätsstudium verholfen. Da die württembergische Eberhardo-Carolina zu Tübingen in den Naturwissenschaften lediglich eine medizinische Laufbahn eröffnete, war er nach Freiburg und Jena und schließlich nach Göttingen gewechselt, ohne dort indes so tief in die Geheimnisse der Physik einzudringen, wie er es sich vorgestellt und gewünscht hatte. Nicht zu Unrecht bezweifelte er, dass einer der Herren Professoren – vom großen Gauß einmal abgesehen – nur annähernd den wissenschaftlichen Gehalt seiner eingereichten Doktorarbeit über den Aufbau und das Verhalten elektrischer Felder unter atmosphärischer Beeinflussung zu erfassen in der Lage war. So musste er sich mit einem flauen *cum laude* als Bewertung zufriedengeben.

Rastlos war Gebhardt Heidenreich durch die im Deutschen Bund vereinten Lande gezogen. Das junge, erst von

Napoleon geschaffene Königreich Württemberg reizte ihn so wenig zum Bleiben wie das enge Großherzogtum Baden. Viel freier fühlte er sich im protestantischen Norden, wo sich in den Manufacturen der großen Städte nüchterner Geschäftssinn mit technischem Interesse zu paaren begann. Hier, so durfte er träumen, würde es ihm gelingen, wenigstens einige der Ideen, die in seinem Kopf herumspukten, in die Wirklichkeit umzusetzen.

Seit ein gewisser Simon Ohm die Abhängigkeit der Stärke des elektrischen Stromes von den elektromotorischen Kräften und dem in der galvanischen Kette vorhandenen Widerstand entdeckt und in einem Gesetz formuliert hatte, gab es für Heidenreich kaum Wichtigeres, als beinahe Tag und Nacht im Laboratorium herumzuwerken und zu experimentieren. Insbesondere fesselten ihn alle Mitteilungen über Versuche, Nachrichten mittels elektrischen Stroms schnell und über größere Entfernungen zu befördern. Der optische Telegraph, dessen windmühlenartige Flügel den Turm der Sternwarte neben der Universität zierten, war nur ein bescheidener Anfang. Immerhin konnte eine Nachricht nach Paris den Zielort im Verlauf von etlichen Stunden erreichen – kein Vergleich mit dem höchst unsicheren und schleppenden privaten Correspondenzverkehr, von der scharfen preußischen Postkontrolle ganz abgesehen. Die Elektrizität mit ihrer bislang unmessbar hohen Geschwindigkeit würde die Übermittlung von Nachrichten innerhalb von Minuten ermöglichen. Davon träumte Gebhardt Heidenreich insgeheim, wobei er die Postzensur keineswegs vergaß. Die würde in jedem Falle mitlesen.

Fasziniert hatte er zur Kenntnis genommen, dass von dem Amerikaner Samuel Morse in New York das Modell eines Drucktelegraphen aufgestellt und in Funktion gesetzt worden war. Sein erklärtes Ziel bestand darin, ein ähnliches System zur zuverlässigen elektrischen Nachrichtenübermittlung zu konstruieren. Da es sich bei einer solchen Apparatur ausschließlich um den Bedarf für militärische Belange handeln konnte, fühlte Heidenreich sich als ziviler Lehrer wie als Erfinder an der Artillerie- und Ingenieurschule durchaus am rechten Platz.

Bis 1816 hatte in Berlin nur eine allgemeine Kriegsschule mit einer kaum den Ansprüchen einer modernen Armee genügenden Ausbildung existiert. Erst die Freiheitskriege und die damit für wenige Jahre verbundene Zeit der Reformen hatten die längst notwendige Gründung einer speziellen Artillerieschule und wissenschaftlichen Ausbildungsstätte für die Ingenieur-Offiziere begünstigt. Neben einigen alten Starrköpfen waren fähige Lehrkräfte herangezogen worden. Selbst der von Heidenreich so verehrte Simon Ohm hatte an der Kriegsschule gelehrt, und sein Bruder, der Mathematiker und Universitätsprofessor Martin Ohm, gehörte zu Heidenreichs Beglückung zum Kollegium der Artillerieschule.

Mit dessen Hilfe gedachte sich Heidenreich in der Mathematik zu vervollkommnen. Nicht weniger glücklich stimmte ihn die Feststellung, dass sein Kollege Christian Philipp von Gontard seine Leidenschaft für die Physik, wenn auch nicht im gleichen Maße für die elektrische Telegraphie, mit ihm teilte.

Mit dem nur wenig älteren Major von Gontard, der ihn um mehr als Haupteslänge überragte und dem es dennoch im Gegensatz zu fast allen anderen adligen Offizieren an jeglichem Hochmut oder gar Standesdünkel gebrach, verstand sich Heidenreich in den letzten Monaten immer besser. Manchmal verbrachten sie Stunden und Tage miteinander in dem Kellerraum der Schule, den der Director Heidenreich mit einem anzüglichen Lächeln zur Verfügung gestellt hatte. Wie viele Offiziere des Lehrkörpers glaubte er nicht recht an jene wundersame Kraft, die den komplizierten Versuchsaufbauten der beiden Enthusiasten innewohnen sollte. Selbst den schmerzhaften Schlag, der seine entgegen Heidenreichs dringender Warnung zwischen zwei Kupferplatten gehaltene Hand getroffen hatte, war er geneigt, für einen Taschenspielertrick des Physikers zu halten.

Neben der Physik, die sie im Geiste vereinte, begünstigte ein weiterer Umstand die enge und bald auch freundschaftliche Beziehung zwischen Heidenreich und Gontard. Sie tolerierten gegenseitig die außerphysikalischen Vorlieben des jeweils anderen: Heidenreich die Passion des Majors, sich für die Aufklärung von Verbrechen zu interessieren, an denen es in der königlich preußischen Residenz nicht mangelte – von Gontard hingegen Heidenreichs geradezu manische Schwäche für die Genealogie des Hohenzollerngeschlechts. Dass es darin mancherlei dunkle und aufklärenswerte Punkte und Fehltritte gab, bestritt Gontard nicht, teilte jedoch Heidenreichs Leidenschaft für die illegitimen Verzweigungen und nachträglich geadelten Seitenlinien des Königshauses nicht.

Gebhardt Heidenreich sprach nicht einmal von Gontard gegenüber den wahren Grund dafür aus. Er glaubte nämlich, frühzeitig den für sein Leben entscheidenden Fleck in der Heidenreich'schen Familiengeschichte entdeckt zu haben, und das einmal erwachte Jagdfieber hatte ihn nicht wieder verlassen. Unausgesprochen war auch das ein Grund gewesen, seine Wirkungsstätte hierher nach Berlin zu verlegen, wo seit vierhundert Jahren der zu einem kräftigen Stamm herangewachsene brandenburgisch-preußische Hauptzweig der Hohenzollern herrschte und sich legitim wie illegitim fortpflanzte.

Seine Mutter, so hatte Gebhardt schon in zartem Kindesalter den verstohlenen Gesprächen der Erwachsenen abgelauscht, konnte mit verstecktem Stolz auf ihre enge Verwandtschaft mit den sigmaringerischen Fürsten blicken, war sie doch die Frucht eines großmütterlichen Fehltritts, dessen männlichen Part zweifelsfrei ein namentlich Ungenannter aus der fürstlich-hohenzollernschen Sippe gespielt hatte. Trotz intensiver Bemühungen und jahrelanger Nachforschungen war es Gebhardt zu seinem Leidwesen nicht gelungen, den ehrlosen Erzeuger eindeutig zu identifizieren, über den die Großmutter – in ihren jüngsten Jahren eine gefeierte Elevin am fürstlichen Hoftheater – so beharrlich jede Auskunft verweigerte. Den ehrfurchtgebietenden Großvater darauf anzusprechen hätte niemals jemand gewagt.

Erst spät war dem Enkel der mutmaßliche Zusammenhang zwischen dem Wohlstand im Haus der Großeltern und der andauernden großmütterlichen Diskretion aufgegangen. Mit größter Wahrscheinlichkeit waren seine eigenen Studien mit hohenzollernschen Schweigegeldern finanziert worden! Eine Erkenntnis, die ihn tief getroffen, jedoch in seiner Absicht bestärkt hatte, sich der Aufklärung der Geheimnisse in der weitverzweigten Stammtafel seines wahren Großvaters zu widmen.

Dass sich daraus keinerlei Erbansprüche ableiten ließen, war ihm schnell klargeworden, minderte jedoch seine Wissbegierde nicht im Geringsten. Erst vor einigen Tagen war ihm ein Dokument in die Hände gefallen, das ihm die unumstößliche Gewissheit über die nichteheliche Abkunft eines gewissen Prinzen zu bieten schien. Immer wieder hatte er es studiert, bevor es in dem Versteck verschwand, das er seit einiger Zeit für diesbezügliche Papiere benutzte. Eines Abends nämlich hatte ihm Albertine voller Verlegenheit von einem vorgeblichen Besucher des prinzlichen Vorreiters berichtet, dem sie unverhofft auf der steilen Stiege zur Mansarde begegnet war.

Es handelte sich um einen Mann mittleren Alters, recht ordentlich gekleidet und frisiert, der trotz fehlender Livree durchaus als Bote des prinzlichen Hauses gelten konnte. Dennoch blieb Albertine misstrauisch. Kam der etwa direkt aus Heidenreichs Laboratorium, nachdem er möglicherweise bereits dessen Stube durchsucht hatte? Zur Rede gestellt, wusste der angebliche Bote nur Ungereimtes zu seiner Entschuldigung vorzubringen, bis der als Zeuge angerufene und von einer Spirituswolke umflorte Vorreiter ihm bescheinigte, die Spielvogel'sche Stube erst wenige Augenblicke zuvor verlassen zu haben.

Gestohlen hatte er nichts. Heidenreich vermutete dennoch Böses und war seitdem auf der Hut. Fortan verbarg er alle wichtigen Aufzeichnungen und Papiere. Hätte er erfahren, dass Albertine dem fremden Besucher wenige Tage darauf ein weiteres Mal begegnet war, so hätte ihn die Angelegenheit wohl noch stärker beunruhigt. Der Mann hatte Albertine auf offener Straße ganz unverblümt angesprochen und nach ein paar einleitenden Schmeicheleien begonnen, sie über die Bewohner ihres Vaterhauses auszuhorchen. Dabei ließ er durchblicken, zu derartiger Kundschafterei durchaus berechtigt zu sein. Überdies sei sie allein wegen der nicht vergessenen Bekanntschaft mit einem gewissen Ludwig zu derartigen Auskünften verpflichtet, und es sollte nicht ihr Schaden sein, ihm damit behilflich zu sein.

Aufgewühlt von Ludwigs Erwähnung und gerade deshalb voller Empörung, hatte Albertine sich abgewandt und den dreisten Kerl dabei so heftig mit ihrem gefüllten Marktkorb getroffen, dass er über dem tiefen Rinnstein ins Stolpern geriet, seinen Zylinder verlor und seine Haartracht ihm über die ein wenig hervorquellenden Augen rutschte.

Albertine, eingedenk der Unruhe, in die bereits der erste Auftritt des Subjektes den Doktor Heidenreich versetzt hatte, verlor trotz aller Furcht, die sie vor allem Ludwigs wegen empfand, auch ihren Eltern gegenüber kein Wort über das beklemmende Erlebnis. An diesem Abend jedoch, nachdem Heidenreich seinen Kaffee getrunken hatte, war sie drauf und dran, ihm von dem glubschäugigen Spitzel zu berichten, den sie kurz zuvor bei einem Blick aus dem Fenster bemerkt hatte.

Heidenreich jedoch blickte auf seine Repetieruhr, die offen auf dem Tisch vor ihm lag, und sprang auf. »Mein Gott, Gontard muss längst zurückgekehrt sein aus seiner Einöde!«, rief er aus. »Er wird höchst gespannt auf meine neuesten Erkenntnisse warten!«

Daran zweifelte Albertine ein wenig, brachte es aber nicht übers Herz, Heidenreichs Euphorie zu dämpfen. Er glaubte stets, alle Welt müsse sich brennend für das interessieren, was ihn im Augenblick bewegte.

»Kommen Sie nicht wieder so spät nach Hause!«, war alles, was sie ihm mahnend hinterherrief, während er die steile Stiege hinabkletterte und es, entgegen seinen eigenen Anweisungen, wieder einmal ihr überließ, hier oben Ordnung zu schaffen.

Sechs

Leberecht Thielicke lauschte in das Dunkel des Kellerganges. Kaum hörbar drangen Geräusche und Stimmen an sein Ohr. Vorsichtig tappte er weiter. So behutsam er sich auch bewegte, das hölzerne Tacken seines Stelzfußes wie das Klirren des umfangreichen Schlüsselbundes verrieten ihn.

Trotz der beständigen Schmerzen in seinem Beinstumpf liebte er es, des Nachts die vertrauten Gänge zu durchwandeln und sich als der wahre Herr des eindrucksvollen Gebäudes zu fühlen. Es war ihm Arbeits- und Wohnstätte zugleich. Der Profession nach ließ er sich gerne als Kastellan bezeichnen, wohingegen ihn Böswillige als Nachtwächter, Portier oder gar Pedell verleumdeten.

Ein Kastellan war der Hüter einer Burg oder eines Schlosses, einen Portier besaß jedes simple Amtsgebäude, und ein Pedell war nichts anderes als ein ziviler Schuldiener. Er jedoch herrschte über den palastartigen Bau der Vereinigten Artillerie- und Ingenieurschule der Königlich Preußischen Armee. Ganze 24 Jahre hatte der Unteroffizier Thielicke getreulich gedient, bis zu jener Schlacht von La Ferté-Gaucher, wo auf einer weiten Wiese sein linker Unterschenkel begraben lag. Höheren Ortes hatte man sich des Invaliden erinnert und ihn in diese Vertrauensstellung berufen.

Mit preußischem Pflichtbewusstsein fühlte sich Thielicke für alles verantwortlich, was sich an einem beliebigen Ort in dem imposanten Schulgebäude ereignete. Ordnung ging ihm über alles, und so fragte er sich auch heute wieder vergebens, weshalb und womit da zwei Männer zu nächtlicher Stunde so eifrig im Keller beschäftigt waren. Aus welchem Grund verbargen sie ihre geheimnisvolle Tätigkeit vor jedermann? Wie immer hatten sie die schmalen Fensterschlitze zum Hof dicht verhängt und die schwere Tür von innen verschlossen. Vergeblich horchte er an dem kalten Blech, mit dem die starken Bohlen beschlagen waren. Die beiden da drinnen verständigten sich nur durch kurze und unverständliche Ausrufe, die Thielicke zu seinem Ärger nicht zu deuten wusste. Planten sie gar einen Anschlag auf die Huldigungsfeierlichkeiten, oder waren sie tatsächlich mit höchst geheimen militärischen Forschungen befasst, wie sie behaupteten?

Ärgerlich das graue Haupt schüttelnd, tappte Thielicke zur Treppe zurück. Nicht einmal der mit Hilfe eines Nachschlüssels in den Raum geworfene heimliche Blick hatte ihm verraten, was dort wirklich vor sich ging. Wieder einmal würde er seinem erwartungsvollen Auftraggeber nichts Neues melden können.

Drinnen in dem unbehaglichen Verließ durchzogen Drähte den Raum, im ungewohnt hellen Licht warfen blinkende Apparaturen Reflexe auf das ungeweißte Mauerwerk. Gemeinsam und nicht ohne Mühe hatten die beiden Herren, die mit offenen Kragen und in Hemdärmeln an all den Stellagen, Leydener Flaschen und sonstigen Geräten herumhantierten, die Gasbeleuchtung installiert, um abends länger arbeiten zu können.

Gebhardt Heidenreich, der schon wegen seiner wirren blonden Haartracht und der legeren Kleidung recht unmilitärisch wirkte, strich sich ein ums andere Mal die rebellischen Strähnen aus dem Gesicht und rückte seinen Kneifer gerade, während er gespannt auf den Anschlag einer Metallzunge wartete, die Christian Philipp von Gontard mittels galvanischen Stroms vom anderen Ende des Raums her in Bewegung zu setzen versuchte. Was sie hier trieben, amüsierte den Major eher – anders als Heidenreich, der die Experimente mit Verbissenheit betrieb, sie mit einer bedeutungsschwangeren Dunstwolke umgab und nicht an bahnbrechenden Erfolgen zweifelte.

Gontard war sich der Bedeutung eines zuverlässigen und schnellen Systems zur militärischen Nachrichtenübermittlung durchaus bewusst. Doch dass sich dadurch der Ausgang einer Schlacht beeinflussen ließ, bezweifelte er. Welchen Vorteil beispielsweise hätte Preußen davon gehabt, wäre die Nachricht von der Niederlage bei Jena und Auerstedt nicht erst nach Tagen, sondern innerhalb von Stunden oder Minuten in der Residenz eingetroffen?

Immerhin hätte das Zeughaus noch geräumt werden können. Womit von Gontard in seinen Gedanken unweigerlich in der eigenen Familiengeschichte und deren unguter Beziehung zum Herrscherhaus angelangt war.

In der Familienüberlieferung derer von Gontard spielte Friedrich Carl Ludwig von Gontard, jahrzehntelang Platzmajor von Berlin, eine beinahe noch wichtigere Rolle als der berühmte Baumeister. Der ganz maßgebliche Anteil dieses Oheims beim Einmarsch der Franzosen im Oktober 1806 war unumstritten. Friedrich Wilhelm III. hatte nämlich den Platzmajor bei seiner hastigen Flucht nach den vernichtenden Niederlagen von Jena und Auerstedt als ranghöchsten Offizier in der Hauptstadt zurückgelassen – ohne klare Befehle und Vollmachten vor allem bezüglich der im Zeughaus angehäuften Waffen- und Munitionsvorräte, die so kampflos den Franzosen in die Hände fielen.

Die Gontards, eine dank der sieben überlebenden Söhne des großen Architekten vor allem im preußischen Militärdienst präsente Familie, hatten dem Herrscher derlei zaudernde Achtlosigkeit nie verziehen. Der ewige Platzmajor selbst jedoch, der bis an sein Ende als der letzte preußische Stabsoffizier im aktiven Dienst galt, der seine Degenquaste noch aus der Hand Friedrichs des Großen empfangen hatte, hielt streng an jener preußischen Tugend fest, die er als eine der wichtigsten für einen Militär seines Ranges einschätzte: die Verschwiegenheit.

Erst vor einem Jahr war der 75-jährige Patriarch verstorben, und Christian Philipp von Gontard wusste zu seinem stillen Ärger bis heute nicht, auf welche Weise der Onkel die Fährnisse jener Besatzungsjahre überstanden hatte. Nicht einmal die spärliche Literatur über Preußens Schmach gab darüber Auskunft. Auf der heimlichen Liste der Berliner Patrioten während der Franzosenzeit fehlte Friedrich von Gontard ebenso wie unter den Gerechten in der anonymen *Karakteristik der Berliner*, wo sich sein Name unter denen von Iffland, Schadow und Schleiermacher gut ausgenommen hätte.

Auffällig hingegen erschien dem Neffen, was hinter dem Namen des späteren Oberbürgermeisters Büsching auf der Schwarzen Liste vermerkt stand: *Hat durch die kleinlichste Verzagtheit sowohl persönlich gegen Napoleon als auch die Franzosen überhaupt seine völlige Unbrauchbarkeit an den Tag gelegt.* Ausgerechnet von jenem Büsching stammte nämlich die Anregung, den ewigen Platzmajor von Gontard anlässlich seines fünfzigjährigen Dienstjubiläums im Juli 1829 zum Ehrenbürger der Stadt Berlin zu ernennen, um ihn für seine Verdienste *insbesondere während der Kriegsjahre 1806/08 zu würdigen*, wie es hieß, ohne dass jemand daran Anstoß genommen hatte.

Die Aufgabe des Platzmajors – nicht zu verwechseln mit dem Höchstkommandierenden Stadtkommandanten oder gar dem Gouverneur der Stadt – bestand darin, den täglichen Dienst der Truppen zu regeln und zu beaufsichtigen, das Bureau der Kommandantur am Zeughausplatz zu leiten sowie die Oberaufsicht über die Staatsgefangenen und arretierten Soldaten auszuüben. Im neuerbauten Militär-Arresthaus in der Lindenstraße hatte der Onkel bis zu seinem Tode gewohnt – ein trister Ort, an den sich der Neffe mit Schaudern erinnerte. In den Zellen des nach dem Schließer Vater Philipp genannten Baus mochte es ausgesehen haben wie hier in diesem muffigen Kellerraum.

»Schluss für heute!«, entschied Gontard. Wieder einmal hatte sich der kupferne Steg mit der Graphitnadel, dessen Lagerung und Spiel Heidenreich zum wiederholten Mal kontrollierte, nicht bewegt.

»Aber Gauß und Weber haben schon vor sieben Jahren die Göttinger Sternwarte und das dreitausend Fuß entfernte Physikalische Kabinett durch zwei Drähte miteinander verbunden und mit Hilfe eines Nadeltelegraphen über diese Weite kommuniziert!«, widersprach ihm Heidenreich. »Und Steinheil in München ...«

»... muss irgendwann auch mal geschlafen haben«, unterbrach ihn Gontard gähnend. Direkt vor seiner Wohnung war er Heidenreich in die Arme gelaufen, und der hatte ihn natürlich hierhergeschleppt, um ihm seine neuesten Erfolge vorzuführen. Nichts wurde es mit dem Café Stehely. Alexis und Hitzig mussten sich gedulden. »Es ist wirklich spät geworden.« Gontard drehte die Gasflamme herunter. Anders war Heidenreichs Arbeitseifer nicht zu dämpfen. »Heute Nacht erfinden wir jedenfalls nichts Neues mehr, wenn nicht mal das Alte funktioniert.«

So leicht gab Heidenreich nicht auf. »Wahrscheinlich ist nur das galvanische Element zu schwach ...«

Gontard lachte. »Darin gleicht es mir. Ich würde jetzt gerne einen kräftigen Happen essen und ein gepflegtes Bier trinken!«

Dafür war es längst zu spät. Mit der Bürgerglocke, der streng überwachten Polizeistunde um zehn Uhr, musste auch die letzte Destille oder Tabagie geschlossen werden. Gewiss gab es unzählige Winkelkneipen und Kaffeeklappen, in denen zu jeder Stunde heimlich und hinter verschlossener Tür ausgeschenkt wurde, aber jetzt noch bis in die Königstraße zu laufen oder eine Spelunke in der Friedrich-Wilhelm-Stadt aufzusuchen, dazu verspürte er wenig Lust. Außerdem waren derartige Orte nicht ganz ungefährlich für den harmlosen Besucher. Berlins Dirnen und Verbrecher gaben sich dort ein nächtliches Stelldichein, von dem man sich besser fernhielt.

Bei dem Wort »trinken« hatte Heidenreich aufgemerkt. Er leckte sich die Lippen, hob um Aufmerksamkeit heischend den linken Zeigefinger und verschwand mit dem zerzausten Kopf unter dem Labortisch. Die Bouteille, die er wiederauftauchend vorwies, sah wenig vertrauenerweckend aus, was Heidenreich nicht hinderte, reichlich von der trüben Flüssigkeit in ein Kolbenglas abzufüllen und dem Kollegen freundlichst zu kredenzen.

Gontard, früherer Versuche aus ähnlichem Anlass

gedenkend, verzichtete großherzig, worauf Heidenreich selbst achselzuckend das Glas lehrte, ohne das Gesicht zu verziehen, und sich anschließend einen zweiten Schluck genehmigte.

Als sie wenig später unter dem Grummeln des Pedells, der hinter ihnen abschloss, aus dem Portal traten, blies vom Brandenburger Thor her ein scharfer Westwind das Laub von den Lindenbäumen. Einträchtig machten sie sich auf den Heimweg, ohne die Gestalt zu bemerken, die ihnen in gehöriger Entfernung folgte.

»Was für ein Jahr!«, sagte Heidenreich philosophisch, und Gontard wusste, dass damit die Elektrizität und die Telegraphie für heute abgemeldet waren, denn das Preußenjahr Vierzig verband sich unabwendbar mit Heidenreichs zweitem Lieblingsthema, den Hohenzollern.

Viel zu gut kannte der sich inzwischen in der offiziellen wie der geheimen Geschichte des brandenburgisch-preußischen Herrscherhauses aus, um sein geliebtes Steckenpferd nicht auch zu mitternächtlicher Stunde zu reiten. Ebenso gerne, wie er über die vielversprechende Elektrizität und ihre wunderbaren Möglichkeiten dozierte, streute er gelegentlich vertrauliche Kenntnisse über Abstammung und Fehltritte des herrschenden Hauses in seine Reden. Trotz vielerlei Warnungen vor einem so riskanten Gesprächsstoff überraschte er seine Zuhörer hin und wieder durch neue, mitunter durch Dokumente belegte Tatsachen, wobei die brandenburgische Frühgeschichte bis hin zum Großen Kurfürsten anfangs auf wenig Anteilnahme stieß. Es war besser, jene herrschsüchtige Prinzessin Anna von Preußen nicht zu erwähnen, die Großmutter des Großen Kurfürsten und älteste von sieben Töchtern des Herzogs Albrecht Friedrich in Preußen, der als »unser gnädiger blöder Herr« fünfzig Jahre lang über das ferne polnische Lehensgebiet geherrscht hatte, bevor es nach seinem Tode endgültig an die Brandenburger Linie fiel und den Namen für ein künftiges Königreich hergab. Auch Friedrich I., erster selbstgekrönter König in Preußen und mit dem Beinamen »Schiefer Fritz« hinreichend gekennzeichnet, gehörte nur als Nebenfigur in das Geschlecht hohenzollernscher Helden, hatte ihn doch sein ruhmreicher Enkel als »im Großen klein, im Kleinen groß« genannt und dabei gänzlich vergessen, dass er dem kaum fünf Schuh großen Vorfahren immerhin ein Königreich verdankte.

Das eigenwillige Ehegebaren Friedrichs des Einzigen wie die illegitime Nachkommenschaft derer von der Mark, von Lichtenau, Ingenheim und weiterer gräflicher Brandenburger waren dem breiten Publikum hinlänglich bekannt. Den ungeliebten Friedrich Wilhelm II., dem man die Hauptschuld an Preußens Misere zuwies, erwähnte man überhaupt nur selten. Allenfalls erregte die Neigung des »dicken Lüderjahns« zum Übersinnlichen ein gewisses Interesse. Von seinem Spukpavillon in der Albrechtstraße und von einem Silberkabinett im Schloss Charlottenburg sprach man, das zeitweise von einer unsichtbaren Macht hellgrün erleuchtet würde, während süße Sphärenklänge sich zu einer holden Melodie vereinten.

Traditionsgemäß und rechtzeitig hatte das amtierende Schlossgespenst im Jahre 1797 den Tod des »dicken Wilhelm« angekündigt. Seitdem jedoch waren etliche ereignisreiche und mehr als zwanzig beinahe ereignislose Jahre ins Land gegangen und die Weiße Frau samt ihren Prophezeiungen darüber fast in Vergessenheit geraten. Wer außer Gebhardt Heidenreich wusste noch, ob die im Schloss umgehende Dame, die jeweils den Tod eines Hohenzollernherrschers ankündigte, der Geist einer kindermordenden Gräfin von Orlamünde oder – wie die Berliner behaupteten – der im Jagdschloss Grunewald eingemauerten schönen Gießerin Anna Sydow sei? Die war lange Jahre das Kebsweib des Kurfürsten Joachim II. gewesen, der sie mehr liebte als alle seine anderen Gespielinnen, von seiner angetrauten Ehefrau gar nicht zu reden.

Plötzlich jedoch, gegen Jahresende 1839, wurde das Auftreten der Weißen Frau im Schloss als verbürgt gemeldet. Und das unmittelbar vor dem für die Hohenzollern stets verhängnisvollen Jahr Vierzig! Im Jahre 1440 war nämlich der längst vergessene Kurfürst Friedrich verstorben, exakt zweihundert Jahre später Georg Wilhelm, der schwächliche Vater des Großen Kurfürsten, 1740 wiederum dessen Sohn, der prügelnde Soldatenkönig Friedrich Wilhelm I., dem der Große Friedrich folgte. Durfte Preußen nun, einhundert wechselhafte Jahre später, endlich wieder mit einem starken und entschlussfreudigen Monarchen rechnen?

Gespannt erwartete Heidenreich und mit ihm das Land und die Welt das Schicksalsjahr. Weissagungsgemäß erkrankte Friedrich Wilhelm III. im Mai 1840. Lange hatten Adel wie Bürger auf den neuen Herrscher gewartet, ohne dem alten übelzuwollen – so lange schließlich, dass keine rechte Freude aufkommen wollte, als der wortkarge Siebzigjährige Anfang Juni endlich die Augen für immer schloss.

Als Friedrich Wilhelm IV. folgte ihm der älteste seiner sechs Söhne auf den Thron. Deren Mutter, die unvergessene Königin Luise, genoss auch dreißig Jahre nach ihrem allzu frühen Tod mehr Verehrung, als sie ihrem Gatten jemals zuteilgeworden war. Nur zu gut erinnerten sich die Älteren des respektlosen Verses, mit dem man den Geflohenen in der leidigen Franzosenzeit von 1806 bis 1809 zu charakterisieren pflegte: »Unser Dämel sitzt in Memel« – in der nordöstlichsten Stadt Preußens, ja Deutschlands überhaupt, wohin der verzagte und leseunwillige Monarch samt Familie geflüchtet war, ohne dort indes Napoleons Rachegelüsten zu entgehen. Nicht einmal der Kniefall der liebreizenden Luise hatte vermocht, den Korsen milder zu stimmen.

Nicht durch, sondern eher gegen den melancholischen König war Preußen zu neuer Größe emporgestiegen, mit seinem Ableben hatte sich das Schicksal wieder einmal erfüllt. Gebhardt Heidenreich genoss zeitweilig den Ruhm eines geheimen Propheten, der ihm höchst zuwider war, kam es ihm doch auf wichtigere Aspekte in der Stammtafel des Herrscherhauses an, in der es an Prinzen und Prinzessinnen wahrlich nicht mangelte.

Nach seiner Theorie nämlich, die er nur im engsten Kreis äußerte, bewiesen die zahlreichen illegitimen Nachkommen aus den Liaisons der Kurfürsten, Könige und Prinzen mit bürgerlichen Mädchen und Frauen, dass alle besonderen Rechte des Adels auf nichts als blanker Willkür beruhten. Konnte denn von blauem Blut die Rede sein, wenn Trompetertöchter, ja Töchter jüdischer Geldverleiher zu Stammmüttern wiedererweckter oder eigens erfundener neu-preußischer Adelsgeschlechter aufstiegen? Dass in seinen eigenen Adern vermutlich ebenso viel Hohenzollernblut floss wie in denen der Kinder eines gewissen Prinzen, erwähnte er allerdings nicht.

Spätestens bei der Nennung der Königlichen Hoheit Prinz August pflegte ihn von Gontard nämlich scharf zu unterbrechen, handelte es sich doch bei August immerhin um den verdienstvollen Kommandeur der preußischen

Artillerie und damit auch um seinen – und Heidenreichs – höchsten militärischen Vorgesetzten, den man tunlichst in keinem Disput erwähnte, es sei denn, um ihm Ehrerbietung zu erweisen.

Bis zu einem solchen Punkt ließ es Gontard auf ihrem Heimweg nicht kommen. Von den gaserleuchteten Linden drängte er seinen Begleiter in die Kleine Wallstraße ab, die neuerdings nach dem alten Schadow hieß. In der stillen Gasse schaukelten in weitem Abstand nur die üblichen Ölfunzeln an ihren Ketten, und der Schall ihrer Stimmen verlor sich auf einer breiten Promenade zwischen den Bäumen. Selbst der vom eigenen Getränk befeuerte Heidenreich dämpfte unwillkürlich sein helles Organ und wandte sich vom Hohenzollernerbe wieder der unverfänglichen Telegraphie zu. Würde man dafür dereinst oder gar in absehbarer Zeit Drähte an den Häuserfronten oder auf den Dächern entlangspannen? Oder solche, sicherlich gegen Feuchtigkeit und Rattenfraß gesicherten, metallischen Verbindungen gar neben den Gasrohren in der Erde vergraben?

Gontard blieb wortkarg. Er fühlte sich rechtschaffen müde und sehnte sich nach seinem Bett. Auf der gegenüberliegenden Seite der Mittelstraße schlug die Glocke der Neustädtischen Kirche zweimal. Im Gasthof Zum Landhaus brannte kein Licht, doch aus einem düsteren Kellerlocal, das ihm tagsüber nie aufgefallen war, stolperte ein Betrunkener und fiel in die Gosse. Der Nachtwächter oder die Patrouille würden ihn in den Arrest abführen, wenn er Pech hatte, in den Ochsenkopf am Alexanderplatz. Das Arbeitshaus war gefürchtet, besonders seit die Insassen dort mit ihrem Körpergewicht die mörderische Tretmühle drehen mussten.

Einmal mehr kam Gontard zum Bewusstsein, dass die Neustadt, in der er und Heidenreich bezahlbares Quartier gefunden hatten, längst keine gute Adresse mehr darstellte. Der ursprünglich nach der zweiten Ehefrau des Großen Kurfürsten als Dorotheenstadt bezeichnete Teil der preußischen Residenz erstreckte sich von der Nordseite der Behrenstraße bis an die sandigen Mäander des Spreeufers, vom übelriechenden Festungsgraben neben der Wache gegenüber dem königlichen Wohnsitz bis zum Brandenburger Thor und den Holzplätzen vor dem Unterbaum.

Geschäftstüchtig hatte die Kurfürstin, Schwarze Dorothea genannt und in der eigenen Familie als Giftmischerin verdächtigt, die Grundstücke nördlich der vornehmen Friedrichstadt an Bauwillige vergeben. Vornehmlich die refugierten Franzosen und bessere Hofleute errichteten hier ihre Häuser. Mehr als hundert Jahre später hatten es die Franzosenkriege und die schlimmen Zeiten danach mit sich gebracht, dass sich in den Straßen zwischen Weidendamm und Linden eine buntscheckige Einwohnerschaft breitmachte, zumal die meisten Hauseigentümer sich der anhaltend schlechten Zeiten wegen gezwungen sahen, jeden freien Raum zu vermieten. So logierte der Major von Gontard selbst in jener Letzten Straße nahe der Akademie, die seit einigen Jahren Dorotheenstraße hieß und die Neustadt bis hin zu den Akademiegebäuden und zum Kastanienwäldchen hinter der Universität durchquerte. Es war nicht die Friedrichstadt, aber die Nähe der Seeger'schen Reitbahn und des Fechtsaals des Herrn Eisele, in denen Gontard mitunter einige Stunden verbrachte, entschädigten ihn für manchen Nachteil. Heidenreich hingegen wohnte gleich um die Ecke in der Mittelstraße in seiner kärglichen Stube im Hause des Cichorienfabrikanten August Knoppe.

Vor diesem schmalen blatternarbigen Bau, dem man sein Alter ansah, waren sie jetzt angelangt, Heidenreichs Mitteilungsbedürfnis jedoch längst nicht befriedigt. Gontard erwartete nichts Neues und hörte ihm kaum zu. Gelangweilt blickte er an der narbigen Fassade des alten Hauses empor. In dem salonartigen Raum im ersten Stock bewegte sich ein Lichtschein. Er selbst hatte sich die leeren Räume vor einiger Zeit angesehen, sie jedoch als allzu schäbig für den Preis empfunden. »Hast du einen neuen Nachbarn bekommen?«, fragte er Heidenreich.

Irritiert über die Unterbrechung im schönsten Redefluss, guckte dieser ebenfalls in die Höhe und nickte schließlich. »Mir ist, als hätte Albertine von einem Mediziner gesprochen ...«, sagte er und lachte. »Da habe ich ja den Doktor gleich im Hause.«

Gontard legte ihm vertraulich, aber auch ein wenig mahnend die Hand auf die Schulter. »Gegen billigen Spiritus kennt auch der kein Mittel«, sagte er lächelnd.

Heidenreichs Miene gefror augenblicklich. »Was weißt denn du ...«, entgegnete er. Der schmerzliche Unterton seiner Stimme war nicht zu überhören.

»Wir sollten in den nächsten Tagen einmal ein ausführliches Gespräch miteinander führen«, schlug Gontard vor. »Bei einer guten Flasche Trollinger vielleicht.«

Er kannte Heidenreichs Vorlieben. Und ehe der noch widersprechen konnte, zog Gontard an dem Glockenstrang neben der Haustür. Die wurde so schnell aufgeschlossen, als hätte die Demoiselle Albertine schon lange auf das Glockenzeichen gewartet. Fürsorglich zog sie Heidenreich ins Haus.

Sieben

Der Tag hatte ungut begonnen. Wind und Regen hinderten den Oberst-Lieutenant Aemilius von Elster, genannt von Streyth, daran, seinen morgendlichen Ritt im Thiergarten zu absolvieren. Außerdem schmerzte ihm der Kopf, und sein Rachen schien ihm rauh wie eine Wolfszunge.

Kein Wunder, dass er an diesem Morgen keinen Blick für die Schönheit und den Schmuck der Stadt übrighatte. Trotz des betrüblichen Wetters steckte die preußische Residenz mitten in den Nachwehen von Festlichkeiten, wie sie Berlin seit dem endgültigen Sieg über Napoleon nicht mehr erlebt hatte, und der lag 25 lange Jahre zurück. Rechts und links der Prachtstraße Unter den Linden bewegten sich nasse Fahnen und Girlanden schlaff im Wind, das Brandenburger Thor glänzte in grauer Melancholie. Seit gestern war Friedrich Wilhelm IV., Preußens glückverheißender neuer König, endgültig inthronisiert. Stolz hatte von Streyth an der feierlichen Erbhuldigung des Monarchen durch die Ritterschaft und die Stände der Provinzen und der Residenz teilgenommen. Seine stille Hoffnung, sich unter den 22 neuernannten Grafen oder wenigstens unter den acht in den Freiherrenstand Erhobenen zu finden, war allerdings unerfüllt geblieben. Nicht einmal für einen der 238 Orden hatte es zu seinem Missvergnügen gelangt. Doch wollte er nicht undankbar sein. Hatte man ihn nicht erst vor einem Dreivierteljahr ganz überraschend und gänzlich außerhalb der zu erwartenden Reihenfolge zum Oberst-Lieutenant befördert? Anlässlich des 25. Jubiläums des Gefechts von Chateau-Thierry, wie es hieß, in dem seine 1. Fußkompanie der Garde-Artillerie sich besonders hervorgetan habe. Er konnte nur ahnen, wer ein so gutes Gedächtnis besaß und von wie weit oben die entsprechende Order demzufolge gekommen sein musste.

Eine achtunggebietende Feier war es gestern allemal gewesen. Dass er noch lange mit den alten Kriegskameraden zusammengesessen und ein ums andere Mal auf das erhebende Ereignis angestoßen hatte, spürte er nun doch in seinen Knochen. Er ging auf die fünfzig zu, was er sich nicht gerne eingestand, vor allem seit ihn das Glück mit einem um die zwanzig Jahre jüngeren Weib und die ihn gleich im ersten Ehejahr mit einem gesunden Stammhalter beschenkt hatte. Seine vier Töchter aus erster Ehe hatten die junge Stiefmutter, noch mehr jedoch die Geburt des kleinen Emil mit scheelen Blicken aufgenommen. Dass das für das spätere Erbe nichts Gutes erwarten ließ, scherte von Streyth im Augenblick jedoch herzlich wenig. Ein Sohn war ein Sohn, zumal es sich nicht wie in anderen Familien um einen außerehelichen Bastard ungewisser Herkunft handelte. Die Mutter, Tochter eines Gutsnachbarn in der heimatlichen Neumark, entstammte einem durchaus ebenbürtigen Adelsgeschlecht.

Mit betont jugendlichem Schritt stakte der Oberst-Lieutenant an dem unterwürfig dienernden Pedell vorbei die breite Treppe empor. Gewiss, es war spät geworden gestern Abend, hier jedoch, in der Vereinigten Artillerie- und Ingenieurschule der Königlich Preußischen Armee, galt das Gebot absoluter Pünktlichkeit für die Lehrkräfte wie für die Schüler gleichermaßen. Für von Streyth war das ein ehernes Gesetz.

Das eindrucksvolle, nach einem Entwurf von Schinkel erbaute Gebäude Unter den Linden, Ecke Neue Wilhelms-Straße, zu dessen Lehrkräften der Oberst-Lieutenant zählte, erhob sich kaum zweihundert Schritte vom Brandenburger Thor entfernt. In seiner schlichten Pracht und Ansehnlichkeit konnte es sich durchaus mit der Universität messen, dem einstigen Palais des hochverehrten Prinzen Heinrich. Ein Vergleich, der dem alten Militär von Streyth wenig zusagte, obwohl ihn etliche seiner Kollegen gerne anstellten. Manche von ihnen waren Professoren und hielten Vorlesungen an beiden Instituten.

Heute jedoch fand kein Unterricht statt. Der Director, Generalmajor von Schnöden, hatte Schüler und Lehrkörper vielmehr zu einer feierlichen Zeremonie, gewissermaßen zu einer Nachhuldigung des neuen Monarchen befohlen. In deren Anschluss war mit weiteren Ausführungen zum künftigen Studienbetrieb zu rechnen, denen von Streyth mit gemischten Gefühlen entgegensah. Seit fünfzehn Jahren lehrte er unbeirrt, was es für einen zünftigen Artillerie-Offizier über die günstigste Zusammensetzung des Trains der Feld-Artillerie samt Bespannung, Fourage und Batteriebedeckung im Biwak zu wissen galt.

Dank seiner kriegerischen Vergangenheit war von Streyth einer der ranghöchsten Offiziere im Lehrkörper der Schule. Seinen Erfahrungen entsprechend, hielt er wenig von den neunmalklugen jungen Lehrkräften und Theoretikern, die sich an der Schule breitmachten und einen altgedienten Praktiker und Kriegshelden wie ihn heimlich belächelten. O ja, er spürte es, doch es traf ihn nicht. Nicht einmal, wenn sie sich ein wenig hämisch nach Einzelheiten der Biwakierung in der Doppelschlacht von Jena und Auerstedt erkundigten, als hätte er bereits an diesem unseligen Ereignis teilgenommen.

Nein, er hatte sich seine Sporen in den siegreichen Feldzügen gegen Napoleon verdient, und darauf war er stolz! Er hatte Belle-Alliance miterlebt und war an der Spitze seines Regiments in Paris eingezogen. Auch heute betrat von Streyth als einer der ersten den festlich geschmückten Saal, der sich trotz der hohen Fenster in trüber Morgenstimmung präsentierte, bis plötzlich wie durch Zauberhand das installierte Gaslicht aufflammte. Der Oberst-Lieutenant nahm es stirnrunzelnd zur Kenntnis. Bis vor kurzem hatte er derlei als neumodische Verschwendung höchster Gefahrenstufe schlankweg abgelehnt. Seine Frau bestand indessen darauf, in der Stadtwohnung eine moderne Beleuchtung vorzufinden, und von Streyth hatte sich seufzend gefügt. Es war nicht das erste und es würde nicht das letzte Zugeständnis sein, zu dem ihn sein junges Eheglück verpflichtete.

Er nahm in der zweiten Reihe nahe am Fenster Platz, von wo er einen guten Blick auf alle Eintretenden hatte und sie je nach Gusto mit einem starren Blick, einem leichten Kopfnicken oder einem angedeuteten Salutieren begrüßen konnte. Meno Burg beispielsweise, den einzigen jüdischen Artillerie-Offizier der preußischen Armee, nahm er gar nicht wahr, da im gleichen Augenblick die jungen Fähnriche in geschlossenem Marschblock in den Saal einrückten und sich in den hinteren Reihen verteilten. Achtzig Artilleristen bildete die Schule aus und dazu zwanzig Ingenieure, mit denen von Streyth allerdings wenig zu schaffen hatte.

Als einer der Letzten erschien der Major von Gontard in der Saaltür und sah sich nach einem Platz um. Von Streyth achtete den großgewachsenen Offizier allein schon der Verwandtschaft mit dem ehrwürdigen Berliner Platzmajor wegen. Außerdem beneidete er ihn unausgesprochen um seine aufrechte Gestalt und seine jugendliche Straffheit. Nach von Gontards Eintritt in die Schule hatte von Streyth dem zwanzig Jahre Jüngeren ein gewisses väterliches Wohlwollen entgegengebracht und ihm den einen oder anderen Rat erteilt, doch war sein Entgegenkommen zu seinem Bedauern eher kühl aufgenommen und kaum erwidert worden.

Stattdessen hatte sich von Gontard ausgerechnet jenem höchst anrüchigen Doktor Heidenreich zugewandt – eine Verbindung, die von Streyth auf das Schärfste missbilligte. Jener Heidenreich, in dessen Wortschatz suspekte Abscheulichkeiten wie »Republik« und »Demokratie« auftauchten, galt ihm als das erschreckende Abbild all dessen, was geeignet war, Preußens Größe auch künftig zu gefährden und in Frage zu stellen. Dass ein solcher Mann vorgab, geheime militärische Forschungen zu betreiben, stimmte von Streyth mehr als bedenklich. In dieser Sache war noch nicht das letzte Wort gesprochen!

Von Gontard blickte über die Häupter der zumeist uniformierten Kollegen, nickte dem einen oder anderen freundlich oder achtungsvoll zu. Anscheinend konnte er den wirren Haarschopf seines Freundes nirgends entdecken. Zu von Streyths Genugtuung schien der sich, wie so oft in letzter Zeit, einmal mehr zu verspäten und damit unweigerlich die harsche Kritik der gestrengen Direction auf sein zerzaustes Haupt zu lenken.

Daran dachte auch von Gontard besorgt, als er sich auf

dem einzigen freien Platz niederließ, ausgerechnet neben dem Oberst-Lieutenant, dessen Abneigung gegen den Freund ihm wohlbekannt war. Er selber hatte sich nie um den wenig beliebten Major gekümmert, der sich anfangs um ihn bemüht hatte. Aus ihm unbekannten Gründen genoss der höchste Protektion.

Für Gontard war er nicht mehr als einer der mittelmäßig geistlosen und ältlichen Langweiler unter den Militärs, die vom vergangenen Kriegsruhm zehrten und kaum ein anderes Thema kannten, wenn sie sich nicht wie der verstorbene König für minderjährige Ballettmädchen erwärmten.

In Heidenreichs Augen und Reden jedoch war von Streyth das Urbild eines hochfahrenden und reaktionären Großmauls, das seinem Nennnamen alle Ehre machte. Nicht allein, dass der Streithammel, wie er den Oberst-Lieutenant gerne bezeichnete, gegen nicht standesgemäße Glieder des Lehrkörpers – unter denen er den Zivilisten Heidenreich und den Juden Meno Burg besonders anfeindete – zu hetzen pflegte, nein, er mischte sich sogar dreist in deren Unterrichtsbelange, über die ihn niederträchtige Zuträger unter den Schülern informierten. Wohl nicht zu Unrecht verdächtigte mancher ihn, der allgegenwärtigen politischen Polizei Informationen über Schüler wie Kollegen zukommen zu lassen.

Heidenreich hatte nie ein Hehl aus seiner Geringschätzung für den altadligen »Schirrmeister« – so hießen auch jene Beamten, die in den Berliner Straßen für die Beseitigung jeder Art von Kehricht und Kot zuständig waren – gemacht, dessen Unterrichtsstoff nach Gontards Urteil nicht über Kenntnisse hinausreichte, die jeden besseren Unteroffizier auszeichneten.

Von Streyth blickte den jüngeren Major denn auch sogleich herablassend an und erkundigte sich spöttisch: »Hat Ihr Freund wieder einmal nicht ausgeschlafen?«

Gontard brauchte ihn keiner Antwort zu würdigen, da von Schnöden im gleichen Augenblick den Saal betrat und das Kollegium sich gemessen erhob.

Dabei verdross ihn von Streyths Bemerkung mehr, als er sich selber eingestehen wollte, dehnte der vermisste Physiker sein Versäumnis doch heute auf geradezu ungebührliche Weise aus. Vergebens wanderte Gontards Blick im Verlauf der nächsten Stunden immer wieder zu den Türflügeln – Gebhardt Heidenreich tauchte nicht auf.

Irgendwann flüsterte von Streyth dem Nachbarn mit schlecht gespielter Fürsorglichkeit zu: »Es wird dem Herrn Kollegen doch nichts Unangenehmes widerfahren sein?«

Gontard konnte nicht umhin zu murmeln: »Das wäre ja manchem ganz recht ...«

Ihn jedenfalls beunruhigte Heidenreichs Fernbleiben, das allgemein auffiel. Er war in den vergangenen Tagen nicht dazu gekommen, mehr als ein paar flüchtige Worte mit dem Freund zu wechseln – einen kränklichen Eindruck jedoch hatte der höchst lebendige Heidenreich noch am Vorabend nicht gemacht, ihm nur jene merkwürdige Bemerkung zugerufen, über die Gontard jetzt die Zeit fand nachzudenken.

Acht

Hoffnungsvoll hielt Aemilius von Elster, genannt von Streyth, sich noch ein wenig im Saal auf, ohne dass jemand das Wort an ihn gerichtet hätte. Die Fähnriche, glücklich über den freien Nachmittag, räumten im Galopp das Feld. Die wenigen Gäste wie die meisten der Kollegen verschwanden eilig in alle Richtungen. Andere, die offensichtlich gemeinsame Interessen einten, fanden sich in kleinen Gruppen zusammen, zu denen Streyth sich nicht zugehörig fühlte. Nach einem Blick in das Kabinett der Lehrkräfte und einem weiteren in einen der sechseckigen Klassensäle verließ er als einer der Letzten das Gebäude der Artillerieschule, wiederum nur von Thielicke, dem Pedell, mit einiger Ehrfurcht gegrüßt.

Streyth blieb stehen und grüßte jovial zurück. »Mir ist gänzlich entgangen«, sagte er sinnend, »ob der Herr Doktor Heidenreich heute überhaupt anwesend war.«

Thielicke deutete ein Hackenzusammenschlagen an, das ihn auf seinem Stelzbein beinahe ins Wanken brachte. »Melde gehorsamst, Herr Oberst-Lieutenant: Nein!«

Streyth nickte ihm zu. »Danke, Thielicke. Sehr aufschlussreich. Finden Sie nicht auch? Es handelte sich immerhin um die Huldigung Seiner Majestät!«

Thielicke, der nur ahnte, worauf von Streyth hinauswollte, bestätigte: »Jawoll, Herr Oberst-Lieutenant, sehr aufschlussreich!«

»Vielleicht steckt er ja unten in seinem geheimen Kellergelass und ist dort sanft entschlummert?«

»Nein, Herr Oberst-Lieutenant. Dort hat sich in der letzten Nacht niemand aufgehalten.«

»Sind Sie ganz sicher, Thielicke?«

Thielicke näherte sein Gesicht dem des Oberst-Lieutenants so weit, wie es ihm gerade noch schicklich erschien, und versicherte in vertraulichem Ton: »Ganz sicher, Herr Oberst-Lieutenant. Habe schon lange ein Auge auf die bewussten Herrn ...«

Dem Oberst-Lieutenant war der nahe Atem unangenehm, in dem sich Tabakaroma und Bierdunst mit Thielickes sauren Magenabsonderungen mischten. Dennoch blieb er freundlich. »Brav so!«, lobte er und klopfte dem alten Unteroffizier kräftig auf die Schulter. »Sollte da irgendetwas ... Ungewöhnliches vorfallen, melden Sie es mir unverdrossen!«

Damit trat er hinaus auf die Straße. Er blickte nach rechts, wo sich das Brandenburger Thor mit der glücklich wiedereroberten Siegesgöttin erhob, und dann nach links, die Linden mit ihren sechs Baumreihen entlang, die sich in der Ferne verloren. Das Schloss war an diesem regnerischen Tag nicht zu erkennen.

Die meisten der Kollegen zogen jetzt wohl einen Besuch in einer der zahlreichen Schweizer Conditoreien mit ihren Lesekabinetten vor, der sich bequem bis in die Nachmittags- oder Abendstunden ausdehnen ließ. Für die beliebte Aussichtsterrasse vor dem Kranzler war es zu kalt und zu feucht. Von Streyth mied dieses Etablissement aus vielerlei Gründen. Die jungen Lieutenants dort behagten ihm ebenso wenig wie der angeschlagene Ruf des Conditors. Der Pöbel war vergesslich, wie Streyth längst erkannt hatte, ihm jedoch war nicht entfallen, was die Berliner Journale vor vier Jahren an unauffälliger Stelle gemeldet hatten: dass nämlich der Conditor Kranzler von der Anschuldigung der Notzucht und Verführung minderjähriger Frauenspersonen durch Arglist und betrügerische Kunstgriffe freigesprochen, jedoch zu den Kosten der Untersuchung verurteilt worden sei. Seitdem war Streyth, dem das vielgerühmte »Walhalla der Berliner Gardelieutenants« immer suspekt erschienen war, nicht mehr dort eingekehrt.

Leute seiner Generation und seines Habitus verkehrten ohnehin eher bei Spargnapani oder bei Josty unter der Stechbahn am Schlossplatz, wo noch viel vom Geist der alten Zeit lebendig schien. Seiner Frau ging es dort allerdings allzu spießbürgerlich und altmodisch zu. In ihren Berliner Jugendjahren hatte sie anscheinend in Etablissements verkehrt, in die von Streyth nie einen Fuß gesetzt hätte. Doch war das ebenso wenig ein Thema zwischen ihnen wie die erstaunliche Tatsache, dass er ihr in jener Zeit nirgendwo in der Berliner Gesellschaft begegnet war.

Nachdem er bei einem nicht ganz zufälligen Besuch in der heimatlichen Neumark der kerzengerade gewachsenen Nachbarstochter begegnet und sogleich ihrem spröden Charme erlegen war, hatte sie – möglicherweise mit einem gewissen Nachdruck aus verwandtschaftlichen Kreisen – seine Neigung sehr schnell erwidert. Immerhin war sie trotz ihrer 31 Jahre und einer respektablen Mitgift noch unverheiratet. Nur als sie erfuhr, dass er kein aktiver Militär, sondern quasi eine Art Professor an der Artillerieschule war, schien sie unangenehm überrascht.

Doch da war bereits Entscheidendes geschehen, die ersten Absprachen waren getroffen und ihre Familie mit der Verbindung einverstanden.

Noch während seines Weihnachtsurlaubs hatten sie sich verlobt und bei dieser Gelegenheit gegenseitig hochheilig geschworen, alles bis dahin Vergangene dem Vergessen anheimzugeben und sich niemals gegenseitig mit Fragen oder Vorwürfen zu quälen. Ihm, dem Witwer in den besten Jahren, war das nach einer glücklosen Ehe, mancherlei nicht eben vorzeigbaren Affären und nicht zuletzt nach einer furios gescheiterten Werbung auf einem der anderen Nachbargüter wegen, deren peinliche Einzelheiten sie besser nicht erfuhr, ganz recht.

Was sie betraf, so erwarteten ihn kaum unangenehme Überraschungen. Dass sie ihre Bildung einige Jahre lang in Berlin vervollkommnet hatte, konnte ihn nur freuen. Seine Dahingegangene hatte sich in achtzehn Ehejahren als eine reichlich zänkische und zudem recht einfältige Seele erwiesen. Melitta hingegen war ohne Zweifel eine ebenso liebenswürdige wie gescheite Person, die sich auf Dauer nicht auf dem ererbten Gut in einer Gegend zu verstecken gedachte, wo sich die Füchse gute Nacht sagten. Auch er wollte sich sein künftiges Leben mit ihr nur in der Residenz vorstellen, wenn man von den heißen Sommermonaten einmal absah.

Pünktlich zur Ballsaison traf sie in der Residenz ein und nahm Quartier im Hotel de Brandebourg, wo sie dann zu Ostern die Hochzeit in engstem Kreis feierten. Von seiner Seite nahmen lediglich zwei ehemalige Regimentskameraden daran teil, von ihrer nur die in Berlin ansässige Tante Nothburga von Quasenow, eine Hofdame der Königswitwe. Nicht einmal seine Töchter waren anwesend. An äußerem Prunk und Öffentlichkeit lag ihr so wenig wie ihm, der ausreichend damit beschäftigt war, ein standesgemäßes Zuhause in der Friedrichstadt einzurichten, das sie allerdings nur für wenige Wochen bezog. Es ergab sich nämlich, dass die junge Frau sich guter Hoffnung fühlte und Schwangerschaft wie Geburt doch besser in der friedlichen Neumark zu überstehen gedachte als im Trubel all der Feierlichkeiten, die sich mit dem Thronwechsel verbanden.

Anlässlich der Huldigung jedoch hatte Melitta plötzlich darauf bestanden, nach Berlin zu kommen, wo sie in den ersten Oktobertagen dann auch eingetroffen war, in Begleitung einer strammen Amme, die ein gut verpacktes Bündelchen in ihren Armen trug: Emil Friedrich, den so lange vergeblich ersehnten Stammhalter des von Elster-Streyth'schen Geschlechts, ein für sein zartes Alter erstaunlich robustes Kerlchen mit rötlichem Haar. Angesichts des österlichen Hochzeitstermins hielt von Streyth seinen berechtigten Vaterstolz im Zaum und ließ im Kameraden- wie Kollegenkreis nichts über Emils ein wenig vorfristige Geburt verlautbaren. Diese Zurückhaltung gedachte er über eine gewisse Zeit beizubehalten. Nicht jeder musste nachrechnen können, wie rasch er und seine Frau sich bereits in ihrer weihnachtlichen Verlobungszeit nahegekommen waren.

In ihrer Beletage in der Taubenstraße genoss die junge Familie ihr Glück, beeinträchtigt allenfalls von Emils beeindruckender Stimmgewalt, die er zu mancher Unzeit einzusetzen wusste. Derlei war von Streyth nicht gewohnt, seine vier Töchter waren ihm sämtlich als stille und anspruchslose Geschöpfe in Erinnerung, soweit er deren frühe Kindheit auf dem Gut überhaupt miterlebt hatte.

Emil jedoch war ein eher unbescheiden forderndes Kind, das sich seiner herausragenden Stellung als Streyth'scher Kronprinz bei jedem Schrei bewusst schien. Vielleicht lag es daran, dass die glückliche Mutter sofort und aufgeregt auf jede seiner Regungen einging und die Amme alles tat, die körperlichen Bedürfnisse in ausreichendem Maß zu befriedigen. Alles im Haus drehte sich um den kräftigen Säugling, von dessen Erzeuger man nur am Rande Kenntnis zu nehmen schien. In seinem augenscheinlichen Vaterstolz war Streyth geneigt, es vorerst hinzunehmen.

Weshalb aber sollte er alle seine sonstigen Gewohnheiten ändern? Den täglichen Ritt beispielsweise, der ihm als wahre Quelle körperlicher wie geistiger Erfrischung diente, mochte er nicht missen. Da kam es auf ein paar Tropfen vom Himmel wahrlich nicht an. In seinem wiegenden Reitergang hatte er inzwischen das Königliche Stallgebäude erreicht, wo sein Wallach Arminius das Privileg eines bevorzugten Quartiers genoss, das von Streyth monatlich eine erkleckliche Summe kostete. Im Hof in der Taubenstraße hatte man den Bau eines eigenen Stalls glatt verweigert.

Von Streyth liebte den vertrauten Geruch der Pferde, und er liebte Arminius, der gleich ihm allmählich in die Jahre kam. Der Stallknecht sprang eilig herbei, als er den Oberst-Lieutenant bemerkte. Im Nu war der Wallach gesattelt, und von Streyth ritt durch das hohe Portal hinaus auf die Linden. Auch heute erfüllte ihn das erhebende Gefühl, das er stets genoss, wenn er auf das Gewimmel des niederen Volkes hinunterblickte, das sich als träge Masse zu Fuß dahinwälzte. Dazwischen Equipagen, Kutschen und Wagen aller Art, die sich mühsam ihren Weg bahnten. Seit sich das Droschkenwesen in der Residenz ausgeweitet hatte, waren selbst hier, in Berlins Prachtstraße, so viele Mietwagen unterwegs, dass von Streyth bereits daran gedacht hatte, seinen Arminius doch draußen vor dem Thor unterzubringen. Seine Gattin hingegen, obwohl auf dem väterlichen Gut als Reiterin geübt, drängte auf die Anschaffung eines eigenen standesgemäßen Gefährts.

Unter solchen Gedanken erreichte von Streyth das Brandenburger Thor und beeilte sich, hinüber in den Thiergarten zu gelangen.

Als er zwei Stunden später erneut die Linden entlangschritt, befand er, dass eine kleine Mahlzeit und ein starker Kaffee für die Tageszeit recht angebracht wären – beides Dinge, die ihm die Köchin gut zu Hause bereiten konnte. Er liebte seine komfortabel und gediegen ausgestattete Wohnung, in der er sich seit der Ankunft von Mutter, Sohn und Amme allerdings ein wenig beengt fühlte. Dennoch ließ sich der Nachmittag dort ersprießlicher verbringen als mit dem alltäglichen Caféhausgeschwätz über Pferde und Tänzerinnen, wie es bei den Zerstreuungen der Militärs nun einmal vorherrschte. Mit Zivilisten ließ sich von Streyth ohnehin ungern auf eine Konversation ein.

Er war nicht unbedingt ein Mann schneller Entscheidungen, doch ein neuer Regenschauer veranlasste ihn, seinen Entschluss eilig umzustoßen, als er gerade die Eingangstür zur Conditorei des Herrn Spargnapani passierte. Die war nicht allein berühmt für ihre ausgezeichnete Ware, sondern auch für die wohlige Wärme, die den Gast darin empfing und die von Streyth gleich den anderen älteren Herren, die hier zu jeder Tageszeit verkehrten, als höchst angenehm empfand.

Er fand ein Tischchen im Hintergrund des Etablissements, bestellte Kaffee und Kuchen und suchte vergeblich nach dem Militärblatt als Lektüre. Ein ihm flüchtig bekannter Oberst mit einem gewaltigen Schnauzbart las darin. Also griff von Streyth zur Augsburger Zeitung, die hier wie überall in den oft ansehnlich ausgestatteten Lesekabinetten auslag und neben den einheimischen Blättern am ehesten seinen Anschauungen entsprach. Ihm stand der Sinn nicht nach liberalem Geschwätz oder gar nach Pariser oder Londoner Journalen, was möglicherweise auch mit seinen schwindenden Sprachkenntnissen zusammenhing, die niemals über das für den gesellschaftlichen Umgang Notwendige hinausgereicht hatten. Die immer noch - oder wieder? - herrschende Bevorzugung des Französischen war ihm seit den Kriegsjahren 1813 bis 1815 ein Greuel, wohl die einzige Übereinstimmung, die ihn mit den Franzosenfressern unter den verhassten Turnern und sogenannten Demagogen verband.

Er mochte ein Stündchen in dieser angenehmen Behaglichkeit gesessen haben, in der kein lauter Ton störte. Stürmische Debatten waren hier ebenso verpönt wie der allzu heftige Tabakgenuss, und so begnügte auch er sich mit einer dünnen Cigarre, die er genussvoll vor sich hin paffte. Daheim hatte über den Gebrauch von Tabak eine kleine Auseinandersetzung stattgefunden, beharrte doch seine Frau darauf, die Gesundheit des Kindes vor dessen übelriechenden Dämpfen zu schützen, während von Streyth auf die hinreichend erwiesene reinigende Wirkung des Krautes pochte, von der bekanntlich schon der selige Soldatenkönig Friedrich Wilhelm I. überzeugt gewesen sei.

»Ist er nicht dennoch mit nur 51 Jahren gestorben?«, hatte sie zurückgefragt.

Von Streyth protestierte: »An der Wassersucht, jener üblen Erbkrankheit des preußischen Königshauses!« Doch das hatte wenig genutzt. Er rauchte seitdem nur noch in seinem eigenen schmalen Kabinett, in dem er auch schlief, solange der Säugling noch der dauernden Aufsicht der Mutter bedurfte.

Von Streyth seufzte innerlich, wenn er all das bedachte, was der ersehnte Stammhalter an Veränderung in seinem Leben hervorgerufen hatte, doch wollte er sich nicht beklagen. Wenn der Junge erst groß genug war, würde er ihn leicht auf seine väterliche Seite ziehen, ihn das Reiten und andere männliche Tugenden lehren und ihn auf das einzige Metier vorbereiten, das einem jungen Mann seiner Herkunft passend zu Gesichte stand: das Kriegshandwerk. Gewiss würde es Emil darin einmal weiter bringen als nur zum Stabsoffizier an der Artillerieschule! Was Preußen brauchte, war endlich wieder einmal ein echter Kampf, ein Krieg, in dem junge Offiziere sich bewähren konnten, wie er es seinerzeit vor Paris getan hatte, dann würde man sehen ...

So weit war von Streyth in seinen ehrgeizigen Träumen gelangt – gerade hob er noch einmal die Hand, um eine letzte Tasse Schokolade zu ordern –, als ihm ein Subjekt ins Auge fiel, das sich ihm mit einer untertänigen und dennoch irgendwie respektlosen Verbeugung näherte und, ohne einen Gruß oder eine Einladung abzuwarten, auf den freien Stuhl am Tisch plumpste. Der Kerl unterschied sich in seiner dunklen Kleidung und der gelben Weste kaum von anderen Anwesenden, die nur scheinbar keinerlei Notiz von dem Ankömmling nahmen, wie von Streyth sehr wohl erkannte.

Der Mann schob ungelenk den Zylinder auf seinen

Schoß und legte die Hände darüber, als gelte es, die schwarze Röhre zu zerdrücken. In dem Gesicht mit den ein wenig hervortretenden Augen spiegelten sich Aufwallungen, die von Streyth nicht zu deuten wusste. »Gut, dass ich Sie endlich finde! Der Herr Oberst-Lieutenant haben es gewiss schon vernommen ...«

Das war keine Frage, eher eine lauernd und im vertraulichen Flüsterton vorgebrachte Feststellung, die von Streyth verärgerte. Was sollte das? War es nicht unangenehm genug, dass ihn dieser Mensch, dem man seine Profession so deutlich anmerkte wie kaum einem Zweiten, am hellerlichten Tage und an einem derart öffentlichen Ort mit seiner Gegenwart belästigte? Musste er den durch die bloße Bekanntschaft Kompromittierten zusätzlich mit irgendeinem geheimen Wissen in Verlegenheit versetzen?

Von Streyth hatte nie in seinem Leben den geringsten Zweifel an der Notwendigkeit einer geheimen politischen Polizei verspürt. Der täglich um ihn herumzüngelnden Flamme der Widersetzlichkeit und mangelnden Treue zu Preußen und seinem Herrscherhaus, wie sie insbesondere seit dem Tod des alten Monarchen wieder allerorten aufschimmerte, konnte man nur mit drakonischen Methoden beikommen. Dass man sich dazu bestimmter Informanten und Spione bedienen musste, war ebenso bedauerlich wie unumgänglich. Aber dass dergleichen Leute sich offen einem wahrhaft königstreuen Offizier und Herrn von Stand näherten und damit sowohl gegen dessen Ehre und Ansehen wie gegen jede Regel der Konspiration verstießen, musste er nicht hinnehmen.

»Wer sind Sie und wovon reden Sie?«, fuhr der Oberst-Lieutenant den unerwünschten Tischgenossen schroff an.

Der schien nur einen Augenblick verwirrt. »Liborius«, flüsterte er beschwörend und starrte von Streyth mit misstrauischem Blick ins Gesicht. »Sie erinnern sich? »

Natürlich erinnerte er sich. Er wusste nur zu genau, mit wem er es zu tun hatte, und ebendas wurmte ihn. Seit sich ihm dieser vorgeblich Traugott Liborius Geheißene vor einigen Jahren in seiner Stellung als geheimer Mitarbeiter einer ebenso geheimen Institution geoffenbart und ihn um Hilfe bei der Aufdeckung staatsgefährdender und gegen die geltende Ordnung gerichteter Machenschaften an der Artillerieschule ersucht hatte, waren sie sich in unregelmäßigen Abständen begegnet, niemals jedoch in der Öffentlichkeit. In letzter Zeit war ihm dieser Liborius nur einmal und ausgerechnet im Gebäude der Artillerieschule aufgefallen, im Gespräch mit dem Pedell Thielicke, wie ihm jetzt einfiel. Sie hatten einander wie bei einem zufälligen Treffen auf der Straße nicht beachtet. Was um alles in der Welt veranlasste den lästigen Kerl, der ihm mit seiner dünkelhaften Geheimniskrämerei und seiner duckmäuserischen Vertraulichkeit im Laufe der Zeit keineswegs ans Herz gewachsen war, mit dieser Regel zu brechen?

Unwillkürlich blickte von Streyth sich in der Conditorei um, entdeckte aber nur tief in ihre Lektüre Versunkene oder anderweitig Abgelenkte. Keinen Bekannten glücklicherweise. Dennoch senkte er seine an die Lautstärke des Klassenraums gewöhnte Stimme zu einem dumpfen Murmeln. »Also, werter Herr Liborius ... Welche Art Bekanntmachung darf ich Ihrer Äußerung entnehmen?«

Auch der Angesprochene sah sich scheu um, rieb wie verlegen seine spinnenfingrigen Hände und zischelte: »Dieser Doktor Gebhardt Heidenreich ... Sie waren ihm nicht sonderlich gewogen, nicht wahr?«

Von Streyth verstand nicht. »Was ist mit dem?«, fragte er gedehnt. »Der Herr hat sich im Übrigen der heutigen Huldigungsfeier entzogen.«

Liborius nickte, als hätte er nichts anderes erwartet. »Er ist tot«, flüsterte er. »Ich dachte, es hätte sich bereits herumgesprochen.«

Der Oberst-Lieutenant saß wie vom Donner gerührt. »Tot?«, vergewisserte er sich schließlich mit ungläubiger Miene. »Wie konnte es dazu kommen?«

Liborius hob die runden Schultern. »Das eben fragt man sich ...«

Der Oberst-Lieutenant war noch dabei, die Nachricht in ihrer Tragweite zu erfassen und einzuordnen. »Ein Verbrechen?«, fragte er.

Wieder hob Liborius die Schultern und entgegnete ungewiss: »Das will man nicht hoffen. Würden Sie ein solches vermuten?«

Seltsamerweise verspürte von Streyth in diesem Augenblick keinerlei Triumph oder gar Schadenfreude über den unerwarteten Tod des von ihm so wenig geschätzten Kollegen. Eher ein plötzliches, einigermaßen ungutes Gefühl im Magen. Heidenreich war tot, und Liborius tat, als hätte ausgerechnet er, der Oberst-Lieutenant von Streyth, in irgendeiner Weise damit zu tun. Befremdet erkundigte er sich: »Haben Sie mich gesucht, um mich das zu fragen?«

Ungewiss wiegte Liborius das erstaunlich dicht behaarte Haupt, seine gelblich gefärbten Augäpfel schienen noch ein wenig weiter aus ihren Höhlen zu treten. »Wie man es nimmt ...«, äußerte er vage, und seine Stimme sank erneut zu einem Flüstern hinab. »Man könnte immerhin meinen, dass gerade der Herr Oberst-Lieutenant den einen oder anderen Hinweis ...«

Von Streyth, der fünf Minuten zuvor noch bereit gewesen wäre, Heidenreich jedes erdenklichen Vergehens zu beschuldigen und jede vorstellbare Bosheit über den Kollegen auszuschütten, unterbrach Liborius mit einem scharfen Zischlaut. »Was glauben Sie eigentlich, wen Sie hier vor sich haben?«, fuhr er ihn an. »Stehen derlei Untersuchungen nicht einzig und allein der zuständigen Criminalbehörde zu? Und falls es Unklarheiten bezüglich der Person des Dahingegangenen gibt – weshalb wendet man sich nicht an die Direction jener Königlichen Institution, an der er tätig war?«

Angesichts dieser ungeahnten Suada hob Liborius hilflos abwehrend beide Hände und stand auf, wobei sein Hut auf den Boden rollte. »Ich bitte den Herrn Oberst-Lieutenant um Vergebung«, begehrte er erfolglos auf. »Ich glaubte, der Herr Oberst-Lieutenant würde aus bestimmten Gründen, eventuell auch familiärer Art, in dieser Angelegenheit ...«

Von Streyths Blick ließ ihn verstummen und nach einer weiteren Verbeugung eilig den Rückzug antreten.

Der Oberst-Lieutenant war überzeugt, dass die Aufmerksamkeit jedes einzelnen Gastes inzwischen auf ihm und diesem Subjekt ruhte, und das verstärkte seinen Grimm. »Hat man denn nicht einmal mehr im Caféhaus Ruhe vor willkürlichen Belästigungen?«, grollte er mit Stentorstimme und sah sich beifallheischend um. Niemand wollte seinen Blick erwidern.

Neun

Und du weißt wirklich nicht, worum es sich bei dieser außerordentlichen und dabei höchst gefährlichen Entdeckung handeln könnte?«

»Absolut nicht.« Hoffnungslos schüttelte Christian Philipp von Gontard den Kopf. Vergebens verfluchte er immer wieder seine Leichtfertigkeit, marterte erfolglos das Hirn. Da konnte der Freund Friedrich Kußmaul noch so eindringlich fragen. Er hatte keine Vorstellung, welche Art Entdeckung Gebhardt Heidenreich mit in den Tod genommen hatte. Ein gefährliches Geheimnis, das ihn, Gontard, nach Heidenreichs Meinung brennend interessieren würde. Hatte diese Gefahr Heidenreich möglicherweise das Leben gekostet?

Eine Eventualität, die Friedrich Kußmaul dann doch zu weit hergeholt schien. Er kannte von Gontard und dessen Schwäche für geheimnisvolle Criminalfälle. Oder handelte es sich einfach um Gontards Art, mit dem unerwarteten Ableben eines Freundes fertig zu werden?

Sie saßen im berüchtigten roten Zimmer bei Stehely, wo Gontard den jungen Mediziner endlich angetroffen und von der Lektüre des neuesten Londoner Journals aufgescheucht hatte.

Kußmaul fühlte sich ein wenig ratlos. Er hatte Heidenreich durch Gontard kennengelernt, teilte jedoch dessen freundschaftliche Gefühle für den jungen Physiker nur mit Einschränkungen. Weder die Telegraphie noch die diffizile Hohenzollern-Genealogie gehörten zu seinen bevorzugten Interessen, die sich neben der Medizin eher auf Musik und Theater konzentrierten. Mit seinen beiden Lieblingsthemen hatte Heidenreich ihn oft genug gelangweilt, und es wurde Zeit, auch Gontard auf andere Gedanken zu bringen. »Hattest du nicht heute eine Audienz bei der Ramée verabredet?«

Von Gontard schreckte aus seinen Gedanken auf. Wie hatte er das vergessen können? Wochenlang hatte er sich bemüht, Celina La Ramée, seinen anfangs stillen Schwarm unter den Berliner Schauspielerinnen, zu einem Rendezvous zu bewegen, bis ihm endlich über deren Kammermädchen ein Billett mit dem heutigen Datum zugegangen war. Vier Uhr hatte sie angegeben. Daran fehlten noch fünfzehn Minuten, wenn er seiner altmodischen Taschenuhr trauen durfte. Er hatte sie schon mehrere Tage nicht mit der zuverlässigen Akademieuhr abgeglichen.

Kußmaul sah ihn forschend an. »Du scheinst mir heute nicht gerade in der geeigneten Stimmung für ein Liebesabenteuer«, stellte er ohne seinen üblichen Spott fest.

Gontard seufzte. »Da magst du recht haben. Heidenreichs Tod geht mir näher, als ich wahrhaben will.«

»Carpe diem«, sagte Kußmaul und lächelte nun doch. »Vielleicht ist das Zusammensein mit einer hübschen Dame der beste Weg, darüber hinwegzukommen. Der schönste allemal ...«

Gontard hätte jetzt aufspringen und sich auf den Weg in die nahe Kronenstraße machen müssen, doch er zögerte. War es nicht viel wichtiger, noch einmal in das

Knoppe'sche Haus zurückzukehren, um mit Albertine zu sprechen – ohne die Gegenwart der Eltern und anderer Zeugen? Nachdem ihm Kußmaul versprochen hatte, sich um die Obduktion Heidenreichs zu kümmern, galt es, Bächerle über die Todesumstände zu befragen und bei den Stubennachbarn Auskünfte einzuholen. Wer war der geheimnisvolle Fremde auf der Treppe gewesen, von dem Werpel so auffällig abgelenkt hatte, und weshalb war der ihm so bekannt vorgekommen?

»Du hörst mir gar nicht zu«, bemängelte Kußmaul. »Weilst du in Gedanken bereits in ihrem Boudoir?«

Gontard schüttelte den Kopf. Sein Blick schweifte durch den überfüllten Raum. Ellenbogen an Ellenbogen hockten die Herren hier, aßen Torte und schlürften ihren Kaffee. Die meisten Gäste lasen, nur wenige unterhielten sich in gedämpftem Ton. Ganz sicher saß auch hier einer mit dem Auftrag, die Gespräche zu belauschen.

War es der kleine Rotblonde mit dem Kneifer, der trübsinnig in seiner Tasse rührte? Oder der Glatzkopf mit dem Vollbart, der so andächtig auf sein Zeitungsblatt starrte, als hätte er niemals lesen gelernt? Man kannte und erkannte doch dergleichen Typen …

Und im gleichen Moment wurde ihm bewusst, wo er dem Fremden auf Heidenreichs Treppe vorher schon einmal begegnet war. Er sah das Profil des Mannes vor sich, wie der am Vorabend bemüht gewesen war, sich hinter der Zeitung zu verbergen, und wie dicht er dann an Heidenreich vorbeigestrichen war, als der gerade dabei war, ihm das große Geheimnis anzuvertrauen.

Er spürte einen leichten Schauer im Nacken. »Friedrich«, flüsterte er ebenso leise wie beschwörend, »ich bitte dich inständig, bei der Obduktion auf jedes Detail an Heidenreichs Körper zu achten. Ich bin sicher, er ist keines natürlichen Todes gestorben.«

Kußmaul betrachtete ihn mit leichtem Befremden. »Vor zehn Minuten war das noch eine Vermutung«, wandte er ein. »Woher die plötzliche Gewissheit?«

Gontard stand auf. »Wenn du mich ein paar Schritte begleitest, werde ich es dir erklären.«

Kußmaul hatte keineswegs vorgehabt, den trauten Ort so schnell zu verlassen. Achselzuckend erhob er sich und legte eine Münze auf den Tisch. »Ich fürchte, mitunter geht deine Phantasie mit dir durch, lieber Christian«, meinte er im Hinausgehen. »Nachdem du mit dieser undurchsichtigen Bathurst-Geschichte nicht weitergekommen bist, benötigst du anscheinend dringend einen neuen ungeklärten Criminalfall ...«

Das Oktoberwetter hatte sich nicht gebessert. In Böen fegte der Herbstwind Regenschauer über den Platz zwischen Neuer Kirche und Schauspielhaus. Kußmaul schlug den Kragen hoch. »Also«, fragte er ungeduldig, »wer soll ihn umgebracht haben?«

»Das weiß ich noch nicht. Auf jeden Fall ist nach seinem Tode ein Polizeispitzel im Hause erschienen, der ihn mindestens seit gestern Abend beobachtet hat.«

Kußmaul stieß verächtlich die Luft aus. »Was ist daran so ungewöhnlich?«, fragte er. »Soweit ich mich erinnere, war dein dahingegangener Freund nicht eben zurückhaltend in seinen politischen Äußerungen. Gut möglich, dass man ihn im Blick behalten wollte. Und dich hoffentlich nicht ebenfalls.«

Sofort wandte sich Gontard um und musterte die wenigen Fußgänger, die ihnen, zumeist hinter Regenschirmen verborgen, zur Kronenstraße folgten.

Als sie dort einbogen, blieb Gontard im Eingang einer Posamentierhandlung stehen und zog Kußmaul zu sich heran. »Warte ...«, sagte er. Im Stillen hoffte er, dass eine gewisse Gestalt um die Ecke biegen würde. Anders als auf der dunklen Treppe würde er den Mann diesmal sofort wiedererkennen.

Doch unter einem riesigen Schirm nahten nur zwei schwerfällig watschelnde Matronen, die vorher den Platz überquert hatten, gefolgt von einem Bäckerjungen, den der leere Brotkorb über dem Kopf kaum vor dem Regen schützte.

»So etwas nennt man medizinisch *délire de persécution*, den Glauben, sich von einer Person verfolgt zu fühlen«, spöttelte Kußmaul. »Bei Torquato Tasso steigerte sich das bis zum Menschenhass. Hat der selige Heidenreich auch darunter gelitten?«

»Unsinn«, winkte Gontard ärgerlich ab. »Gebhardt hätte nicht einmal bemerkt, wenn ihm ein Elefant gefolgt wäre. Er war stets nur mit sich und seinen eigenen Ideen beschäftigt.«

»Hatte er keine Frau?«

Gontard hob die Schultern. »Davon war nie die Rede. Ich kann nur vermuten, dass es da eine unglückliche Affäre gab, die schon länger zurückliegt. Über so etwas hat er nicht gesprochen. Er schien nur in letzter Zeit ziemlich bedrückt.« Er besann sich. »Gestern Abend bei Kasperski allerdings nicht ...«, fügte er hinzu.

»Wo hat er sich aufgehalten, bevor du ihn dort getroffen hast?«

»Er hat an der Huldigung teilgenommen wie wir alle. Dann ist er wahrscheinlich spornstreichs in den Weinkeller abgetaucht.«

»Sehr vernünftig«, sagte Kußmaul und blickte zum grauen Himmel. Der Regen ließ gerade ein wenig nach. »Du müsstest herausfinden, wann und wo ihm die große Entdeckung gelungen ist, an der du teilhaben solltest.«

»Das eben ist die Crux: Ich weiß nicht einmal, wohin ich mich wenden soll. Zuerst muss ich jedenfalls mit seinem Hauswirt, vor allem aber mit dessen Tochter sprechen.«

»Ist sie hübsch?«

»Was spielt das für eine Rolle? Sie hat den Toten gefunden ...«

Kußmaul griente. »Ich würde mich lieber von einem hübschen Mädchen finden lassen – selbst als Leiche.«

Gontard kannte Kußmauls Späße, die gewöhnlich wirkungslos an ihm abprallten. Diesmal sagte er vorwurfsvoll: »Du bist pietätlos, mein Lieber.«

»Das bringt der Beruf mit sich.«

»Man sollte es bei deiner Leichenpredigt berücksichtigen. Die Knoppe-Tochter ist im Übrigen recht ansehnlich. Es schien, als hätte sie mir noch etwas Wichtiges mitzuteilen ...«

»Dann lass dich nicht zu lange von der La Ramée aufhalten. Hast du wenigstens ein kleines Geschenk für sie? Es heißt, sie wäre für Schmuck recht empfänglich ...«

Sie hatten das Haus neben dem Gasthof Zum weißen Ross fast erreicht, in dem die Schauspielerin wohnte. »Ich habe nicht einmal Blumen«, stellte Gontard ernüchtert fest. »Daran hättest du mich erinnern sollen ...«

Kußmaul lachte. »Bin ich der Galan oder du? Auf dem Gensdarmen-Markt hättest du welche bekommen.«

Die Demoiselle Celina La Ramée empfing den Major von Gontard trotz der fehlenden Blumen huldvoll. Wenn sie ein Geschenk erwartet hatte, so ließ sie ihn die Enttäuschung nicht spüren. Er hatte sie in etlichen Aufführungen des neuerbauten Königlichen Schauspielhauses bewundert, zuletzt in einer leider nur kleinen Rolle als Irene in dem abgestandenen Lustspiel *Das Chamäleon*. Ihre betont weibliche Figur und ihre ausdrucksvolle Alt-Stimme hoben sie nach seinem Geschmack weit aus der Schar der übrigen Darstellerinnen hervor. Gewiss war sie keine Henriette Sontag, aber doch eine höchst ansprechende Größe unter all dem Mittelmaß, das sich da auf der Bühne tummelte.

Den verstorbenen König hatte bekanntermaßen eine besondere Vorliebe für die jüngsten Nymphen des Balletts ausgezeichnet, im Kabinett seines Kämmerers Timm war er den lieblichsten davon gerne persönlich begegnet. Kein Wunder, dass der Intendant der Hoftheater wie die Herrenwelt der Residenz sich bemühten, ihren Geschmack dem königlichen anzupassen. Gontard hingegen empfand eher Mitleid mit diesen dem Kindesalter kaum entwachsenen ätherischen Favoritinnen. In ihrer kindlichen Arglosigkeit erinnerten sie ihn allzu sehr an seine jüngste Schwester, ein zartes Wesen, das mit dreizehn Jahren diese Welt verlassen hatte.

Seine Henriette, so empfindsam sie sich mitunter gebärdete, war eher von einem allmählich ins Mütterliche hinübergleitenden fraulichen Reiz, den er bevorzugte – nur fehlte bei ihr eben jene kaum zu übersehende exotische Lockung, wie sie Celina La Ramée mit jeder Bewegung ausstrahlte. Davon vermochte er sich nun in ihrem eleganten Salon zu überzeugen, wo er ein wenig gehemmt auf einem Stühlchen hockte und den Tee aus einem zierlichen Tässchen genoss. Unwillkürlich kam ihm Heinrich, Henriettes engstirniger Bruder, in den Sinn. Was würde der nach Wutike melden, wüsste er ihn einer schönen Frau mit einem sehr freizügigen Décolleté gegenüber, dazu in dieser sündhaften Umgebung mit pastellfarben getönten Wänden?

Dabei ließ die Eleganz des Raums auf den zweiten Blick ein wenig zu wünschen übrig, selbst der Anstrich blätterte in der Nähe der Zimmerdecke. Die Fenstervorhänge spielten in einen grauen Farbton, woran das Regenwetter und die späte Stunde ihren Anteil haben mochten, das Möbel, auf dem er saß, ächzte gefahrdrohend unter seinem Gewicht, und von der Tülle der bauchigen Teekanne war ein Stück abgebrochen. Auch zeugte die Schürze des drallen Mädchens, das den Tee serviert hatte, nicht von übergroßer Reinlichkeit.

Normalerweise war Gontard nicht der Mann, in Verfolgung amouröser Ziele solchen nebensächlichen Details besondere Aufmerksamkeit zu widmen. Heute aber fielen sie ihm ebenso auf wie das starke Rouge, das den blassen Teint seiner Auserkorenen überdeckte, während ihr Haaransatz über der hohen Stirn nicht den gleichen Kastanienton wie die kunstvolle Frisur aufwies.

So aus der Nähe betrachtet und im ungünstigen Licht einer blakenden Öllampe wirkte ihre Haut um die kräftige Nase ein wenig grobporig, was ihm bis dahin entgangen war. Dennoch war Celina eine schöne und reizvolle Gesprächspartnerin. Schnell waren sie über die Herkunft ihrer Familiennamen beim Französischen angelangt, das sie zu seiner Überraschung nur mangelhaft beherrschte, hatte er doch den Gerüchten Glauben geschenkt, sie käme aus Paris. Wie sich herausstellte, entstammte sie wie er selbst einer alten Hugenottenfamilie. Die ihre war vor 150 Jahren in die Uckermark eingewandert, wie sie gestand, und dort durch den Tabakanbau zu einigem Wohlstand gelangt.

»Wenn endlich das Rauchen auf der Straße erlaubt würde, wären wir wohl richtig reich«, sagte sie und lachte ein wenig gekünstelt.

Damit bekannte sie sich ganz ungeniert zu jenen neuen Geistern, die das Rauchverbot auf den Straßen der Residenz und im Thiergarten seit langem bekämpften.

So ganz aus eigenem Antrieb erfolgten ihre Auskünfte übrigens nicht. Anscheinend zwang Gontards nachhaltige Art der Befragung sie zu mehr Aufrichtigkeit als beabsichtigt. Der kam mit seinen Gedanken nicht von Heidenreichs Tod los und verlor darüber sein eigentliches Ziel aus den Augen. Das spürte auch Celina mit einigem Befremden.

»Sie wurden mir als ein überaus amüsanter und anregender Kavalier geschildert, lieber Major. Davon merke ich wenig ...«, äußerte sie schließlich schmollend. »Sie fragen mich so gründlich aus, als wären Sie gekommen, um Erkundigungen über mich einzuziehen.«

Von Gontard entschuldigte sich. »Das liegt mir fern, meine Teuerste. Möglicherweise bin ich durch den überraschenden Tod eines engen Freundes heute ein wenig verstört und in nicht sehr ergötzlicher Stimmung.«

»Mein aufrichtiges Beileid.« Celina La Ramée blickte zu der Uhr auf dem Kaminsims, die einen dünnen Glockenschlag ertönen ließ. »Es tut mir leid, aber ich fürchte, ich habe heute Abend noch eine weitere Verpflichtung ... Vielleicht sollten wir unser Treffen ein andermal unter etwas besseren Voraussetzungen fortsetzen, lieber Major.«

Gontard erhob sich halb, der Stuhl knackte bedenklich. »Glauben Sie mir, ich verehre Sie und Ihre Kunst auf das

Tiefste«, sagte er und griff nach ihrer Hand, die sie ihm bereitwillig reichte.

»Erklären Sie das besser dem Herrn Intendanten«, entgegnete sie mit einem vielversprechenden Augenaufschlag, der Gontard nachdrücklich an den wahren Zweck seines Hierseins erinnerte. Zu spät. Die Schauspielerin erhob sich von dem Sofa, das wahrscheinlich auch ihm Platz geboten hätte, und ging zur Tür.

»Ich bedaure außerordentlich ...«, stammelte Gontard, der sich wie ein abgewiesener Fähnrich vorkam. Da hatte er sich nun wochenlang bemüht, und jetzt verabschiedete ihn die Angebetete mit einer nicht unfreundlichen, aber doch kühlen Geste, indem sie ihm die Hand auf die Schulter legte und sagte: »Vielleicht sehen wir uns, wenn Sie Ihre Trauer überwunden haben, mein Lieber. Wer war der Bedauernswerte?«

»Sie werden ihn kaum kennen«, vermutete Gontard. Er wusste nicht, ob er sich mehr über sie oder über sich selber ärgern sollte, verspürte aber gleichzeitig eine Spur von Erleichterung. Er war heute wirklich nicht in der Stimmung für ein frivoles Liebesabenteuer. »Doktor Gebhardt Heidenreich«, sagte er, da sie ihn weiterhin fragend anschaute, »ein hoffnungsvoller Lehrer an der Artillerieschule.«

Zu seinem Erstaunen reagierte sie betroffen auf diese Mitteilung. »Wie das?«, fragte sie erschrocken. »Er war doch noch recht jung ...«

»Er war 28 Jahre alt«, bestätigte Gontard, bevor er die viel näher liegende Frage stellte: »Woher kannten Sie ihn?« Heidenreich war nicht der Mann gewesen, seine Zeit damit zu vergeuden, Schauspielerinnen den Hof zu machen. Oder irrte er sich da?

Celina La Ramée gab eine harmlose Erklärung: »Ich bin

ihm einmal bei einer Freundin begegnet ... Es mag ein Jahr zurückliegen.«

Gontard vermochte nicht, seine Spannung zu verbergen. Er fragte: »Würde es Ihnen etwas ausmachen, mir den Namen der Dame zu verraten?«

Ein unergründlicher Blick traf ihn. »Es würde«, antwortete sie knapp und würdevoll. »Diskretion ist Ehrensache, nicht wahr, Herr Major?«

»Selbstverständlich!«, versicherte Gontard eilig. Er hatte sich noch nicht von der Überraschung erholt, dass sie Heidenreich überhaupt kannte, und zögerte nun, wie viel er über dessen Todesumstände preisgeben sollte. »Ich bemühe mich, ein wenig Licht in das Dunkel zu bringen, das seinen Tod überschattet«, sagte er endlich.

Ihre Hand auf seinem Oberarm verkrampfte sich. Dabei näherte sie ihr Gesicht dem seinen so dicht, dass er unwillkürlich zurückfuhr. Plötzlich erschien sie ihm viel älter, als er bis dahin geglaubt hatte. Ihre Hand glich einer Kralle.

»Er ist ermordet worden?«, flüsterte sie erschrocken.

»Und wenn?«, fragte er zurück. »Wer, glauben Sie, könnte es gewesen sein?«

Einen Augenblick sah sie ihn aus ihren dunkel umschatteten Augen an. »Ich glaube, Sie gehen jetzt besser«, sagte sie und ließ seinen Arm abrupt los. »Lisette!«, rief sie ins Dunkel des Flurs. »Du begleitest bitte den Herrn Major hinunter zur Tür.«

Zehn

Es hatte aufgehört zu regnen, doch das Wasser floss noch immer in breitem Strom die Gosse entlang, als von Gontard die Stufen vor dem Hausportal in der Kronenstraße hinunterschritt und in der Nähe stehenblieb. Hinter ihnen verschloss das Mädchen die Tür und wandte sich, ohne ihn zu beachten, nach rechts. Gontard vermied es, hinauf zu den Fenstern im zweiten Stock zu blicken. Er gab sich unentschlossen und folgte Lisette in einigem Abstand.

Erst als sie in die Friedrichstraße einbog, war er an ihrer Seite und sprach sie an. Sie erschrak nicht einmal, blickte ihn vielmehr furchtlos von der Seite an und griente verstohlen. »Sie woll'n jewiss hör'n, wo ick mir jetz hinbejebe, nich wa?«, sagte sie mit einem munteren Augenaufschlag. »Aba is nich. Die Jnädigste könnte da sehr unjnädig werden, wenn ick ihr die Diskretschon verderbe!«

Gontard verstand. Eine ganze Weile hatte er auf dem Treppenabsatz vor dem La Ramée'schen Salon ausharren müssen, bis Lisette neben der Anweisung, ihm die Haustür aufzuschließen, einen weiteren, von der schönen Celina hastig aufs Papier geworfenen Auftrag entgegengenommen, sich umständlich in ein weites Tuch gehüllt und ihn endlich nach unten begleitet hatte. Nun glaubte sie, ihn interessiere diese Botschaft oder zumindest der Adressat.

Er griff nach ihrer Hand, die sie unter dem Tuch verbarg, und schob ihr einen Dritteltaler zwischen die Finger. Sie befühlte die Münze und sagte: »Ick bin enttäuscht, Herr Major, wat Sie von ein anständijet Frauenzimmer erwarten!«

»Der Brief in Ihrer Tasche ist mir gleichgültig, Lisette. Ich möchte lediglich, dass Sie mir eine Frage beantworten.«

»Als wie icke?« Lachend brachte sie ihre Hand zum Vorschein und musterte das Geldstück, als schätze sie erst jetzt dessen Wert ab. »Zehn Silberjroschen for eene eenzije Frare? Da is unsereins aba jespannt wien Flitzeboren, Herr Major!«

»Es handelt sich um eine Freundin der Demoiselle La Ramée.«

Lisette schien enttäuscht. »Ach nee! Für welche von die ham Se denn wat übrich, Herr Major?«

Von Gontard fühlte sich nicht ganz wohl in seiner Haut, zumal die feuchte Uniform seine Behaglichkeit kaum erhöhte. Auf der Friedrichstraße war das abendliche Leben erwacht, niemand beachtete den Offizier und das schlicht gekleidete Dienstmädchen an seiner Seite. Sie war keine Schönheit, brauchte sich aber ihres glatten, runden Gesichts mit der kecken Nase nicht zu schämen.

»Es handelt sich um etwas anderes, als Sie glauben, Lisette. Ich weiß nur, dass Demoiselle La Ramée bei ihr einen guten Freund getroffen hat, um den es mir in Wahrheit geht.«

Lisette blickte ihn skeptisch an. »Jute Freunde hat se die Menge!«, sagte sie. »Aba det bleibt unta uns, ja?«

»Selbstverständlich. Niemand erfährt von unserem Gespräch. Besucht die Gnädigste denn häufig die eine oder andere ihrer Freundinnen?«

»Freundinnen is jut! Die meisten von die würden sich woll am liebsten jejenseitich de Oogen auskratzen. Wat is denn Ihr Freund für eener? Ooch ’n Offizier?«

»Nein. Ein junger Wissenschaftler ... Gebhardt Heidenreich. Ist dieser Name jemals in Ihrer Gegenwart gefallen?«

»Heidenreich? Nich det ick wüsste.«

»Doktor Gebhardt Heidenreich«, wiederholte von Gontard, schon beinahe ohne Hoffnung. »Er stammt aus dem Schwäbischen ...«

Im hellen Schein einer Gaslampe blieb Lisette stehen und sah sinnend zu ihm auf. »’n junger Dokter aus’m Schwäbischen?«, vergewisserte sie sich. »Da müsste ick mal scharf nachdenken ...«

Es klang vielversprechend. Gontard fühlte sich wie von einem galvanischen Element elektrisiert. Sie wusste etwas, das spürte er. Er wandte sich ihr vollends zu und packte sie sanft bei den Oberarmen, die sich zart anfühlten wie Gänseflügel. »Denken Sie gut nach!«, verlangte er. »Er war kleiner als ich, blond, immer mit einem wirren Haarschopf ...«

Sie nickte bedächtig und entzog sich seinem Griff. »Kann schon sin«, sagte sie leichthin, »des ick ihm mal hab jesehen.«

»Wo oder bei wem könnte das gewesen sein? Versuchen Sie sich bitte zu erinnern!«

Sie kniff die Augenlider zusammen und blinzelte ihm ins Gesicht. »Darüber müsste ich mal länger nachdenken«, erklärte sie gestelzt und machte einen Schritt, um zu gehen. »Vielleicht fällt mich ja was ein.«

Gontard hielt sie zurück und wühlte fieberhaft in seinen Taschen. »Es soll nicht Ihr Schaden sein, Lisette!«

»Des sagt sich so leicht hin ...«, erwiderte sie spitz. »Ich muss jetzt weiter, sonst wird die Jnädichste am Ende doch noch biestig.«

Gontard hatte endlich eine Münze gefunden und drückte sie ihr ungesehen in die Hand. »Reden Sie!«, sagte er. »Ich bitte Sie inständig!«

Lisette befühlte die Goldmünze und hielt sie ins Licht, als traue sie ihrem Gefühl nicht. »'n janzer Friedrichsdor ...«, sagte sie andächtig. »Dafor muss 'n armet Mädel anderswo janz andere Possen treiben.«

Gontard tat es einen Augenblick um die fünf Taler leid. Die Hälfte hätte es auch getan, dachte er. Was erhoffte er sich überhaupt von ihrer Antwort?

Sie musterte ihn von unten herauf mit einem schlauen Blick. »Es is aba schon 'ne janze Weile her, wo ich dem Herrn bin bejejnet ...«, sagte sie.

Gontard nickte ihr aufmunternd zu. »Erzählen Sie es dennoch! Es könnte wichtig sein.«

»Ja, also ... Da jab's so eine Dame, bei die ich mal einen Brief bringen musste ...«

»Und weiter?«

Sie standen immer noch dicht am Rinnstein unter der Gaslaterne.

»Na ja, wie soll ich saren ... Ich sollte eine Antwort abwarten. Die Dame war aba nicht janz alleine da in ihre Stube ... Jedenfalls war da ein junger Herr anwesend, so mit strubbligen blonden Haaren und offenes Hemde. Der hat was zu mir jesacht, was ick nich verstanden habe. Und da hat sie bloß jelacht und jesacht, der Herr Dokter spräche ehm manchmal Schwäbisch oder so was ...«

»Und wo ist das gewesen?«

Lisette machte eine abwehrende Handbewegung und

spähte an ihm vorbei, als wolle sie die Flucht ergreifen. »Mein Jott, janz weit draußen. Oben inne Friedrich-Wilhelm-Stadt, noch hinta de Spree. Ick musste üba die wacklichte Holzbrücke krauchen, aber zurück bin ick üba de Weidendammer. Die hat wenichstens 'n Eisenjeländer ...«

»In der Marienstraße«, vermutete Gontard. Den Straßennamen hatte Heidenreich mehrmals erwähnt, wie er sich erinnerte.

»Ganz genau«, bestätigte Lisette geziert. »Sind Herr Major nu zufrieden mit mir?«

»Fast.« Er lächelte sie an. »Es fehlen nur noch der Name der Dame und ihre Hausnummer.«

Das Mädchen machte ein zerknirschtes Gesicht. »Des is es ja! Ick kann mir nich druff besinnen, wie die Madame hieß. War so 'ne lange Blonde, ziemlich dünne für mein' Jeschmack. Hatte aba piekfeine Kledage – ich meine Jarderobe – bei sich rumzuhängen inne Stube. Es war das zweete oder dritte Haus rechts um de Ecke, zwee Treppen hoch.«

»Der Name!«, flehte Gontard. »Versuchen Sie sich zu erinnern!«

Sie schüttelte den Kopf. »Is wie wegjeblasen. Irjendsowas wie Potsdam oder so ähnlich ... Und nu muss ich wirklich los!«

»Hat Demoiselle La Ramée nie von ihr gesprochen, nie ihren Vornamen erwähnt?«

»Doch!« Ein Leuchten überzog ihr rundes Gesicht. »Von Lia hat se öfter mal jesprochen ...«

Und ehe von Gontard sich versah, war sie im Strom der Menschen verschwunden. Mit großen Schritten eilte er ihr hinterher und entdeckte das wehende Tuch unter der nächsten Laterne. Gerade bog sie in die Behrenstraße ein.

Diesmal erschrak sie, als er sie festhielt. »Nur noch eine Minute«, bat er.

Sie verstand ihn falsch. »Herjesses! Sie wollen ja doch bloß rausfinden, bei wem Celina mir jeschickt hat.« Sie wies hinüber auf die andere Straßenseite. »Bein Herrn Hofrath Conradi, wenn's recht is. Und nu lassen Se mir endlich jehn!«

Gontard machte eine abwehrende Handbewegung. »Wann ist das mit dieser Lia und dem Doktor in der Marienstraße gewesen?«

»Is ewich und drei Tare her! Muss noch vor Weihnachten letztes Jahr jewesen sein ...«

»Danke, Lisette.«

Sichtlich erleichtert balancierte sie über die Gosse und überquerte die Straße. Der Herr Hofrath Conradi würde ihn also am heutigen Abend bei der Demoiselle Celina ersetzen, dachte er eher amüsiert als eifersüchtig. Hoffentlich bereitete der ihr mehr Freude als er.

Er jedenfalls würde sich zur Marienstraße begeben, um Heidenreichs Damenbekanntschaft auszuforschen – wenn die ganze Angelegenheit den Tatsachen entsprach. Wer sagte denn, dass Gebhardt Heidenreich nicht tatsächlich der Alkoholsucht zum Opfer gefallen war?

In Gedanken versunken kehrte er in die Friedrichstraße zurück, fühlte sich zu seiner Überraschung jedoch plötzlich am Ärmel ergriffen. Lisette!

»Mir is noch was injefalln!«, keuchte sie.

Erleichtert sagte Gontard: »Der Name!«

Sie schüttelte den Kopf. »In das Haus daneben war 'n Heringshändler. Ick hab den Jeruch noch inne Nase. Aber das isses nich. Celina – ich meine die Ramée – hat erst neulich erwähnt, sie hätte die Lia inne Taubenstraße in ein Haus jehn jesehen und deutlich erkannt. Die ihr aber nich. Oda nich jewollt.«

Bevor Gontard den kryptischen Gehalt der Mitteilung vollständig entschlüsselt hatte, war Lisette eiligst in der Dunkelheit untergetaucht.

Kopfschüttelnd setzte von Gontard seinen Weg fort. Was hatte Heidenreich gestern Abend angekündigt? »Du wirst begeistert sein von dieser Aufgabe, die dein höchstes Interesse wecken und erfordern wird!« Wenn er nur gewusst hätte, um welche Aufgabe es sich handelte! Eine außergewöhnliche und gefährliche Entdeckung – was in aller Welt konnte Heidenreich gemeint haben?

Blieb ihm, um das aufzuklären, vorerst wirklich nur der Weg, Heidenreichs persönliche Geheimnisse aufzudecken?

Er überquerte die Linden und überlegte, ob es besser sei, mit seinen Nachforschungen in Knoppes Haus zu beginnen, entschied sich nach einem Blick auf seine Uhr jedoch für die Marienstraße. Es versprach wenig Erfolg, zu später Stunde in einer ihm unbekannten Gegend aufzutauchen und Fragen zu stellen. Die Friedrich-Wilhelm-Stadt am Nordufer der Spree war Berlins jüngstes Stadtviertel, in dem noch immer rege Bautätigkeit herrschte. Bis vor wenigen Jahren hatten sich zwischen der nordwestlichen Friedrichstraße und den älteren Teilen der Charité und der Tierarzneischule nur Wiesen und Gärtnereien ausgebreitet, inzwischen hatten vornehmlich die Studenten die neuen Straßenzüge um die Luisen-, Albrechts- und Karlstraße als Wohnstätten für sich entdeckt und in Besitz genommen.

Er passierte Madame Bernards elegantes Haus, in dem angeblich schon Napoleon die Freuden der Liebe genossen hatte. Auf der anderen Straßenseite schimmerte die Lampe über der Tür von Kasperskis Weinkeller. Hatte es Sinn, sich dort nach Heidenreichs nächtlichen Äußerungen zu erkundigen? Wohl kaum. Niemand gab auf das Geschwätz eines Trunkenen acht. Es sei denn ...

Der Mann auf der Treppe! Das war eine Spur, die zu verfolgen sich lohnte! Vielleicht hatte der Kerl ja nicht nur jedes Wort aus Heidenreichs Mund belauscht, sondern auch aufgeschrieben. Hatte Gebhardt möglicherweise etwas besonders Unkluges geäußert? Bezüglich irgendeiner Gefahr, und irgendwer hatte ihn schlicht missverstanden?

Gontard musste sich eingestehen, dass er da mit einer sehr dünnen Rute bewaffnet im Stockfinstern herumwünschelte. Wahrscheinlich hatte Kußmaul nicht einmal unrecht: Nachdem er an dem verschwundenen Bathurst beschämend gescheitert war, verlangte es ihn dringend nach einem neuen, möglichst geheimnisvollen Criminalfall. Gab Heidenreichs Tod den tatsächlich her?

Zuerst einmal musste dessen exakte Todesursache feststehen. Davon hing alles Weitere ab. Selbst der Spitzel konnte warten. Das Geheimnis, von dem Heidenreich gesprochen hatte, aber blieb.

Die Telegraphie? Eben nicht, nach Heidenreichs Aussage »Sonst wäre ich schon weiter«. Auch dieser Satz vorläufig ein unlösbares Rätsel. Sollte ihm etwas Bedeutsames in einem ausländischen Bericht aufgefallen sein? Das Journal müsste sich dann in seiner Hinterlassenschaft finden.

Tief in Gedanken schritt Gontard dahin und achtete nicht einmal auf die Droschken, die vorüberrollten. Unversehens fiel ihm sein Hengst Waldemar ein, um den er sich kümmern musste. Ursprünglich hatte er vorgehabt, am Wochenende einen längeren Ausritt mit ihm zu unternehmen. Daraus würde kaum etwas werden. Es sah überhaupt nicht gut aus mit seinen Plänen, wie sich bei Celina La Ramée gezeigt hatte.

Im Vorbeigehen griff jemand an den Hut und grüßte ihn, ein vollbärtiger Mann mit Kneifer, in einen weiten braunen Mantel gehüllt. Der Doktor Bächerle! Der kam ihm wie gerufen. Hastig wandte er sich um und erwischte den Davoneilenden am wehenden Mantelflügel. »Kann ich Sie einen Augenblick sprechen, Herr Doktor?«

Bächerle zögerte nur einen Moment. »Aber gewiss«, sagte er mit seiner wohlklingenden Stimme, »ich hatte es Ihnen ja angeboten.«

»Vielleicht setzen wir uns irgendwo auf einen Schoppen Wein? Ich lade Sie selbstverständlich ein.«

Also doch Kasperskis Weinkeller. Der lag am nächsten. Wie an jedem Abend war das Etablissement gut besucht, aber noch waren das Stimmengewirr erträglich und die Qualmwolken der Tabakraucher durchschaubar. Bächerle blickte sich interessiert um.

»Hier habe ich manchen Abend mit meinem Freund Heidenreich verbracht«, sagte Gontard, als sie Platz gefunden hatten und der Wein vor ihnen stand.

Der Arzt nickte. »Den gestrigen ebenfalls?«, fragte er.

»Ja. Das heißt nicht wirklich mit ihm. Er saß in einer fröhlichen Runde, und ich kam später. Und ich ging früher. Leider.«

»Sie haben gar nicht mit ihm gesprochen?«

»O doch, er kam an meinen Tisch, um mir anscheinend etwas sehr Wichtiges mitzuteilen. Er glaubte, eine bedeutungsvolle Entdeckung gemacht zu haben.«

Doktor Bächerle war dabei, eine Pfeife zusammenzustecken und deren Kopf sorgfältig mit Tabak zu stopfen. »Eine Entdeckung?«, fragte er zweifelnd und ohne von seiner Tätigkeit aufzublicken. »Was könnte er damit gemeint haben?«

Hilflos hob Gontard beide Hände. »Eben das frage ich mich. Bisher vergebens.«

Der Doktor entzündete umständlich ein Schwefelholz und setzte den Tabak in Brand. »Sehr bequem, diese Hölzer«, sagte er schmauchend. »Und ebenfalls eine bedeutungsvolle Entdeckung, nicht wahr?«

Gontard lachte gequält. »Heidenreich war Physiker. In letzter Zeit beschäftigte er sich vornehmlich mit elektrischer Telegraphie.«

»Na, sehen Sie. Wer weiß, was ihm da gerade in den Sinn gekommen war. Jemand wird es früher oder später herausfinden.«

»Nein, nein.« Gontard schüttelte den Kopf. »Wenn ich das Mysterium nicht aufkläre, wird es kaum einem anderen gelingen.«

Bächerle sah ihn forschend an. »Sind Sie sicher, dass er mit niemandem außer Ihnen darüber gesprochen hat?«

»Ich fürchte, ja. Er neigte nicht dazu, Fremde mit seinen Gedanken zu behelligen.«

»Auch nicht im Zustand der Trunkenheit?«

Gontard dachte nach und schüttelte den Kopf. »Auch dann nicht«, sagte er entschieden.

Bächerle hob bedauernd die Schultern. »So wird er das Geheimnis seiner Entdeckung wohl mit ins Grab nehmen. Ein wahrhaft trauriges Ende. Gibt es denn keinen Menschen, der ihm nahestand?«

Gontard fiel sofort die Dame Lia ein. Er hielt es jedoch

für besser, sie nicht zu erwähnen. »Ich glaube, Albertine, die Tochter Ihrer gemeinsamen Wirtsleute, war die einzige, die sich wirklich um ihn sorgte. Sie hat ihn ja auch gefunden …«

Der Arzt nickte bedächtig. »Ich war sogleich zur Stelle. Dass sie außerdem diesen Criminal-Commissarius herbeizitierte, vermochte ich nicht zu verhindern.«

»Als ich erschien, kam eben ein Mann die Treppe herab …«

Bächerle blickte sich um, wie man es bei der Erwähnung eines solchen Subjekts eben tat, und murmelte: »Man hat mich gebeten, ihn nicht zu erwähnen …«

Sie blickten sich bedeutungsvoll an und hoben die Gläser.

Nach einer langen Pause fragte Gontard: »Haben Sie Heidenreich eigentlich gehört, als er nachts nach Hause kam?«

Bächerle dachte nach und schüttelte schließlich den Kopf. »Ich kann mich nicht erinnern. Vermutlich habe ich längst geschlafen.«

Er muss einen festen Schlaf haben, dachte Gontard unwillkürlich. Falls er die Glocke wirklich nicht gehört hatte, konnten ihm doch Heidenreichs schwere Schritte auf der Treppe kaum entgangen sein. Andererseits, welchen Grund sollte Bächerle haben, ihn zu belügen?

»Es tut mir leid, dass ich Ihnen nicht mehr sagen kann«, sagte der Arzt bedauernd.

Gontard sah ihn an. »Wahrscheinlich deute ich zu viel in diesen Todesfall hinein. Ich habe einen unstillbaren Hang, mich von Criminalfällen fesseln zu lassen. Heidenreich hat mich öfter damit aufgezogen.«

Bächerle stieß eine Qualmwolke aus und sagte: »Darüber muss man nicht spotten. Die forensische Medizin ist ein höchst interessantes und diffiziles Feld.«

Gontard nickte. »Morgen wird die Leiche vermutlich obduziert«, sagte er. »Im anatomischen Theater. Mein Freund Kußmaul will dafür sorgen.«

Die Miene des Arztes, hinter Kneifer und Vollbart verborgen, wirkte ernst.

»Darin drückt sich keinerlei Misstrauen gegen Ihre Diagnose aus«, beeilte sich Gontard zu versichern.

Bächerle lächelte mild. »Dafür bietet sich auch kein Anlass«, sagte er gemessen. »Ich bin überzeugt, man wird meinen Befund vollauf bestätigen.«

Elf

Aemilius von Elster, genannt von Streyth, hatte die Conditorei einigermaßen aufgebracht verlassen, insgeheim von allen Blicken begleitet. Davon war er fest überzeugt. Ein wenig unschlüssig stand er Unter den Linden und überlegte, ob er unverzüglich sein trautes Heim aufsuchen sollte. Sich in dieser Stimmung auf Kindergeschrei oder auf eine ausufernde Debatte über die Kosten einer standesgemäßen Equipage einzulassen – das überstieg wohl doch seine Kräfte. Außerdem begann es gerade wieder zu regnen, und im Nu waren alle Droschken im weiten Umkreis besetzt.

Blieb nur die nächstgelegene Tabagie, um den Ärger der letzten Viertelstunde mit einem kräftigen Schluck hinunterzuspülen. Der Oberst-Lieutenant war kein Feind eines guten Tropfens. Vom Bier oder Wein bei den Mahlzeiten einmal abgesehen, trank er allabendlich vor dem Zubettgehen ein, zwei Gläschen des guten Branntweins, den die eigene Brennerei in vorzüglicher Qualität lieferte. Kartoffeln und Roggen wuchsen reichlich in der Neumark. Zu des Oberst-Lieutenants Beruhigung brachte der Schnaps in guten Jahren sogar mehr ein als der restliche landwirtschaftliche Ertrag, um den sich der Gutsinspector gefälligst zu kümmern hatte. Von Streyth fühlte sich nicht als Landwirt, er war kein Krautjunker wie der Nachbar von

Potzlow, er war ein preußischer Militär mit einem natürlichen Interesse für Pferdezucht. Und eher notgedrungen auch für die Produktion von Alkohol. Goltzsch, der alte Brennmeister, dem kein Geheimnis der glasklaren Flüssigkeit unbekannt war, hatte ihn bereits in jungen Jahren mit den wichtigsten Ausgangspunkten und Verfahren vertraut gemacht. Professor Kieserling, seines Zeichens ein altgedienter Chemiker an der Artillerieschule, hatte ihn zusätzlich und von manchem praktischen Versuch begleitet in die physiologische Wirkungsweise des Stoffes eingeweiht, der seiner Ansicht nach in seinem Nahrungsgehalt nicht einmal mit Zuckerwasser zu vergleichen war und dennoch in der menschlichen Ernährung eine nicht unwesentliche Rolle spielte. Nach einem komplizierten Prozess, den von Streyth niemals gänzlich erfasst hatte, verwandelte sich Alkohol im Blut zu Essigsäure und Wasser, um endlich zu Wasser und Kohlensäure verbrannt zu werden, wodurch angeblich die Bestandteile des Blutes vor der Verbrennung geschützt blieben. Als »Sparbüchse für das Gewebe« hatte Kieserling das von ihm geschätzte Getränk bezeichnet: »Wer wenig isst und mäßig davon trinkt, behält ebenso viel davon im Körper wie einer, der mehr isst und auf den Alkohol verzichtet.« Woraus folgte, dass es grausam sei, den Tagelöhner, der sich im Schweiße seines Angesichts ein kärgliches Mahl verdiente, des einzigen Mittels zu berauben, durch welches seine dürftige Nahrung vorhält. Eine einleuchtende Erklärung, die sich von Streyth zu eigen gemacht hatte und in Debatten mit Mäßigkeitsaposteln und Missionsvereinen gern gebrauchte.

Mit dem zweiten Glas hob sich allmählich seine Stimmung, er begann, seine Umgebung mit freundlicheren

Augen zu betrachten. Immerhin war er in einem Gasthof der zweiten Klasse eingekehrt, was ein gewisses Niveau des Publikums garantierte, wie er an seinen Tischgenossen feststellen konnte, sämtlich honorige Bürger, die sich lautstark über die Erlebnisse des vergangenen Tages austauschten und sich auf das für den Sonnabend vorgesehene Festmahl freuten. Sie schienen alle brave und königstreue Untertanen zu sein, deren Hoffnungen auf dem neuen Regenten und den besseren Zeiten ruhten, die unweigerlich kommen mussten.

Beim dritten Glas zogen sie von Streyth unversehens in ihr Gespräch, und er, der sonst wenig von jeglicher Verbrüderung mit derartigen Pfeffersäcken hielt, fand die Herren gar nicht einmal unangenehm. Der Jüngste von ihnen war, wie sich herausstellte, just am Huldigungstage Vater einer gesunden Tochter geworden, auf deren Taufe am Sonntag man im Voraus anstieß. Friederike Wilhelmine würde sie heißen. Kein Wunder, dass von Streyth, der für gewöhnlich in privaten Angelegenheiten strikte Zurückhaltung wahrte, mit Vaterstolz von seinem Emil Friedrich zu berichten notwendig fand und allgemeine Gratulationen einheimste.

Der Nachmittag verging, und der Abend war fortgeschritten, als Aemilius von Streyth endlich – und nicht ohne Hilfe seiner neugewonnenen Freunde – eine Droschke bestieg und mit schwerer Zunge die Adresse in der Taubenstraße nannte. Dort hatte man ihn Stunden zuvor zum Abendessen erwartet, dessen Reste die Mamsell nunmehr mit einem Gesichtsausdruck auftrug, für den von Streyth sie gerne grob gerügt hätte. Nur die Anwesenheit seiner jungen Frau und deren nicht minder vorwurfsvolle Miene hinderten ihn daran.

»Ich hatte einen schweren Tag …«, war vorerst alles, was er zu seiner Verteidigung vorbrachte, während er sich bemühte, dem kalten Braten mit dem Messer beizukommen.

»Das ist unschwer zu erkennen«, lautete die Antwort.

Von Streyth sah sie forschend an, konnte aber in ihrem Gesicht keine Spur jener Schalkhaftigkeit entdecken, mit der sie mitunter über eine ihr unpassend erscheinende Bemerkung hinwegging. Im Gegensatz zu seiner ersten Frau neigte sie nicht zu zänkischen Wortkaskaden. Weit eher bediente sie sich eines nachsichtig-spöttischen Tonfalls, um ihn auf ein Fehlverhalten aufmerksam zu machen. Er rechnete auch jetzt mit ihrem Großmut.

»Nun ja, ich habe etwas getrunken«, gab er zu. »Wir stecken ja noch mitten in den Huldigungsfeierlichkeiten …«

Das war kein guter Ansatz, wie er sofort erkennen musste. Sie hob die Augenbrauen und fragte: »Du glaubst, das wäre die angemessene Huldigungsform für unseren neuen König?«

Er hatte schon einige Male mit Unbehagen bemerkt, dass despektierliche Äußerungen über das Königspaar ihr allzu leicht über die blassen Lippen flossen. Zur Rede gestellt, hatte sie sich mit der nachlässigen Freizügigkeit gewisser Kreise rechtfertigt, in denen sie in den Jahren vor der Bekanntschaft mit ihm gelegentlich verkehrt habe. Dass der bisherige Kronprinz einem guten Tropfen nicht abhold war, gehörte immerhin zu den offenen Geheimnissen des Hofes.

Von Streyth verzichtete deshalb auf eine Antwort. Vielmehr fragte er, in der Hoffnung, sie milder zu stimmen: »Und wie ist es *unserem* Kronprinzen heute ergangen?«

»Er schläft endlich. Am Nachmittag hat uns ein Mensch

mit seinem aufdringlichen Läuten gestört. Eine äußerst unangenehme Person übrigens.«

Der Oberst-Lieutenant setzte die Faust mit dem Messergriff hart auf den Tisch. »Niemand hat das Recht, den Frieden meines Hauses …«

Der Blick in ihrem Gesicht ließ ihn verstummen.

»Er müsse dich sprechen, behauptete der Mensch«, sagte sie ruhig.

Er brauchte eine ganze Weile, um zu begreifen. Liborius! Kein anderer konnte es gewesen sein. Sofort stand ihm die peinliche Szene bei Spargnapani lebendig vor Augen. Der Kerl hatte es tatsächlich gewagt, sich seinem Haus zu nähern!

Sicherheitshalber ließ er sich den ungebetenen Besucher beschreiben: Eher klein als groß, gelbe Weste, langer Überrock, eine braunhaarige Perücke auf dem Kopf. Er hatte es für dichten Haarwuchs gehalten.

»Außerdem hatte er richtige Kalbsaugen«, fügte Melitta schließlich hinzu und räumte damit auch den letzten Zweifel aus.

»Was für ein Ausdruck!«, merkte er lediglich an.

Sie blieb die Antwort nicht schuldig. »Ein berlinischer. Kulbsoogen nennt man das hier, wenn einer so aussieht. Er wirkte wie einer von diesen Horchern, die man überall antrifft.«

Schon einige Male hatte von Streyth darüber nach gedacht, mit welcher Art freizügiger Kreise sie wohl vor seiner Zeit Umgang gepflegt haben mochte. Wie kam es, dass sie einem wie Liborius so ohne weiteres die Profession ansah?

»Hast du eine Vorstellung, was so einer von dir will?«, erkundigte sie sich.

Ohne nachzudenken, schüttelte er den Kopf. Über den Ärger, den ihm die Vertraulichkeit des amtlichen Kundschafters bereitet hatte, war ihm der eigentliche Grund für dessen Auftreten beinahe aus dem Gedächtnis entschwunden. Nun fiel ihm Heidenreich ein. Weshalb aber hatte Liborius ausgerechnet ihn, von Streyth, gesucht, um die Todesnachricht zu überbringen, und nicht Heidenreichs Vertrauten von Gontard?

Stumm versuchte er, darüber nachzudenken, worin Liborius' wirkliche Absicht bestanden haben mochte, doch seine Gedanken verwirrten sich. Der prüfende Blick aus Melittas blaugrauen Augen, der auf ihm ruhte, machte es nicht leichter, eine Antwort zu finden.

»Er versuchte, eine gewisse Vertraulichkeit herauszukehren«, sagte sie.

Das vermochte von Streyth nur zu bestätigen. »Das eben ist das Fatale an derartigen Leuten ...«, brummte er. »Damit gelingt es ihnen, harmlose Gemüter zu täuschen.« Er wollte einen weiteren Bissen nehmen, doch sein Magen begann sich zu rühren. Er griff nach dem Weinglas.

Sie ließ nicht locker. »Hast du an der Lehranstalt öfter mit solchen ... Zuträgern zu tun?«

Der Oberst-Lieutenant schluckte. Weshalb hatte er überhaupt zugegeben, auch nur einen einzigen solchen Menschen zu kennen? »An der Artillerieschule hat es einen unerwarteten Todesfall gegeben ...«, sagte er schließlich, als erkläre das alles.

»Oh«, bemerkte sie dazu mit hochgezogenen Brauen.

Er mochte es nicht, wenn sich auf ihrer Stirn Falten bildeten. Ärgerlich auf sich selbst, winkte er ab. »Ich weiß, ich weiß ...«

Er hatte gegen die Vereinbarung verstoßen. Gleich nach

seinem ersten ausführlichen Bericht über die Situation und die Verhältnisse an der Lehranstalt samt allen gegen ihn gerichteten Intrigen des Lehrkörpers hatte sie ihn lange angeblickt und ihn dann in wohlgesetzten Worten gebeten, diese Materie künftig nach Möglichkeit zu meiden. »Erzähle mir lieber, wer dir im Thiergarten begegnet ist oder was man in den Caféhäusern spricht. Deine Schule scheint mir ein allzu trister Gesprächsstoff für unser Eheleben ...«

Dabei war es geblieben. Bis eben. »Ich verschone dich dafür mit allem, was Putz, Mode und Küche angeht«, lautete ihr Versprechen, und daran hatte sie sich gehalten.

Jetzt maß sie ihn mit einem beinahe mitfühlenden Lächeln. »Einer der jungen Fähnriche?«, fragte sie.

Er erhob sich, die Serviette vor den Mund gepresst. »Verzeih mir. Ich möchte dich nicht mit solchen internen Unannehmlichkeiten verstimmen.«

»Ist es jemand, der dir nahestand?«, fragte sie besorgt und stand ebenfalls auf.

Mir steht dort niemand nahe, hätte er wahrheitsgemäß antworten können, doch die Übelkeit überkam ihn. Nur mühsam gelang es ihm, sich noch einmal zu fassen. Er schüttelte den Kopf und murmelte undeutlich: »Nur einer der Zivilisten. Ein gewisser Heidenreich ...«

Zwölf

Als Gontard Kasperskis Keller verließ, war es entschieden zu spät für etwaige Erkundungen in der Marienstraße. Es erschien ihm nicht einmal angemessen, den Arzt zu begleiten und zu dieser Stunde noch die Familie Knoppe aufzusuchen.

Bächerle hatte sich als ein angenehmer Gesprächspartner erwiesen und zu den von Gontard erwähnten Criminalfällen mancherlei aus seiner medizinischen Praxis beigesteuert. Auf Heidenreich waren sie nur noch einmal zurückgekommen, als Gontard beiläufig dessen Wissbegierde bezüglich des Hohenzollernschen Stammbaums erwähnt und der Doktor mit einem aufmerksamen Blick darauf reagiert hatte. Da wusste Gontard, dass er zu weit gegangen war. Was gingen einen Fremden Heidenreichs private Vorlieben an?

Der Weg vom verräucherten Weinkeller in die nahe Dorotheenstraße erschien ihm viel zu kurz, um seine Gedanken zu sammeln. Noch einmal einzukehren kam nicht in Frage. Ein abendlicher Spaziergang über die Linden, wo trotz der späten Stunde noch lebhafter Verkehr herrschte, würde ihm viel eher guttun. Der Regen hatte sich endlich verzogen und auf den festgestampften Wegen nur ein paar Pfützen hinterlassen. Auf der mittleren Bahn, zwischen den verwaisten Bänken und den eisernen

Barrieren mit den Sandsteinsockeln, promenierten Offiziere und Bürger mit ihren Damen, rechts und links rollte der Wagenkorso, als gelte es, die am Nachmittag verlorene Zeit aufzuholen.

Gontard schlenderte müßig dahin, vorbei am Königlichen Stallgebäude, in dem sinnigerweise die Akademien untergebracht waren, und seine Gedanken weilten natürlich bei Heidenreich. Was wusste er überhaupt von ihm? Entschieden zu wenig, um seinen plötzlichen Tod aufzuklären, wenn es denn nicht der Alkohol sein sollte, der ihn hinweggerafft hatte. Gewiss war Heidenreich kein bequemer Zeitgenosse gewesen. Wem aber sollte er einen Grund geliefert haben, ihn umzubringen?

Er würde sich morgen auf den Weg zu Waldemar in die Marienstraße begeben und nach der Frau forschen. Das war immerhin ein Ansatz – wenn auch kein vielversprechender.

Als zweite Möglichkeit fielen ihm allenfalls Heidenreichs Hohenzollern-Erkundungen ein. Er hatte wenig auf das gegeben, was den Freund da so stark beschäftigte, und der hatte es bald aufgegeben, ihn mit Einzelheiten zu belästigen. Eines allerdings war sicher: Heidenreich war Wissenschaftler genug gewesen, keine ihm wichtig erscheinende Idee oder Feststellung nur im eigenen Kopf zu speichern. Alle Details ihrer Kellerversuche beispielsweise hatte er in seiner winzigen, gestochenen Schrift zu Papier gebracht. Wo waren alle diese Notizen aufbewahrt?

Siedendheiß durchfuhr es ihn. Er hatte Werpel und dem Spitzel ausreichend Zeit gelassen, Heidenreichs Stube gründlich zu durchsuchen. Albertine wenigstens zeitweise wegzuschicken war ihnen gewiss ein Leichtes gewesen. Sicherlich war ihrer Aufmerksamkeit auch Heidenreichs heimliches Labor, die Dachkammer, nicht entgangen.

Nun bereute er es, seine Zeit mit Celina La Ramée und Doktor Bächerle vergeudet zu haben, statt mit Albertine reden. Nur von ihr durfte er wirkliche Auskünfte über Heidenreich erwarten.

In Gedanken versunken war er am Wachgebäude hinter der Universität angelangt. Gegenüber strömten die Besucher aus dem festlich erleuchteten Opernhaus, auch das Palais des Königs hinter dem Festungsgraben war illuminiert. Gontard verspürte wenig Lust, jetzt irgendeinem Bekannten zu begegnen und sich auf ein belangloses Gespräch einzulassen. Lieber wandte er sich zurück und wollte eben in die Universitätsstraße einbiegen, als ihm die Schule und der Kellerraum einfielen. War es nicht gut möglich, dass Heidenreich seine Aufzeichnungen gerade dort versteckt gehalten hatte, in der Höhle des Löwen sozusagen, wo man sie am wenigsten vermutete? Außerdem: Falls es sich bei der geheimnisvollen Entdeckung doch um eine physikalische oder telegraphische Neuheit handeln sollte – was lag näher, als ein Hinweis darauf in ihrem gemeinsamen Labor vorzufinden?

Thielicke, der Pedell, schien sehr überrascht, als der Major von Gontard zu so später Stunde ungestüm Einlass begehrte.

»Aber Herr Major können doch nicht so plötzlich ...«, stammelte er, »... in den Keller ... Ich weiß gar nicht, ob die Direction ...«

»Das lassen Sie nur meine Sorge sein!«, schnitt Gontard ihm das Wort ab. »Wir haben schon öfter spät gearbeitet, wie Sie wissen.«

»Ja, selbstredend. Aber ich dachte ...«

In den trüben Augen des Alten sah Gontard etwas, das ihm nicht gefiel. »Was dachten Sie?«, fragte er scharf.

»Jetzt, wo der Doktor Heidenreich nicht mehr …«

Er hatte es getroffen. Thielicke war zusammengezuckt, sein Blick verriet Unsicherheit.

»Woher wissen Sie davon?«, fragte Gontard, diesmal ganz ohne Härte.

Thielicke schwieg. »Ich … ich weiß gar nichts …«, sagte er schließlich eingeschüchtert. »Was ist mit dem Herrn Doktor Heidenreich?«

Gontard betrachtete ihn verächtlich. »Sie sind ein beklagenswert schlechter Schauspieler, Thielicke«, tadelte er. »Von wem wissen Sie es?«

»Ich weiß gar nicht … Möglicherweise brachte irgendjemand die traurige Nachricht mit ins Haus …«

»Wer? Der Director? Einer der Lehrkräfte?«

Thielicke schwieg verlegen, und Gontard kam eine Idee. »Hat jemand sich in letzter Zeit bei Ihnen nach Herrn Doktor Heidenreich erkundigt?«

Der Pedell wich dem Blick aus. »Man hat sein Fehlen bei der heutigen Huldigungsfeier bemerkt …«

»Ach! Wem ist das aufgefallen?«

Der alte Mann wand sich und lispelte schließlich: »Dem Herrn Oberst-Lieutenant von Streyth …«

»Sieh da! Stammte von dem etwa auch die Unglücksbotschaft?«

Thielicke schüttelte so heftig den Kopf, dass Gontard sich in seiner ursprünglichen Idee bestärkt sah. Er blickte dem Alten gerade in die Augen und fragte: »War es etwa ein mittelgroßer Kerl mit gelber Weste, Perücke und hervortretenden Augen?«

Wieder zuckte Thielicke zusammen. »Ich kann mich

wahrhaftig nicht an jeden Besucher erinnern«, stotterte er.

»Sie können sich sehr gut erinnern, Thielicke! Ist Ihnen der Mann heute zum ersten Mal begegnet?«

Der Pedell nickte ein wenig zu eifrig.

»Thielicke!«, mahnte Gontard. »Sie waren doch mal ein tapferer Unteroffizier, soviel ich weiß. Weshalb belügen Sie mich? Haben Sie etwas zu verbergen?«

Der Invalide sank in sich zusammen. »Nein, Herr Major«, flüsterte er kleinlaut, »es ist nur so ...«

»... dass dieser Mann auf Geheimhaltung besteht, stimmt's? Seit wann kennen Sie ihn?«

Thielicke blickte sich scheu um, als vermute er irgendwo einen Horcher. »Schon seit einigen Jahren ...«, gestand er zögernd. »Er kommt gelegentlich hier vorbei ...«

»... und fragt Sie aus. Seit Jahren geben Sie also Nachrichten aus diesem militärischen Institut an unbefugte Personen weiter. Das kann Sie Ihre Stellung kosten, Thielicke, wenn nicht Schlimmeres!«

Thielicke, tief getroffen, begehrte auf: »Jedermann ist dem König gegenüber verpflichtet, seinen vaterländischen Pflichten nachzukommen, Herr Major!«

»Richtig, Thielicke. Aber hier, an diesem Ort, dürfte die Wahrung militärischer Geheimnisse im Vordergrund stehen, deren Wert oder Unwert Ihnen vielleicht gar nicht bewusst ist. Sie haben ihm gewiss auch Heidenreichs und meine Versuche im Keller gemeldet, nicht wahr?«

Der Pedell nickte stumm.

»Und ihn in den Kellerraum geführt.«

Der Pedell verkörperte das Abbild eines begossenen Pudels. »Heute zum ersten Mal ...«, hauchte er tonlos. »Erst nachdem er mir mitgeteilt hatte ...«

»... dass der Doktor Heidenreich in der Nacht verstorben ist.«

Wieder nickte Thielicke.

»Wie heißt der Mann überhaupt?«

»Liborius. Er hat sich als Bediensteter der Königlichen Polizeibehörde ausgewiesen.«

»Und was hatte er dort unten in unserem Keller zu suchen?«

»Er meinte, der unerwartete Tod des seligen Herrn Doktor bedürfe einer näheren Untersuchung. Dazu bedürfe es aller Papiere und Aufzeichnungen von dessen Hand und eines Blicks auf all die Gerätschaften, die dort unten aufgebaut sind.«

»Über die Sie ihn getreulich unterrichtet hatten. Thielicke, es sieht gar nicht gut aus für Sie.«

Wie ein geschlagener Hund blickte Thielicke aus seinen wässrigen Augen zu ihm auf. »Herr Major dürfen sicher sein, dass ich niemals ein Wort der Herabsetzung über den Herrn Major oder den Herrn Doktor Heidenreich ausgesprochen habe. Nichts von dem, was Liborius je von mir erfahren hat, kann jemandem schaden ...«

»Sie sind ein altes Waschweib, Thielicke. Nun erzählen Sie mir mal, was dieser Liborius in unserem Raum gefunden, und vor allem, was er von dort mitgenommen hat.«

»Davon weiß ich nichts. Ich habe ihn mit der Laterne hinunterbegleitet und allein dort zurückgelassen.«

»Nachdem Sie ihm die Tür geöffnet hatten.«

Der Pedell senkte den Kopf. Ein wenig trotzig sagte er: »Es geht nicht an, dass es Räume hier im Hause gibt, deren Zugang versperrt ist und in denen möglicherweise gefährliche Stoffe lagern ...«

Gontard widersprach ihm barsch. »Es geht vor allem

nicht an, dass in diesem Hause Räume heimlich durchsucht werden, von wem auch immer! Ich werde nicht umhinkommen, eine schriftliche Meldung an den Herrn Director aufzusetzen.«

Thielicke, dem das lange Stehen auf seinem Stelzbein sichtlich schwerfiel, sank noch mehr in sich zusammen. »Das ist das Ende«, murmelte er kummervoll. »Man hat mir schon angedroht, ein Jüngerer könne meine Stelle einnehmen ...«

Gontard ließ sich nicht anmerken, dass der Alte ihm jetzt leidtat. Er sagte: »Ich werde mich nun in unserem Keller umsehen, und Sie werden inzwischen sehr genau darüber nachdenken, was Sie diesem Liborius jemals über Doktor Heidenreich gemeldet haben. Oder was Sie sonst noch beobachtet haben. Trug er Papiere bei sich, als er aus dem Keller zurückkam?«

Hilflos hob Thielicke die Achseln. »Die konnte er leicht unter seiner Kleidung verbergen.« Dann fiel ihm noch etwas ein. »Er muss sich dort unten irgendwie verletzt haben ...«

»So? Erzählen Sie mal!«

»Sein Gesicht war noch ganz schmerzverzerrt, und er hielt den rechten Arm verkrampft ...« Der Pedell demonstrierte es übertrieben, als handele es sich bei Liborius um einen Krüppel. »Als ich danach fragte, meinte er, etwas hätte ihm einen heftigen Schlag versetzt, er wisse jedoch nicht, was ...«

Gontard konnte sein zufriedenes Grienen nicht unterdrücken. Nachdem sie bemerkt hatten, dass jemand in den Raum eingedrungen war, hatte Heidenreich eine Sicherung mittels elektrischer Entladung angebracht. Sie hatte den Richtigen getroffen.

Dreizehn

Am Sonnabendmorgen war von Gontard ungewöhnlich früh auf den Beinen. Geschlafen hatte er ohnehin nur wenig, verfolgt von einem abscheulichen Traum, in dem Heidenreich verkrümmt an einem Tisch hockte und seine große Entdeckung erläuterte, wobei Gontard kein einziges Wort von dem verstand, was der Freund so einleuchtend darlegte.

»Aber du bist doch tot!«, war alles, was er entsetzt hervorstieß. Heidenreichs Gesicht lief bläulich rot an, schwarz markierten sich Gebein und Zähne, und ein mächtiger Windstoß deckte ein gewaltiges orangefarbenes Tuch über beide, unter dem Gontard zu ersticken drohte. Schweißgebadet war er erwacht.

Er wusch und rasierte sich und verließ das Haus ohne Frühstück, bevor noch seine Wirtschafterin auftauchte, die ihn seit zwei Tagen nicht zu Gesicht bekommen hatte. Nachdem er am Abend von seinem Ausflug an die Artillerieschule heimgekehrt war, hatte er einen Teller mit zwei belegten Broten und ein Blatt Papier mit einem Fragezeichen vorgefunden. Das passte zu Minna Koblank, aus deren Hand ihm noch nie eine schriftliche Äußerung vor die Augen gekommen war. *Frühstück um acht*, schrieb er unter das Fragezeichen und stellte den Teller darauf.

Der Weg zum Stall erschien ihm nicht lang genug

für eine der Berliner Droschken, ihrer linkischen Unbeholfenheit und trägen Schneckenschnelle wegen ebenso berüchtigt wie der dreisten Arroganz der Kutscher wegen. Außerdem besetzten bereits zu viele Gefährte aller Art die Fahrbahn, Bauern transportierten ihre Waren zu den Märkten, Handkarren mit hoch aufgeschichtetem Gemüse und mit Milchkannen beladene Hundegespanne klapperten über das Pflaster.

Munteren Schritts stiefelte Gontard die Friedrichstraße entlang, überquerte die Weidendammer Brücke und bog der Kaserne gegenüber zum weitläufigen Gelände der Tierarzneischule ab. Die Marienstraße lag nur ein paar Schritte entfernt, die sparte er sich für den Rückweg auf. Zuerst einmal musste er sich um das Pferd bekümmern. Waldemar war noch viel zu wenig an ihn und an die neue Umgebung im Stall gewöhnt.

Er fand den Hengst denn auch in keiner besonders guten Verfassung vor und musste ihm lange zureden, bis der sich so weit beruhigen ließ, um aufzusatteln. Im verbotenen Galopp preschten sie durch die Schumannstraße auf den Unterbaum zu, der die westliche Weichbildgrenze der Stadt markierte. Erst kurz vor der Brücke ließ Gontard den feurigen Hengst in die vorgeschriebene Gangart fallen, wie sie die Polizeiverordnung für das Reiten in den Straßen der Residenz vorschrieb.

Kaum aber hatten sie die hölzerne Zugbrücke und den Zoll passiert und waren an der Schiffswerft vorbei, beschleunigte Waldemar zu einem schnelleren Trab, der bald in eine ausgreifende Geschwindigkeit überging. Willig ließ Gontard die Zügel schießen und galoppierte quer über den noch leeren Exerzierplatz in Richtung auf den von Lenné so prächtig neugestalteten Thiergarten.

Trotz des noch immer unwirtlichen Wetters und der frühen Stunde war er keineswegs der einzige Reiter, der die frische Morgenluft genoss. Ein paar Mal grüßte man Gontard von Ferne. Noch immer verspürte er wenig Lust, sich auf ein nichtssagendes Gespräch einzulassen. Heidenreichs Tod ging ihm nicht aus dem Sinn. Indes ließ ihm das unruhige Pferd wenig Spielraum für gründliche Überlegungen. Die Durchsuchung des Kellerraums hatte keine Anhaltspunkte über den Verbleib der Heidenreich'schen Aufzeichnungen ergeben.

Erst nach einem ausgedehnten Ritt bis hinunter zum ehemaligen Hofjäger lenkte Gontard den Hengst in weitem Bogen zurück zum Unterbaum. Von der Karlstraße waren es nur ein paar Pferdelängen bis zur Marienstraße, die er im gemächlichen Trab passierte. Er wollte sich erst einmal nur umsehen, das ersparte ihm später ein langes Suchen.

Im dritten Haus von der Luisenstraße her war tatsächlich ein Victualienhändler dabei, seine Ware vor dem Ladenlocal auszubreiten, darunter ein Fass mit Heringen, deren Geruch Waldemar so beklemmend in die Nüstern stieg wie Gontard in die Nase. Lisette schien sich richtig erinnert zu haben.

Gontard beeilte sich, zur Tierarzneischule zurückzukehren, wo er den Hengst einem Stallburschen überließ, dessen Anteilnahme sich durch einen in die Hand geschobenen Taler wesentlich hob. »Herr Major können mir vertrauen, Ihrem Waldemar wird es an nichts fehlen.«

Beruhigt machte sich Gontard auf den kurzen Weg zurück in die Marienstraße. Dort war Adolf Musolf – der Name zierte eine Kreideaufschrift neben der Ladentür – eben bemüht, die ersten Kundinnen mit dem laut verkündeten Hinweis auf seine taufrische Ware anzulocken – auch wenn das durchdringende Odeur der Heringe anderes vermuten ließ.

Gontard blieb stehen, als wolle er Musolfs Angebot begutachten, bis der Händler ein Bund Mohrrüben verkauft hatte und sich ihm zuwandte. »Sie sind doch ehm schon mit Ihr'n Jaul hier vorbei«, stellte er fest.

Gontard lächelte. »Sie scheinen ja ein guter Beobachter zu sein«, stellte er fest.

»Det muss man beis Jeschäft sin«, bestätigte Musolf. »Sonst klaun se een hier det Brillenjestell vonne Neese. Wat darf ick denn den Herrn Baron von meine jeringfüjijen Produkte uffdrängen? Derfs vleicht einer von diese vorzügliche Heringe sin? Oder mechten Se bloß een amuröset Billjet bei de Stadtpost uffjehm? Davor bin ick ooch abonniert ...«

Gontard dachte mit Schaudern daran, was einem Stadtpostbrief in dieser Umgebung widerfahren könnte, und hob dankend die Hand. »Es geht mir eher um eine Auskunft ...«

»Ja, det is wat andret! Sowat halt ick ab drei Dahler uffwärts jedersseit zur Verfüjung. Wieviel woll'n der Herr Baron denn anlejen?«

Seufzend griff Gontard in die Tasche und förderte eine Münze zutage, die ihm angemessen erschien. Musolf anscheinend ebenfalls, denn er ließ sie blitzschnell verschwinden und heuchelte Aufmerksamkeit.

»Hier ihm Nebenhaus wohnt – oder wohnte – eine junge Dame, schlank, blond, ziemlich groß und wahrscheinlich gut gekleidet ...«

Der Heringshändler nickte verständnisvoll. »Det mecht sin bei die Meechens, det die Kledaje piekfein is.«

Gontard sah ihn abwartend an. Eine rundliche Küchenmamsell mit einem Korb trat hinzu und begutachtete Musolfs Gemüse.

Der Händler hob die Achseln. »Ja, wat erwarten der Herr Jraf nu von mir? Det ick Ihn' den Preis von diejenige nenne – oda wie?«

»Um eine Dame dieser Art handelt es sich höchstwahrscheinlich gar nicht ...«, erläuterte Gontard mit unterdrückter Stimme.

Das war vergebene Liebesmüh. Musolf griente die runde Mamsell an und verkündete: »Herr Major sucht 'ne jroße Blonde, die hier wohn' soll. Kenn' Sie so eene?«

Die Mamsell stemmte ihren leeren Korb in die Seite und maß Gontard mit einem abschätzigen Blick. »Er wird die Jräfin mein', die aus Nummer sieben. Da weeß man zwar nich, ob se blond oda schon weiß is – aber jroß isse.«

»Gut gekleidet und schlank ...«, ergänzte Gontard hoffnungsvoll. »Sie heißt Lia.«

Die Mamsell lachte. »Ick bin nich per Du mitse. Aba zaundürr und imma schnieke zurechtjemacht, des isse.«

»Verbindlichen Dank.« Eilig setzte sich Gontard in Bewegung.

»Bei die kenn Se aba jetz noch nich jehn!«, rief die Mamsell ihm hinterher. »Die schläft imma bis um elwe, hat mir ihre Marie verraten.«

Ohne sich umzuwenden, hob Gontard dankend die Hand und setzte seinen Weg fort, an der No. 7 vorbei, die er nur aus dem Augenwinkel betrachtete. Zu seiner Beruhigung machte das Haus äußerlich einen halbwegs manierlichen Eindruck.

Einen besseren jedenfalls als das, in dem er selber wohnte. Das fiel ihm wieder einmal auf, als er von der Friedrichstraße kommend die eigene Haustür erreichte. Diese Tür beispielsweise bedurfte dringend eines neuen Anstrichs.

Minna Koblank erwartete ihn in seinem Salon, wie er das dreifenstrige Zimmer zur Dorotheenstraße nannte. »Wat is denn neuerdings los mit Sie, Herr Major?«, erkundigte sich die Wirtschafterin unwirsch. »Erst tarelang nich ze Hause ufftauchen und denn noch vor't Friehstick uff Tour jehn ...«

So war sie eben, die liebe Minna. Gontard achtete kaum auf ihre Rede und trank seinen Kaffee. Erst als sie mit besonderer Betonung sagte: »Man hat nach Herrn Major jefraacht ...«, wurde er aufmerksam.

»Eine junge Dame!«, meldete Minna Koblank und beobachtete ihn scharf. »Janz aus de Nachbarschaft, wie se sachte. Gleich hier aus de Mittelstraße ...«

Gontard setzte die Tasse ab. »Wann ist das gewesen?«, fragte er gespannt.

»Och, so jestern inne friehe Abendstunde. Sie wissen woll, wer diejenije is, oda?«

Gontard nickte. »Hat sie eine Botschaft hinterlassen? Oder sollten Sie mir etwas ausrichten, Minna?«

Minna beobachtete jede seiner Regungen. »Nur, des se den Herrn Major dringend sprechen müsse, hat se jemeint und dabei ein ziemlich bekümmatet Jesicht jezoren.«

»Weiter nichts? Denken Sie mal nach!«

»Sie wissen also, von wen ick spreche? Se machte 'n janz unjlücklichen Eindruck, det arme Ding ...«

Gontard verstand, dass er nichts aus ihr herausbringen würde, solange sie nicht wusste, um wen es sich gehandelt hatte. »Sie ist die Wirtstochter im Hause meines Freundes Heidenreich«, erläuterte er.

»Richtich! Die von den Zichorienfritzen! Und sie hat

ooch jemeint, sie müsste noch 'n Brief für den Herrn Dokter zur Post bringen …«

»Einen Brief? Und Sie sind sicher, dass es gestern gegen Abend war?«

»Zweifeln Sie etwa an mein Erinnrungsvermöjen? Warum denn nich jestern Abend?«

»Weil mein Freund Heidenreich bereits gestern Nacht verstorben ist.«

Minna Koblank starrte ihn ungläubig an. »Saren Se det noch mal, Herr Major«, stammelte sie fassungslos. »So een scheener junger Mensch … Hat'n am Ende eener umjebracht?«

So viel war Gontard klar: Äußerte er jetzt nur die geringste diesbezügliche Vermutung, wusste die halbe Stadt innerhalb der nächsten Stunden von seinem Verdacht. Also sagte er beruhigend: »Dafür gibt es keinerlei Anzeichen.«

So leicht kam Minna nicht über Heidenreichs plötzlichen Tod hinweg. Dabei war Gontard nie aufgefallen, dass sie den Doktor besonders geschätzt hatte. »Dessertwejen war det Meechen ooch janz in Schwarz«, sagte sie kopfschüttelnd. »Sie haben noch jar nich uffjejessen, Herr Major!«, fügte sie höchst vorwurfsvoll hinzu, denn Gontard war aufgestanden und trank den letzten Schluck Kaffee im Stehen.

»Ich muss los!«, sagte er. »Und ich kann nicht voraussagen, wann ich wiederkomme.«

»Na, det is ja nu nischt Neuet«, hörte er im Abgehen gerade noch.

Das Knoppe'sche Haus lag gleich um die Ecke, und von ebendieser Ecke aus sah er, dass dort etwas ganz und gar nicht in Ordnung sein konnte. Vor der Haustür wartete eine Chaise, deren Gaul mit den hohlen Flanken er erkannte. Und als wäre das nicht genug, näherten sich auf der anderen Straßenseite zwei ausgezehrte Gestalten mit einem Karren, dessen schreckliche Bedeutung jeder Berliner kannte. Waren etwa entgegen allen Absprachen Heidenreichs sterbliche Überreste noch immer nicht abgeholt? Wie konnte es sein, dass der Criminal-Commissarius Werpel, um dessen Chaise es sich zweifelsfrei handelte, sich mit seiner erniedrigenden Order durchgesetzt hatte?

Betroffen beschleunigte Gontard seine Schritte und langte wirklich noch vor den beiden Invaliden mit dem Nasenquetscher vor dem Haus an. Wie am Tag zuvor stand der Durchgang zu Hof und Garten offen, und ohne dass Gontard sich bemerkbar gemacht hätte, kam ihm schon der Cichorienfabrikant August Knoppe in eigener Person entgegen, das Gesicht von Trauer und Entsetzen entstellt.

»Herr Major«, so jammerte er und griff nach Gontards Hand, »womit haben respektable Leute wie unsereins so etwas verdient?«

»Fassen Sie sich, lieber Mann«, entgegnete Gontard und schüttelte ihm beruhigend die Hand. »Was geht denn hier vor?«

Knoppe schaute ihn mit dem Blick eines weidwunden Rehs an und flüsterte mit versagender Stimme: »Unsere Tochter ...«

Gontard, sofort voller böser Ahnungen, fragte zurück: »Was ist mit Ihrer Tochter?«

»Sie ist ...« Der unglückliche Vater schüttelte verzweifelt den Kopf.

»Tot?«, fragte Gontard betroffen.

Knoppe nickte stumm. Tränen liefen ihm über das gerötete Gesicht. Gontard ließ ihm Zeit. In seinem eigenen

Kopf quirlten die Gedanken durcheinander. Was ging in diesem Hause vor sich?

»Sie hat ... sich selbst entleibt ...«, sagte Knoppe schließlich.

Das erstaunte Gontard noch mehr. »Gab es einen Grund dafür?«

Knoppe schniefte und murmelte, als täte es ihm leid um diese Mitteilung: »Sie hat einen Brief hinterlassen ... Er betrifft Ihren Freund ...«

Gontard benötigte einen Augenblick, um zu begreifen, dass damit *sein* Freund gemeint war. Dennoch verstand er nicht. »Was hatte der Doktor Heidenreich damit zu tun?«, fragte er.

August Knoppe, zweifellos ein robuster Mann von kräftiger Gestalt, ließ Schultern und Kopf hängen. »Wir haben nichts davon geahnt«, sagte er müde. »Den ganzen Tag in der Fabrik ... Und die beiden waren hier alleine ...«

»Ihre Albertine und Gebhardt Heidenreich? Das ist der blanke Aberwitz, lieber Herr Knoppe. Kein Wort davon ist wahr!«

Gontard sagte es mit Überzeugung und erschrak im selben Moment über sich selber. Woher nahm er diese Sicherheit? Hätte er nicht noch gestern mit der gleichen Festigkeit beschworen, Heidenreich kenne keine Gräfin Lia in der Marienstraße? Von Albertine hingegen hatte er öfter gesprochen, über ihre Wissbegier und ihre Ordnungsliebe gespottet und ihre freundliche Umsicht gelobt. Aber eine Liebesbeziehung?

»Sie wissen doch, wie so etwas geht, Herr Major«, klagte Knoppe. »Zuerst nur ein freundliches Wort, eine halbe Zärtlichkeit in allen Ehren, ein versteckter Kuss ... Und dann ...«

Von der Straße her schoben die beiden Invaliden ihren Karren mit der entsetzlichen Kiste rückwärts in den Durchgang. »Janz oben?«, erkundigte sich der Ältere mit brüchiger Stimme.

Knoppe brach neuerlich in Schluchzen aus.

Gontard herrschte die beiden an: »Wartet gefälligst, bis ihr gebraucht werdet!«

»So viel Sseit ham wa nich!«, widersprach mürrisch der Zweite. »Da wart' noch 'ne frische Spreeleiche ...«

»Dann holt erst die!«, befahl Gontard. »Hier sind die Untersuchungen noch gar nicht abgeschlossen.«

Die beiden tuschelten miteinander, wagten jedoch nicht, sich einem höheren Militär zu widersetzen, und zerrten murrend das klapprige Gefährt wieder auf die Straße. Gerade im rechten Augenblick, denn die Treppe herunter stieg der Commissarius Werpel und zeigte sich unangenehm überrascht, schon wieder auf den Major von Gontard zu stoßen.

»Was führt Sie denn diesmal hierher?«, erkundigte er sich schroff. »Begutachten Sie neuerdings jeden Leichnam in der Dorotheenstadt persönlich?«

Gontard hielt es für angebracht, sich diplomatisch zu verhalten und jede unnötige Auseinandersetzung zu vermeiden. »Ich vertraue durchaus Ihrer criminalistischen Erfahrung, Herr Commissarius«, sagte er in sachlichem Ton, doch ohne jede Unterwürfigkeit. »Ich bin hierhergekommen, um mich um das persönliche Habe und den Nachlass meines Kollegen Heidenreich zu bekümmern. Nun erfahre ich zu meiner Bestürzung, dass es im Hause einen zweiten Todesfall gegeben hat. Darf ich fragen, unter welchen Umständen die junge Frau verstorben ist?«

»Sie dürfen«, entgegnete Werpel, die Anerkennung

seiner Autorität für bare Münze nehmend und sichtlich genießend. »Vermutlich hat sie Gift genommen. Dazu neigen Selbstmörderinnen für gewöhnlich.« Er griff in die Tasche und förderte ein dunkelbraunes Fläschchen zutage, das er Gontard in Augenhöhe entgegenhielt. »Man wird es gewissenhaft untersuchen. Oder haben der Herr Major etwas dagegen vorzubringen?«

»Aber nein. Ich bin immer dafür, dass alles nach Recht und Gesetz geschieht.«

»Das beruhigt mich ungemein«, erwiderte der Commissarius befriedigt und steckte das Fläschchen wieder ein. »Man wird die Leiche unverzüglich zur Anatomie befördern. Die Kerle müssten eigentlich längst hier sein ...«

Knoppe, der sich bis dahin still im Hintergrund seiner Trauer hingegeben hatte, begehrte auf: »Sie soll ein christliches Begräbnis erhalten! Sie war stets eine gottgefällige Tochter der Kirche ...«

Werpel unterbrach ihn mit einer unwirschen Handbewegung. »Auch ein Cichorienhändler vermag den Lauf der Rechtlichkeit nicht aufzuhalten, Knoppe. Sie wird obduziert. Über den Rest mag Er sich mit dem Pastor streiten. Meinen Segen hat Er allemal. Guten Tag.« Damit wandte er sich zum Gehen.

»Sie soll einen Brief hinterlassen haben ...«, sagte Gontard.

Der Commissarius blieb stehen. »Richtig!«, sagte er. Sein dicker Zeigefinger deutete auf Gontard. »Und danach erscheint mir Ihr Herr Kollege Heidenreich keineswegs ganz unschuldig am Tod der armen Person!«

»Würde es Ihnen etwas ausmachen, wenn ich einen Blick daraufwürfe? Möglicherweise kann ich ja zur Aufklärung beitragen ...«

Werpel zögerte. Einerseits handelte es sich um ein Beweismittel in einem noch ungeklärten Todesfall, das keinen Unbeteiligten etwas anging – andererseits war das Anerbieten des Majors nicht von der Hand zu weisen. Umständlich griff er in die Innentasche seiner langen Weste und zog ein gefaltetes Papier hervor. Eigentlich war es nur ein gut handgroßer Zettel, den er aufschlug und so gewissenhaft studierte, als handle es sich um ein Dokument von außergewöhnlicher Bedeutung, das es noch einmal zu begutachten galt. Endlich reichte er es Gontard.

Ich wil one ihm nicht leben!!!, stand darauf in ungelenken Lettern. Kein Wort und kein Buchstabe mehr.

Knoppe, der sich hinzugedrängt hatte und auf den Zettel starrte, schüttelte verzweifelt den Kopf.

»Erkennen Sie die Handschrift Ihrer Tochter?«, erkundigte sich Gontard.

Der Cichorienfabrikant hob bekümmert die Schultern. »Wann hätte sie wohl etwas zu schreiben gehabt?«, lautete seine Gegenfrage. »Sie war hier im Haus ausreichend beschäftigt. Meine sämtlichen Geschäftspapiere und Unterlagen führe ich selbst und kein anderer ...«

Anscheinend wurde sich nun auch der Commissarius eines Versäumnisses bewusst. »Wollen Sie damit sagen, es gäbe keinerlei Geschriebenes von der Hand Ihrer Tochter in diesem Hause?«, fragte er streng.

»Das ist anzunehmen«, musste Knoppe zugeben.

Der Commissarius, nachdem er sich nun einmal die Blöße gegeben hatte, über keine vergleichende Schriftprobe zu verfügen, schien unschlüssig. »Wenn Sie etwas Schriftliches finden, schicken Sie es mir umgehend!«, befahl er schließlich. Gnädig nickte er den Herren zu und bestieg sein armseliges Gefährt.

Auf der Treppe klirrte und polterte es, als rücke eine bewaffnete Streitmacht aus, dabei handelte es sich lediglich um einen martialisch Gestiefelten und Gespornten, der rückwärts die Stufen herunterlärmte: der prinzliche Vorreiter Eginhard Spielvogel in voller Uniform, den die überlangen Sporen zur Vorsicht zwangen.

Er grüßte stramm, als er des Majors ansichtig wurde, und wollte sich eilig davonmachen. Gontard hielt ihn auf. »Sie wohnen hier im Hause?«, vergewisserte er sich.

»Jawoll, Herr Major. Seit drei Jahren schon.« Um Bestätigung heischend blickte der zerknitterte kleine Mann Knoppe an. Der aber zog es vor, sich wortlos an ihm vorbeizudrängen und geschwind die Treppe zu erklimmen.

»Sie hatten gestern gegen Mittag Besuch?«, fragte Gontard.

Dem Vorreiter, dessen verunstaltete Nase die Vorliebe des Besitzers für gewisse Getränke allzu deutlich offenbarte, schien die Unsicherheit in die faltigen Züge gegraben. »Jawoll!«, antwortete er knapp. »Der Herr Criminal-Commissarius hat mich befragt.«

»Sonst war niemand bei Ihnen?«

»Niemand!«, bestätigte er, doch sein unsteter Blick hielt dem Gontards nicht stand. »Bitte Herrn Major, abtreten zu dürfen. Habe pünktlich zum Dienst zu erscheinen.«

Gontard maß ihn mit einem durchdringenden Blick. »Nicht bevor Sie mir wahrheitsgemäß geantwortet haben. Verstanden?«

»Verstanden, Herr Major.«

»Also, wer war noch bei Ihnen?«

In Spielvogels zerfurchtem Gesicht arbeitete es. Gepresst stieß er schließlich hervor: »Darüber darf ich nicht sprechen.«

Gontard neigte nicht dazu, Untergebene oder niedriger Gestellte nutzlos in Verlegenheit zu versetzen. In diesem Fall schien es ihm jedoch angebracht. »Darüber haben nicht Sie mit Ihrem bescheidenen Untertanenverstand zu befinden«, herrschte er den Reiter in so scharfem Ton an, dass der unwillkürlich den Kopf einzog und noch kleiner wirkte.

»Ich weiß nicht, wie der Mann hieß«, entgegnete er unterwürfig. Sein lauernder Blick strafte ihn Lügen.

»Na gut. Ich werde mich mit Ihrer Frau unterhalten.«

Eine dunkle Wolke verfinsterte Spielvogels ohnehin düsteres Gesicht. »Sie spricht nicht gut Deutsch. Und sie kann nichts anderes sagen als ich.«

»Das wird sich zeigen«, grollte Gontard. »Abtreten!«

Im Nu war der Vorreiter verschwunden.

Gontard stieg die Treppe hinauf. Im ersten Stockwerk, wo Doktor Bächerle wohnte, rührte sich nichts. Im zweiten war die Tür zu Heidenreichs Stube versiegelt, hinter der von Spielvogels Quartier vernahm er wiederum ein Kindergreinen, dem eine beruhigende Frauenstimme antwortete. Er horchte nach oben, wo Knoppe leise auf seine Frau einredete. Die beiden blieben ihm immer noch.

Er klopfte an Spielvogels Tür, worauf jedes Geräusch dahinter erstarb. Gontard klopfte noch einmal und drückte auf die grobe Klinke. Die Tür war verriegelt oder verschlossen. »Öffnen Sie bitte«, sagte er höflich. »Ich muss mit Ihnen reden.«

Die Tür wurde erst stockend geöffnet, nachdem er seine Forderung unter Angabe seines Namens wiederholt hatte. Vor ihm stand eine in bessere Lumpen gekleidete Frau, die ihn in ihren Körpermaßen beinahe übertraf. Sie war groß und kräftig und wirkte dennoch bis auf den hervortretenden Leib seltsam ausgemergelt. Aus der armselig ausgestatteten Stube hinter ihr drang ein muffiger Dunst, der Gontard fast den Atem nahm.

»Mein Mann ist im Dienst«, sagte sie mit hartem Akzent und wollte die Tür gleich wieder zuschieben, hätte Gontards Fuß es nicht verhindert.

»Ich möchte mit Ihnen sprechen, nicht mit Ihrem Mann.«

In ihren weit aufgerissenen Augen stand die Angst. »Das hat er verboten«, sagte sie. »Wenn Fragen – nur an ihn. Bitte.«

»Als der Mann gestern Mittag bei Ihnen war, hat der sich ebenfalls nur mit Ihrem Mann unterhalten?«

Sie tat, als hätte sie ihn nicht verstanden, gab jedoch angesichts seines strengen Blicks auf. »Alle reden nur mit meinem Mann«, sagte sie. »Mein Deutsch nicht gut.«

Das fand Gontard nicht. »Sie verstehen mich doch. Wer war dieser Mann?«

Sie hob die kräftigen Schultern. »Weiß nicht. Weiß überhaupt nichts ...«

»Ein Kerl mit gelber Weste und hervortretenden Augen.« Gontard demonstrierte es mit seinen Fingern. »Ich bin ihm hier auf der Treppe begegnet.«

Sie blickte ihn stumm an. Die Farbe ihrer Augen spielte ins Grünliche. Vor nicht allzu langer Zeit mochte sie in ihrer Art einmal hübsch gewesen sein. Vermutlich bevor sie dem verkniffenen Zwerg von der Reiterei begegnet war.

»Nun reden Sie schon!«, forderte Gontard ungeduldig. »Kam dieser Mann öfter zu Ihnen?«

Wieder versuchte sie auszuweichen. »Mein Mann ...«, sagte sie und breitete hilflos die Hände aus.

»Ich spreche mit *Ihnen*! Und wenn Sie nicht antworten,

muss ich den Criminal-Commissarius davon unterrichten. Dann holt Sie die Polizei. Verstehen Sie?«

Sie nickte erschrocken. »Ich habe nichts damit zu tun! Er kommt nur zu meinem Mann.«

»Na, sehen Sie. Kommt er oft?«

»Nein. Nur manchmal. Sie reden, und er schreibt etwas auf ...«

»Gibt er Ihrem Mann Geld?«

Über ihr flächiges Gesicht zog ein dunkler Schatten. »Davon weiß ich nichts. Wir haben nur sehr wenig.«

Das war nicht zu übersehen. Wieder einmal griff Gontard in die eigene Tasche und förderte eine Münze hervor, die er ihr reichte. Allmählich begannen seine Untersuchungen teuer zu werden. Dabei wusste er noch immer nicht, wonach er eigentlich suchte. »Nehmen Sie das! Ihr Mann wird es nicht erfahren.«

Sie griff nur zögernd nach dem Geld. »Die Kinder ...«, sagte sie entschuldigend. »Weihnachten werden es schon drei sein ...«

Gontard nickte verständnisvoll. »Den Herrn Doktor Heidenreich, den haben Sie doch gut gekannt ...«

»Nicht so gut«, wehrte sie sofort ab. »Nur manchmal gehört. Auch nachts ...«

»Vermutlich auch in der Nacht seines Todes?«

»Nicht lauter als sonst ...«

»Ist es möglich, dass in der Nacht jemand bei ihm war?«

Sie sah ihn aus ihren weiten grüngrauen Augen an. »Glaube ich nicht ...«, sagte sie. »Wer sollte?«

»Dieser Mensch, der Ihren Mann gelegentlich aufsucht ...«

»Liborius?«

»Er heißt Liborius?«

Erschrocken hielt sie die Hand vor den Mund und nickte scheu.

»Haben Ihr Mann und dieser Liborius sich jemals über den Doktor Heidenreich unterhalten?«

Sie biss sich auf die Unterlippe und wandte sich dem Kind zu, das auf unsicheren Füßen zur Tür tappelte. Gontard wartete. Als sie wieder aufsah, nickte sie kaum merklich. »Ich glaube.«

»Wenn nachts jemand die Treppe heraufkommt oder hinuntergeht – das hören Sie, nicht wahr?«

Sie schüttelte den Kopf. »Mein Mann ... Er ...« Sie machte ein laut schnarchendes Geräusch und hob die Handflächen.

»Besitzt Ihr Mann einen eigenen Hausschlüssel?«

»Das darf niemand wissen ...«

»Natürlich nicht. Und heute Nacht? Ist Ihnen da etwas aufgefallen?«

»Nein, nichts. Roch merkwürdig im Haus, als ich Wasser holte.«

»Wonach roch es?«

Sie hob die Schultern. »Das arme Mädchen ... War immer so gut zu mir ...«

»Glauben Sie, dass zwischen ihr und dem Doktor Heidenreich eine nähere Beziehung ...«

Sie verstand die unbestimmte Geste seiner Hände und lächelte dünn. »Kann ich nicht glauben. Er immer alleine. Seine Stube nebenan. Und ihre über mir ...« Sie wies zur Decke, die über den Balken nur aus einer Lage Dielen bestand. Was sich dort abspielte, war von hier unten gewiss genau zu verfolgen.

Vierzehn

Drei Minuten später trat Gontard in ebendiese karg möblierte Mansardenkammer unter der Dachschräge, die sich nur über die steile Bodenstiege erreichen ließ. Das Gebälk des Bodenraums nahm den größten Teil des Geschosses ein. In die Kammer fiel das graue Morgenlicht nur durch ein winziges, offen stehendes Fenster. August Knoppe verharrte hinter ihm in der niedrigen Tür und schniefte hörbar. Seine Frau, kummervoll über die Tote gebeugt, schien gefasster.

Die Leiche der jungen Frau lag ausgestreckt in einer hölzernen Bettlade, die gut ein Drittel des Raums einnahm. Das Gesicht wirkte in diesem Halbdunkel seltsam fahl. Die Mutter hatte es vollbracht, die Hände der Toten über drei dürftigen Blumen zu falten. Vergebene Liebesmüh, wie Gontard wusste, der Kußmaul einmal zu einer Obduktion begleitet und dort den wenig ehrfurchtsvollen Umgang mit Leichen kennengelernt hatte.

Die Mutter richtete sich auf und sagte: »Wir danken Ihnen sehr, Herr Major.«

»Mein Beileid«, entgegnete Gontard gemessen. Er konnte nicht einmal aufrecht stehen. »Sie haben keinerlei Veranlassung, mir zu danken.«

»O doch! Ohne Sie hätte man uns das arme Kind schon fortgeschleppt!«

Ihr sächsischer Tonfall war nicht zu überhören. Gontard fragte behutsam: »Wer hat sie gefunden?«

Die Frau seufzte kummervoll. »Ich. Sie ist jeden Morgen die Erste in der Küche. Als sie heute nicht herunterkam, packte mich gleich eine böse Ahnung.«

»Fiel Ihnen auf der Treppe etwas auf? Ein fremder Geruch vielleicht?«

»Jetzt, wo Sie es sagen ... Es roch so fremdartig. Irgendwie süßlich.«

Genauer konnte sie den auffälligen Geruch nicht beschreiben. Also stellte Gontard die nächste Frage: »War die Kammertür Ihrer Tochter verschlossen?«

»Ja. Das tat Albertine aus Gewohnheit, seit einmal ein Student versucht hat, in ihre Kammer vorzudringen. Man weiß heutzutage eben nie, mit wem man im Hause wohnt ...«

Ihr Mann fügte hinzu: »Die Schlösser sind alt, und es passt jeder Schlüssel. Aber hierherauf kommt sonst niemand.«

»Die Tür war von innen abgeschlossen?«

Martha Knoppe nickte und wies auf einen Fleck nahe der Tür. »Der Schlüssel lag dort auf dem Boden.«

Gebückt sah Gontard sich um und bat den Vater, die Tür zu schließen. Er hatte richtig vermutet. An einer Stelle war der Spalt zwischen dem verzogenen Türblatt und der abgetretenen Schwelle hoch genug, die Finger einer Hand hindurchzuschieben.

Leicht befremdet beobachteten die Knoppes sein Tun. »Was vermuten Sie, Herr Major?«, erkundigte sich August Knoppe respektvoll. »Dass jemand den Schlüssel nachträglich unter der Tür hindurchgeschoben hat?«

»Wer sollte das gewesen sein?«, entgegnete Gontard

leichthin. Auf keinen Fall wollte er den Argwohn der Eltern noch mehr schüren, als er es durch seine Fragen ohnehin tun musste.

»Haben Sie wiederum den Doktor Bächerle zu Rate gezogen?«

Knoppe verneinte. »Er besitzt doch keine ... Approbition, wie er sagt. Wir wollten ihn nicht belästigen.«

»Unserer Albertine konnte kein Arzt mehr helfen«, ergänzte Martha Knoppe. »Sie lag so steif und still wie eben jetzt. Und dazu der Zettel ...«

»Diese letzte Botschaft Ihrer Tochter – fand die sich ebenfalls auf dem Fußboden?«

Bedrückt schüttelte die Mutter den Kopf. »Sie hielt den Zettel in ihrer Hand.«

»Und Sie erkannten, dass es ihre eigene Schrift war?«

Martha Knoppe blickte ihn überrascht an. »Wem's sonst?«, fragte sie erstaunt.

»Den Herrn Commissarius verlangt es ebenfalls nach ein paar Zeilen von ihrer Hand«, erinnerte sich Knoppe in klagendem Ton.

Das verstand Martha Knoppe nicht. »Wer außer Albertine sollte mitten in der Nacht in ihrer Kammer Briefe schreiben?«

August Knoppe verdrehte theatralisch die Augen und stöhnte. »Und der Inhalt? Ich will ohne ihn nicht leben! Sie war eine brave Tochter und ein gesittetes Frauenzimmer. Aber wen hat sie wohl damit gemeint?«

Missbilligend musterte Martha Knoppe ihren Mann und sagte dann zu Gontard: »Ihren Freund Heidenreich ganz gewiss nicht! Da können Sie beruhigt sein.«

»Woher nimmst du diese Gewissheit?«, wollte ihr Mann wissen. Auch Gontard war gespannt auf die Antwort.

»Weil ich meine Tochter besser kenne als jeder andere. Sie liebte nur ihren Ludwig, das hat sie mir selber gestanden, und nicht erst, als er damals so eilig fortmusste. Vielleicht kam ja eine Unglücksnachricht von ihm ...«

»Ludwig?«, krähte Knoppe erbost. »Doch nicht etwa jener langhaarige Aufrührer, den du leichtsinnigerweise einmal zu Tisch geladen hattest! Wer weiß, in welchem Kerker der längst verschmachtet ist!«

Frau Knoppe ließ sich nicht unterkriegen. »Deine Tochter wäre glücklicher mit ihm geworden, als ich es mit dir je war!«, sagte sie ohne besonderen Vorwurf.

Gontard, immer noch in gebückter Haltung, fühlte sich als Zeuge des Ehestreits am Totenbett höchst unwohl. »Ihre Tochter war eine ehrbare Person ...«, begann er seinen Vermittlungsversuch.

Doch der aufgebrachte Cichorienfabrikant unterbrach ihn sofort: »Wie konnte sie dann zulassen, dass wir durch sie unverschuldet in eine solche Lage geraten! Eines umstürzlerischen Kerls wegen sich selbst entleiben! Meine Mutter ist ohne Pflege, unser Gewerbe ruht für Tage, der gute Ruf ist dahin. Noch ein solcher Schlag, und das ganze Geschäft ist ruiniert!«

Martha Knoppe reagierte erstaunlich kühl auf seinen Ausbruch. »Für wen willst du dich denn noch abrackern mit deinen ranzigen Röstwurzeln? Unser einziges Kind liegt dir tot zu Füßen, und du denkst nur an dein Geschäft! Wem willst du es vererben, hä? Deiner Mutter etwa?«

Darauf fiel August Knoppe keine Antwort ein. Mit rot angelaufenem Gesicht wandte er sich wortlos um und polterte die leiterartige Stiege so rasch hinunter, dass Gontard einen Sturz befürchtete.

»Entschuldigen Sie ihn, Herr Major. Albertines Tod hat

ihn völlig verstört«, sagte Martha Knoppe ungerührt. »Er kommt wieder zu sich.«

Gontard war etwas eingefallen. »Sie erwähnten da eine mögliche schlechte Nachricht. Man hat mir berichtet, dass Albertine gestern Abend versucht hat, mich in einer dringlichen Angelegenheit zu sprechen.«

»Davon weiß ich nichts. Wir mussten ja zurück in die Fabrik.« Sie dachte nach. »Wenn wir zurückkommen, hält sie immer das Abendessen bereit. Damit hat es gestern etwas gehapert ... Ich meine, sie war ein bissel später dran als sonst, aber das war ja nun wirklich kein Wunder.«

»Sie sagte, sie müsse einen Brief für den Herrn Doktor zur Post bringen.«

»Gestern Abend? Da war der doch lange tot!«

»Das eben ist das Merkwürdige.«

»Sie hat öfter mal Wege für ihn erledigt ...«, sagte Martha Knoppe sinnend. »In solchen Dingen war sie sehr gewissenhaft.«

»Ist sie für ihn eventuell auch in der Marienstraße gewesen?«

Die Frau dachte nach. »Ich glaube schon. Aber das liegt lange zurück. Sie hat mal angedeutet, dass der Herr Doktor da wohl eine vornehme Dame ... kennt.«

»Eine Gräfin? Erinnern Sie sich an den Namen?«

»Nein. Den hat sie nie erwähnt. Es war wohl eher etwas Diskretes, sozusagen ...«

Gontard seufzte. Allmählich schmerzte sein Genick. »Er war wohl ein bisschen zu diskret, der gute Doktor. Dennoch sind Sie sicher, dass zwischen ihm und Ihrer Tochter ...«

»Nein, nein, nein!«, wehrte sie sofort ab. »Das spürt eine Mutter allemal. Wenn Albertine von ihrem Ludwig sprach, dann leuchteten ihre Augen förmlich, und sie bekam richtig Farbe im Gesicht. Über den guten Herrn Doktor – ich will Sie nicht kränken, Sie sind sein Freund –, über den hat sie sich hin und wieder ein bissel lustig gemacht. Der hockt immer nur hier oben in seinem Laboratorium, wie er das nannte, und vergisst darüber die Welt. Das hat sie wörtlich gesagt. Und dass er versucht hat, ihr zu erklären, was er da so macht, mit der Elekdissidät oder wie das heißt. Sie war ganz unglücklich, weil sie es nicht verstanden hat. Er wollte immer ganz eilig irgendwelche Nachrichten nach Paris schicken ...« Erschrocken schwieg sie und hob die Hand vor den Mund.

Gontard machte eine beruhigende Geste. »Ich weiß, ich weiß. Haben Sie irgendwem davon erzählt?«

»Sie meinen, dem Commissarius? Na, dem doch nicht! Albertine hat ihm ja nicht mal das Laboratorium gezeigt. Das ist ihr erst nachher eingefallen, so verwirrt, wie sie war. Auf ihre Art hat sie den Herrn Doktor gewiss gemocht – aber da war nichts! Da bin ich mir ganz sicher.« Sie blickte verschwörerisch zu Gontard auf. »Außerdem hat er ä bissel viel getrunken in letzter Zeit, nicht wahr?«

Dem musste Gontard zustimmen. Albertines Mutter aber war noch nicht fertig. »Und zum Schluss hat er ihr irgendwie einen großen Schrecken eingejagt«, stellte sie vorwurfsvoll fest.

»Inwiefern?«, fragte Gontard überrascht. Was war das nun wieder?

»Das weiß ich ja nicht. Nur eben, dass sie sich plötzlich gefürchtet und von einer großen Gefahr gesprochen hat ...«

»Was für eine Gefahr sollte das sein?«, fragte Gontard eindringlich. »Vor wem hatte sie Angst?«

Bekümmert hob die Frau die schmalen Schultern. »Wenn ich das wüsste ...«

»Erwähnte sie einen Mann, der sich gestern kurz vor mir hier im Hause aufhielt?«

»Der bei dem Spielvogel rumschnüffelte?« Sie betrachtete ihn abwägend. »So einer mit Glubschaugen und gelber Weste? Der hat sie sogar auf der Straße belästigt, wie sie mir erst vor kurzem anvertraut hat.«

»Was wollte er von ihr?«

Ihr prüfender Blick ruhte weiter auf seinem Gesicht. »Vielleicht war der Herr Doktor Heidenreich doch nicht so harmlos, wie wir alle glauben ...«, sagte sie rätselhaft.

Mehr war nicht aus ihr herauszubringen. Also ließ sich Gontard Heidenreichs Laboratorium zeigen. Gebhardt hatte selten von seinen häuslichen Experimenten gesprochen, war jedoch gelegentlich mit neuen Ergebnissen erschienen, die er nur im Versuch gewonnen haben konnte.

In der Mansarde, deren schmale Brettertür man im Halbdunkel zwischen dem Gebälk kaum bemerkte, sah es auf den ersten Blick trostlos aus. Tageslicht fiel nur durch eine verschmutzte Dachluke, sah man von den Spalten und Lücken zwischen den Ziegelreihen ab, durch die im Winter sicherlich der Schnee drang.

Erst als Gontard die moderne Öllampe entzündete, wirkte der niedrige Raum um eine Spur behaglicher. An der Brandmauer zum Nebenhaus erhob sich ein grob gezimmertes Regal. Dort und auf zwei alten Tischen, denen man die vergangenen Jahrzehnte in Küche und Werkstatt anmerkte, standen die vertrauten Apparaturen und Batterien verteilt, die Franklin'sche Tafel, der Henley'sche Auslader, mehrere Kondensatoren unterschiedlicher Bauart und das Batteriesystem von Riess als ergiebiger

Stromlieferant, mit einem der Kondensatoren so sinnvoll verbunden, dass den Uneingeweihten bei einer Berührung ein heftiger elektrischer Schlag treffen musste.

Martha Knoppe hatte ihn alleine gelassen, und das war gut so, denn als Gontard den Kondensator entlud, tanzte sekundenlang ein fußlanger bläulicher Funken zwischen den Platten, und ein stechender Geruch mischte sich fremdartig mit der staubigen Bodenluft. Beide Phänomene hätten die Frau vermutlich stark beunruhigt. Gontard war dergleichen gewohnt. Ihn interessierte viel mehr, ob und was Gebhardt Heidenreich da möglicherweise so sinnvoll geschützt hatte. Die mit einem stabilen Gestänge befestigten Kondensatorplatten wie die acht miteinander verbundenen Batteriebehältnisse ruhten jeweils auf einer massiven Basis. Die des Kondensators bestand aus zollstarkem Marmor, die gläsernen, mit Stanniol ummantelten galvanischen Elemente standen auf einer runden Stahlplatte mit einer Anschlussklemme.

Vorsichtig kippte Gontard die Marmorplatte an, erblickte aber nur deren rauhe Unterseite. Blieben die Batterien. Sie ebenfalls anzukippen verbot sich wegen der Flüssigkeit in den Behältern. Sie samt der Platte anzuheben überstieg anscheinend seine Kräfte. Das erschien ihm seltsam. Er nahm die Lampe, kroch unter den Tisch und betrachtete ihn von unten. Etwa da, wo sich oben die Anschlussklemme befand, ragte eine mit einem Loch versehene Metallspindel durch das massive Eichenholz. Ein gleichartiger Bolzen befand sich in einigem Abstand. Er war mit einem starken isolierten Draht verbunden, der durch das Holz nach oben führte.

Gontard brauchte eine Weile, um zu verstehen, welche sinnreiche Einrichtung sich hinter der Anlage verbarg. Berührte man beide Spindeln gleichzeitig, durchfloss einen der gesamte Strom aus den galvanischen Batterien. Löste man jedoch vorher die Drahtverbindung und steckte zwei Metallstifte durch die Löcher, ließen sich die Spindeln gleichmäßig in die Höhe winden und hoben den Stahlboden der Batterien um mehrere Zoll an.

Er hatte sich nicht geirrt. Bereits nach den ersten Zentimetern sah er, dass unter dem hohlen stählernen Fuß etwas verborgen war: ein fest in Wachspapier eingeschlagenes Paket im großen Quartformat. Er angelte es hervor, ließ die Platte behutsam wieder herunter und stellte auch die elektrische Verbindung wieder her. Wer immer das hier anfassen würde, sollte es spüren.

Er schlug das Wachspapier auseinander und fand eine in Pergament gebundene Kladde und dazu wie erwartet einen Stapel beschriebener Blätter, bedeckt mit Heidenreichs winziger Perlschrift. Wer anderes als er selbst sollte sich um die Hinterlassenschaft des Freundes kümmern?

Er fieberte förmlich danach, den Wust von Papier und die abgegriffene Kladde durchzusehen und darin nach einem Anhaltspunkt für Heidenreichs Andeutungen zu finden.

Von unten aus dem Haus drangen aufgeregte Stimmen an sein Ohr. Wahrscheinlich kamen sie ein zweites Mal mit dem Totenkarren. Diesmal würden sich die beiden nicht aufhalten lassen.

Er öffnete die Tür und horchte. »... keinerlei Befugnis, eigenwillige Anordnungen zu treffen ...«, vernahm er die barsche Stimme des Commissarius. Er wusste, wer gemeint war. Es war höchste Zeit, sich aus dem Staube zu machen. Hastig knöpfte er seine Uniformjacke auf und schob das dicke Paket darunter. Auf der dunklen Treppe würde hoffentlich niemandem die geschwellte Brust auffallen.

Die Leichenträger polterten die Treppe herauf. Gontard begegnete ihnen im ersten Stock und ließ sie höflich vorbei. Im gleichen Augenblick öffnete sich die Tür des vorderen Salons, und Doktor Bächerle, in einen samtenen Morgenmantel gehüllt, trat heraus. Überrascht wünschte er Gontard einen guten Morgen. »Ich wollte nur schauen, was hier für ein ständiges Begängnis herrscht«, sagte er. »Man hatte mir eine ruhige Etage in einem ruhigen Haus versprochen ...«

Der Hausherr, der eben die Treppe heraufgekeucht kam, wies atemlos auf Gontard. »Der Herr Major ... Er kann es Ihnen erklären ...«

Von oben rief jemand: »Etwa noch weiter ruff? Da is ja bloß noch 'ne Hühnerleiter ...«

»Ich komme!«, japste Knoppe. Bächerle blickte ihm befremdet hinterher.

»Bedauerlicherweise hat sich ein zweiter Todesfall ereignet«, klärte Gontard ihn auf.

»Ein zweiter Todesfall?«, fragte Bächerle betroffen. »Hier im Hause? Das ist wahrlich kein Renommée für das Ansehen eines Arztes ... Um wen handelt es sich diesmal?«

»Die Tochter des Hauses. Wie es scheint, hat sie sich selbst das Leben genommen.«

Bächerle schüttelte gedankenvoll den Kopf. »Diese jungen Menschen heutzutage ...«, meinte er, und eine Spur von Trauer schwang in seiner sonoren Stimme. »Weshalb hat man mich nicht gerufen?«

»Anscheinend wollte man Sie nicht noch mehr stören, als es ohnehin der Fall war. Haben Sie heute Nacht nichts Auffallendes gehört?«

Der Doktor rieb sich mit beiden Händen über das bärtige Gesicht. »Ich habe heute etwas länger geruht als üblich. Wenn ich erst meine Praxis eröffne ...« Er blickte Gontard entschuldigend an. »Ich hatte ein leichtes Opiat zu mir genommen ...«

Gontard nickte. »Ich verstehe. Wann haben Sie das Mädchen zum letzten Mal gesehen?«

Bächerle, anscheinend noch immer etwas benommen, überlegte. »Gestern Mittag, denke ich. Als wir dort oben bei Ihrem toten Freund weilten.«

Oben ertönte Gepolter und unterdrücktes Fluchen, begleitet von Knoppes zornigem Jammern: »Seht euch gefälligst vor! Sie ist kein Stück Holz!«

Fünfzehn

So stark ihn der Inhalt des Wachspapiers interessierte, zog Gontard es doch vor, bei seinen weiteren Erkundungen nicht überstürzt vorzugehen. Die Papiere bedurften einer gründlichen Prüfung, die einige Stunden, wenn nicht Tage in Anspruch nehmen würde. Da war es allemal besser, er erledigte zuerst das Naheliegende.

Für die Mittagszeit hatte ihm Kußmaul das Ergebnis der Obduktion versprochen. Hoffentlich ließ sich der Freund für die gleiche Prozedur im Fall Albertine gewinnen. Doch womit wollte er seinen Verdacht begründen? Mit dem bloßen Gefühl, dass hier etwas nicht stimmte? Irgendwie haftete seiner Mutmaßung etwas Phantastisches an: ein Doppelmord in einem nächtens verschlossenen Bürgerhaus mitten in der Residenz. Wer außer ihm sollte so etwas glauben?

Und wer kam als Täter dafür in Frage? Der versoffene Vorreiter und Spitzel Spielvogel etwa? Was für ein Motiv sollte den angetrieben haben? Für Geld war der sicherlich zu jeder Schandtat bereit. Blieb die Frage, ob ihn jemand bezahlt hatte. Liborius? Oder hatte Heidenreich ihn vielleicht in seinem Laboratorium überrascht und war niedergeschlagen worden? Wie passte Albertines Tod dazu? War sie Zeugin der Auseinandersetzung gewesen? Nur eine

Bretterwand trennte ihre Mansarde von Heidenreichs Arbeitsraum.

Mit Spielvogel musste er sich noch einmal beschäftigen.

Und Bächerle? Heidenreich und er waren sich nicht einmal auf der Treppe begegnet, wie der Mediziner angegeben hatte. Daran war kaum zu zweifeln, denn auch Gebhardt hatte nie ein Zusammentreffen mit ihm erwähnt. Oder doch? Nein, er hatte nur ganz allgemein von der Vermietung an einen Arzt aus Erlangen gesprochen, nicht über den Mann selbst.

Gontard war vor seiner Wohnung angekommen. Zuerst einmal musste er Heidenreichs Papiere in Sicherheit bringen. Aber wohin damit? Dem Commissarius Werpel war er unbehindert entgangen. Die gestrige Anwesenheit des Spions Liborius im Hause Knoppe und dessen Auftritt in der Artillerieschule wie in Kasperskis Weinkeller aber ließen Böses befürchten. Gontard drückte die Papiere fest an seine Brust. Er blieb unter der Haustür stehen und wandte sich ruckartig um, entdeckte im weiten Umkreis jedoch keine auffällige Person.

Vielleicht war es unklug, das Paket in der eigenen Wohnung zu deponieren. Und wo dort überhaupt? Bisher hatte er nie etwas besonders Wertvolles oder gar Geheimes aufzubewahren gehabt. Vor allem glaubte er nicht, dass es möglich wäre, vor Minna Koblank Geheimnisse welcher Art auch immer zu verbergen. Sie sorgte sich um sein leibliches Wohl ebenso wie um seine Wäsche und kannte jeden Winkel der Wohnung einschließlich der Schränke und Kommoden besser als er. Nicht einmal das kleine Fach in seinem Schreibsekretär, in dem er die wenigen Briefe seiner Henriette sammelte, besaß ein besonders kompliziertes Schloss. Für Heidenreichs Papiere war es zu klein.

Minna würde das Paket schon der auffälligen Umhüllung wegen auffallen. Selbst wenn sie mit dem Geschriebenen nichts anfangen konnte, bestand die Gefahr, dass jemand – Liborius? – sie daraufhin ansprach und aushorchte. Gontard legte den gut zolldicken Packen auf dem Tisch ab und entfernte die Umhüllung. Wie kaum anders zu erwarten, handelte es sich bei den Blättern um Zeichnungen und Konzepte zu Versuchsanordnungen, um Anmerkungen zu Berichten in ausländischen Journalen und um Aufzeichnungen, deren Sinn Gontard fürs Erste dunkel blieb. Falls Heidenreichs großartige Entdeckung hier verborgen lag, würde es einer lang dauernden und gründlichen Durchsicht bedürfen.

Er legte den Stapel beiseite und schlug das großformatige, in altertümliches Pergament gebundene Buch auf, das dem Kontobuch eines Kaufmanns glich und vermutlich einmal für diesen Zweck bestimmt gewesen war. Es enthielt keinerlei Rechnungsbeträge oder geschäftliche Aufzeichnungen und doch so etwas wie eine Bilanz. Gleich aus den ersten unvollständigen und mit vielerlei unverständlichen Verknappungen versehenen Sätzen ging die Absicht des Verfassers hervor, ihm wichtig erscheinende Begebenheiten und Denkwürdigkeiten seines Lebens aufzuzeichnen.

Gontard durchblätterte die Seiten. Die Datierung ließ bereits auf den ersten Blick die Unregelmäßigkeit und unterschiedliche Länge der Eintragungen erkennen, zwischen denen sich größere zeitliche Lücken ergaben. Also kein akribisch geführtes Tagebuch, wie es zu Heidenreich auch kaum gepasst hätte.

Mit verhaltenem Atem schlug Gontard die Seiten um. Mehrere schematische Darstellungen, die ihm im Augenblick rätselhaft erschienen, erkannte er als flüchtig dahingeworfene Stammtafeln. Für einen Moment war er enttäuscht. Verbargen sich auf diesen Seiten etwa nur die von Heidenreich zusammengetragenen Geheimnisse des Hauses Hohenzollern?

Natürlich klopfte Minna Koblank wie immer zur Unzeit und nahm seinen abwehrenden Ruf als Aufforderung, ins Zimmer zu treten und festzustellen, sie habe ihn zu dieser Stunde nicht in der Wohnung vermutet. Weshalb sie dennoch geklopft hatte, blieb unerklärt.

»Sie bringen allet durchennander«, murrte sie. »Für jewöhnlich scheuer ick sonnabends immer die Fußböden.«

»Ich bin schon auf dem Sprung!« Gontard raffte die Papiere zusammen und hüllte sie unter Minnas argwöhnischem Blick in das Wachspapier. Die Pergamentkladde packte er nicht mit ein.

»Hamse so viel Post jekricht?«, erkundigte sich Minna.

Gontard zwang sich zu einem Lächeln. »Es handelt sich um Aufzeichnungen, die ich für den Unterricht benötige«, erklärte er leichthin. »Und falls sich mein Freund Kußmaul hier sehen lässt – er möchte bitte hinterlassen, wo ich ihn treffen kann.«

Minna Koblank verdrehte die Augen. »Sie und Ihre Herren Freunde! Hamse nich schon det Neuste aus de Dorotheenstadt jeheert?« Ihr Blick verriet, wie gespannt sie auf seine Reaktion wartete.

Gontard, der sehr wohl ahnte, worauf sie hinauswollte, blieb bei dem leichten Ton. »Dafür habe ich ja Sie, Minna. Sie ersparen mir glatt die Lektüre der *Preußischen Staatszeitung*.«

Minna Koblank war enttäuscht. »So lustich is et man ja nich«, sagte sie düster. »Det Mädel, wo jestern Abend hier mit Sie hat reden wolln – die hat sich nemlich umjebracht!«

»Ich weiß«, entgegnete Gontard, das Paket und das Buch unter den Arm geklemmt, und wandte sich zum Gehen. Was auch immer er jetzt äußerte, würde Minna zu einer endlosen Tirade veranlassen.

So blieb ihr nur die Anmerkung: »Et soll anjeblich von wejen Ihren Freund Heidenreich jewesen sein ...«

»Ich weiß«, bestätigte er ein zweites Mal, schloss die Salontür von außen und stieg die dunkle Treppe hinunter.

Immerhin war ihm inzwischen eine Möglichkeit eingefallen, die Papiere vorerst sicher zu verwahren. Im Flur vor den Räumen des Fouragehändlers hingen und lagen stets allerlei Gerätschaften und Utensilien herum. Eine Satteldecke schien ihm das Richtige, um seine papierene Bürde darunter zu verbergen.

Auch ein aufmerksamer Beobachter musste den Eindruck gewinnen, der Herr Major mache sich mit dieser schäbigen Decke über dem Arm noch einmal auf den Weg zum Pferdestall. Nach einem prüfenden Blick ringsum aber ging Gontard nur ein paar Häuser weiter, wo der Banquier Gollwitzer sein Geschäftslocal hatte. Mit ihm hatte Gontard einige seiner wenigen Geldgeschäfte getätigt und dabei gute Erfahrungen gemacht.

Er traf Gollwitzer, einen krummen kleinen Mann mit tränenden Augen und silbernen Schläfenlocken, glücklicherweise alleine in seinem Kontor an.

»Womit kann ich dem Herrn Major diesmal dienen? Soll es ein kurzfristiger Kredit auf die Kartoffelernte sein?«

»Nein, danke. Ich suche für einige Tage ein sicheres

und diskretes Depot, auf das ich jederzeit Zugriff haben muss.«

Gollwitzer blinzelte ihn aufmerksam an. »Größere Beträge?«, erkundigte er sich stirnrunzelnd.

Gontard lächelte gewinnend. »Aber nein. Nur Papiere, die ich jedem fremden Zugriff entziehen möchte.«

Beruhigt nahm Gollwitzer das Päckchen in Empfang. »Dafür ist mein Gewölbe allemal gut«, sagte er. »Bedarf es einer schriftlichen Bestätigung?«

Gontard winkte ab. »Wir kennen uns gut genug, mein Lieber. Nur bitte zu niemandem ein Wort! Falls jemand fragt, habe ich eben ein paar Louisd'or eingewechselt.«

Blieb das Buch. Das ließ sich ganz gut unter der Schnürbrust der Uniform unterbringen.

Die Satteldecke immer noch über dem Arm, trat Gontard wieder auf die Dorotheenstraße. Bewegte er sich jetzt in Richtung Friedrich-Wilhelm-Stadt, konnte selbst ein misstrauischer Verfolger kaum Verdacht schöpfen. Zu entdecken war jedenfalls kein Verdächtiger, sooft Gontard an den Ecken stehenblieb und sich unauffällig umsah, als äuge er kritisch nach dem Wetter. Auf der Marschallbrücke musste er ohnedies warten, die hölzernen Klappen wurden gerade aufgezogen, um eine schwerbeladene Lastschute passieren zu lassen. Gontard hatte genügend Zeit, die »Freundlichen Bäder« des Herrn von Winterfeld zu betrachten, an denen er nun täglich vorbeikommen würde und die allemal einen Besuch wert waren. Er badete gerne und hatte mehrmals erwogen, sich einen der modernen Schneider'schen Badeschränke anzuschaffen, *deren gefälliges Äußeres eine Zierde für die bürgerliche Wohnstube wie für das Prunkzimmer des Reichen* darstelle, wie das *Conversations-Handbuch* behauptete, scheute jedoch die Kosten und den Aufwand, das heiße Wasser heranschaffen zu lassen.

Darüber nachdenkend, verharrte Gontard noch ein Weilchen auf der längst wieder geschlossenen Brücke und blickte ins trübe Wasser der Spree, bis sich auch der letzte Flaneur entfernt hatte.

Das Heringsfass in der Marienstraße roch unverändert. Gontard beeilte sich, daran vorbeizukommen, ohne von Musolf in ein weiteres Gespräch verwickelt zu werden. Vor der No. 7 fegte ein bemützter Mann den Kehricht von den Granitplatten in den Rinnstein. Er beäugte Gontard forschend, als der vor dem Haus stehenblieb, um einen Zettel mit der Aufschrift *Hier ist eine Schlafstelle zu vermithen* zu entziffern. Daneben offerierte der Destillateur Schellhase *Exquisite frz. Liqueure*. Aus einem Parterrefenster beugte sich ein stark geschminktes Frauenzimmer mit roten Haaren und bedachte den Fremden mit einem vorwitzigen Blick.

Etwas weniger Aufmerksamkeit wäre Gontard recht gewesen. Ganz wohl fühlte er sich nicht in seiner Haut. In einem solchen Milieu verkehrte er für gewöhnlich nicht.

»Suchen Se wat bestimmtet?«, erkundigte sich der Feger behäbig.

Gontard gab sich einen Ruck. »Die Gräfin ...«, sagte er zögernd. »Sie wohnt doch hier?«

Der Mann stützte sich auf den Besenstiel und grinste breit. »Die Löschebrandten mein' Se? Linker Hand janz oben.«

Der Thorweg stand offen, wie es hier anscheinend üblich war. Anders als in den älteren Bürgerhäusern der Stadt führten in jedem Stockwerk Türen in abgeschlossene und mit einem eigenen Klingelzug versehene Wohnungen, aus denen mannigfache Geräusche drangen. Irgendwo spielte jemand auf einem Fortepiano.

Gontard stieg in den dritten Stock hinauf und fand an der linken Tür tatsächlich ein elegantes Kärtchen angeheftet: *G. Gräfin Löschebrandt.*

Es erschien ihm angemessen, ein ebensolches Kärtchen mit seinen Personalien aus der Tasche zu fingern, bevor er die Klingel zog. Hinter der Tür rumorte es längere Zeit, dann öffnete ihm eine honette, mit einer hochgeschlossenen dunklen Bluse und weißer Schürze bekleidete Person die Tür. Mehr war in dem herrschenden Zwielicht nicht zu erkennen.

»Ich hätte gerne die Frau Gräfin gesprochen«, sagte Gontard und überreichte ihr das Billett so formvollendet, als hätte er die Gräfin in persona vor sich.

Das Dienstmädchen – um niemand anderes konnte es sich handeln – knickste und sagte: »Een Momang bitte«, bevor sie ihm die Tür vor der Nase schloss.

Auch als sie die Tür wieder öffnete, ließ sie ihn nicht ein, sondern erkundigte sich bedachtsam: »Die Jnädichste lässt fraren, ob es sich um ein Rejementskamraden vom Herrn Jrafen handelt ...«

»Nein, leider nicht. Ich möchte die Gnädige in einer eher persönlichen, aber doch sehr dringlichen Angelegenheit sprechen.«

Im Flur der Wohnung tauchte eine hochgewachsene und offenbar sehr schlanke Gestalt in einem wehenden Gewand auf, die mit rauchiger Stimme kundtat: »Bitten Sie den Herrn Major in den Salon, Marie!«

Der Salon war ein helles, gefällig möbliertes Zimmer, durch dessen Fenster man über die Bauten am Schiffbauerdamm hinweg auf die Spree schaute.

Als die Gräfin hoheitsvoll den Raum betrat, musste Gontard sofort erkennen, dass er sich bezüglich einer Affäre dieser Dame mit Gebhardt Heidenreich nur geirrt haben konnte. Wenn sie denn überhaupt die gesuchte Lia war, so handelte es sich um eine ehemals blonde Schönheit mit leuchtend blauen Augen und tief eingekerbten Gesichtszügen, deren weiß schimmerndes Haar ebenso viel über ihr wirkliches Alter verriet, wie die Beschaffenheit ihres Handrückens, über den sich Gontard galant beugte.

Die Gräfin betrachtete ihn mit einer Mischung von Amüsement und Neugierde. »Es ist lange her«, sagte sie mit ihrer sehr männlich klingenden Stimme, »dass ein Herr mich in persönlichen Angelegenheiten zu sprechen wünschte.«

Gontard, den gelinde Zweifel plagten, vor der richtigen Person zu stehen, sagte: »Dann will ich Ihre Zeit nicht über Gebühr in Anspruch nehmen und sogleich mit der Tür ins Haus fallen.«

Die Gräfin wies ihm einen der niedrigen Sessel zu und nahm in dem anderen Platz. »Ich bitte darum.«

Einem zierlichen Kästchen entnahm sie eine Cigarre. »Es stört Sie hoffentlich nicht, wenn ich rauche.«

»Ganz und gar nicht. Ich selbst …«

Sie bot ihm ebenfalls eine an. Er lehnte nicht ab.

»Im Alter verzichtet man ungern auf seine Gewohnheiten«, erklärte sie und lächelte, »schon gar nicht auf die schlechten. Es ist allemal angenehmer, als eine stinkige Pfeife zu rauchen. ›Cigarro mit avec de fö‹ heißen sie bei den Händlern hier vor den Thoren.«

»Ich kaufe die meinen bei Wernicke in der Friedrichstraße.«

»Nobel, nobel.« Sie nickte beifällig und blickte ihn durch die sich ausbreitende Qualmwolke erwartungsvoll an.

»Es handelt sich um einen engen Freund ...«, begann Gontard zögernd, um sich sogleich zu korrigieren: »Vermutlich ist es einfacher, Sie geradeheraus zu fragen, ob Ihnen die Demoiselle La Ramée bekannt ist ...«

In den himmelblauen Augen der Gräfin blitzte es. »Wem wäre die nicht bekannt?«, fragte sie zurück. »Ich besuche gelegentlich das Theater. Eine aparte Person, nicht wahr?«

Darauf ging Gontard lieber nicht ein. Er fragte: »Sie sind persönlich nicht mir ihr bekannt oder gar befreundet?«

Die Gräfin schmunzelte. »Das Vergnügen blieb mir bisher erspart.« Sie tat einen genussvollen Zug und wartete sichtlich auf seine nächste Frage.

Bedauernd sagte Gontard: »Das ist beinahe schon alles. Die Dame, die ich suche, stand ersichtlich in engerem Verkehr mit Celina La Ramée.«

Ihr aufmerksamer Blick ruhte weiterhin auf ihm. »Der Name der betreffenden Dame ist Ihnen nicht geläufig«, stellte sie fest.

»Bedauerlicherweise nicht. Von der Demoiselle La Ramée wurde sie vermutlich Lia genannt.«

Sie lachte. Es klang rauh. »Ich heiße Gesine Margaritha Eleonore. Empfinden Sie Lia als eine passende Verkürzung? Vielleicht von Eleonore? So hat mich allerdings nie jemand genannt ...«

Gontard machte Anstalten sich zu erheben. Leider hinderte ihn die Cigarre daran, den Besuch sogleich abzubrechen.

Die Gräfin hob die Hand. »Weshalb so eilig?«, fragte sie und sog ein weiteres Mal genussvoll an ihrer Cigarre. »Jetzt sind Sie mir ein bisschen mehr von der Geschichte schuldig, lieber Herr von Gontard. Bei dieser Madame Lia handelt es sich gewiss um eine wesentlich jüngere Person, als ich es bin, nicht wahr?«

»Ich möchte nicht ungalant sein ...«

»Dieser Freund, den Sie anfangs erwähnten, steht also in einer gewissen Beziehung zu dieser Lia, wie ich vermute.«

Gontard nickte. »Stand«, berichtigte er.

»Und Lia war oder ist hier in der Marienstraße ansässig.«

»So ist es. Eine großgewachsene, schlanke Frau mit blonden Haaren.«

Die Gräfin lachte ihr rauhes Lachen tief aus dem Hals heraus und begann zu husten. »Da mussten Sie selbstverständlich auf mich verfallen«, stöhnte sie. »Nur bin ich leider dreißig Jahre zu alt für ein Abenteuer mit einem strammen Major im besten Mannesalter. Wirklich schade ...«

Gontard unternahm einen neuen Versuch aufzustehen. »Sie verzeihen mir hoffentlich meinen zudringlichen Auftritt ...«

Sie wehrte ab. »Nur wenn ich die ganze Geschichte erfahre, lieber Major. In meinem Alter erfreut einen jede Abwechslung. Besucher sind so selten wie wirkliche Neuigkeiten ...«

Im Stillen wurmte es Gontard, dass er sich auf die Cigarre eingelassen hatte. Es gab Wichtigeres zu tun, als die betagte und durchaus sympathische Gräfin mit seinen Mutmaßungen über Heidenreichs Ende zu unterhalten.

Gezwungenermaßen tat er es nun in einer Kurzfassung, in der von einem Verdacht oder einer auffallenden Entdeckung ebenso wenig die Rede war wie von Liborius oder der zweiten Toten im Hause Knoppe. Einfach nur: Der unerwartet verstorbene Physiker Doktor Gebhardt Heidenreich hatte vermutlich eine Beziehung zu einer in der hiesigen Nachbarschaft wohnenden Frau namens Lia.

Nachdenklich paffte die Gräfin ihre Cigarre dazu. »Und welche Art Auskünfte versprechen Sie sich von der Dame Lia?«, fragte sie schließlich.

Darauf wusste Gontard keine eindeutige Antwort zu geben. Die Gräfin ging darüber hinweg. »Wie sah Ihr Freund aus?«, wollte sie wissen.

Gontard beschrieb Heidenreichs wenig auffällige Gestalt und seinen wirren Blondschopf.

»Marie«, rief die Gräfin herrisch, »bring den Liqueur und zwei Gläser!«

Marie brachte das Gewünschte. Die Gräfin hielt sie zurück und ließ von der grünlichen Flüssigkeit eingießen. »Beschreiben Sie noch einmal die Frau und Ihren Freund dazu«, verlangte sie von Gontard. Der tat es.

Marie verzog das Gesicht. »Die aus de Nummer dreie«, sagte sie ein wenig abfällig und guckte die Gräfin an. »Sie kenn' ihr doch ooch. So 'ne lange, dürre Bohnstange. Die hab ick abends mal mit een jesehn, der 'n halbe Kopp kleena war. Det muss jewesen sin, bevor se sich janz hat dünne jemacht.«

Gontard vergewisserte sich: »Sie meinen, sie wohnt nicht mehr hier?«

»Schon lange nich mehr. In die Stube haust jetz so 'n Trompeter mit seine Braut, der immer übt. Det die det aushält! Hört sich schauerlich an.«

»Den Namen der Dame wissen Sie nicht zufällig?«

»Se hat sich mir nich vorjestellt. Aba et hieß, se wär von Adel.« Wieder wandte sie sich an die Gräfin. »Sie ham sojar mal mit se jesprochen, erinnern Se sich nich? An den Tach, wo die Weiber hier ham die Eimers von Hoff jeholt und et hat so förchterlich jestunken, da ham Sie zwee beede doch mittenander vor de Düre jeplauscht, wenn mir mein Jedächtnis nich trücht ...«

Die regelmäßige Reinigung der Eimer und Abortgruben war ein hervorstechendes, regelmäßig wiederkehrendes Ereignis in allen Straßen. Die Gräfin jedenfalls besann sich plötzlich auf die Begegnung. »Ja, natürlich! Die war beinahe so groß wie ich und blond. Dass ich nicht selbst darauf gekommen bin!« Sie hob das Liqueurglas. »Wie gut, dass Sie nicht sofort weggelaufen sind, Herr Major! Prosit!«

Gontard schluckte das zuckersüße Getränk und wartete begierig darauf, endlich den Namen der Gesuchten zu erfahren. Doch auf den besann sich die Gräfin nicht. »Irgendein märkisches Adelsgeschlecht ...«, glaubte sie sich zu erinnern.

Gontard dachte an Lisettes Worte. »Könnte der Name etwas mit Potsdam zu tun haben?«

»Pots ... Potzlow!«, rief die Gräfin aus und goss aus der Flasche nach. »Eine Geborene von Potzlow. Nun erinnere ich mich. Die Potzlows sind nämlich auf sehr weitläufige Weise mit den Löschebrandts verschwägert, wie mir hinterher einfiel.«

»Sie haben nur dieses eine Mal mit ihr gesprochen? Einzelheiten über ihr privates Leben hat sie Ihnen da sicherlich nicht mitgeteilt.«

»Dazu stank es auf der Straße viel zu sehr. Ich habe sie

zum Tee eingeladen. Aber sie ist nie erschienen, und ich hatte die ganze Angelegenheit vollkommen vergessen.«

»Sie haben mir dennoch sehr geholfen. Vielleicht finde ich ja eine Spur dieser Lia von Potzlow ...«

Die Gräfin paffte ihre Cigarre und hörte ihm nicht zu. »Da war noch was ...«, sagte sie und hob ihm das Glas entgegen.

Sie tranken und Gontard wartete. Die Cigarre war inzwischen endlich erloschen. Es wurde Zeit, dass er sich verabschiedete.

»Bei irgendeiner Gelegenheit ist der Name Potzlow gefallen ...«, sinnierte die Gräfin. »Ich glaube, als mir jemand erzählte, der Major Elster, genannt von Streyth – das ist auch so eine Krautjunkersippe aus der Neumark – hätte kürzlich geheiratet ...«

Gontard richtete sich steil im Sessel auf und blickte sie offenen Mundes an. »Aemilius von Streyth?«, fragte er entgeistert. »Sind Sie ganz sicher?«

Sie hob die Schultern und lachte wieder auf ihre rauhe Art. »Kennen Sie ihn etwa, den alten Schnapsbrenner? Er war seit einigen Jahren Witwer. Weshalb sollte der nicht wieder heiraten?«

Gontard versuchte sich zu fassen. »Ja, weshalb eigentlich nicht ...«, sagte er.

Sechzehn

Natürlich war das Gerücht von Streyths Hochzeit auch zu Gontard gedrungen. Ihn hatte nicht interessiert, was es darüber so Geheimnisvolles zu tuscheln gab und was ausgerechnet Gebhardt Heidenreich so stark daran erregt hatte, dass er in einem unbedachten Augenblick von einem Duell faselte, zu dem man den alten Bock fordern müsse. Gontard war mit Heiterkeit darüber hinweggegangen. »Du tust, als hätte er dir die Liebste weggenommen«, hatte er gespottet und dafür nur einen bitterbösen Blick des Freundes geerntet, dem er gleich das Unsinnige einer solchen Herausforderung vor Augen führte, war der doch im Gebrauch aller Hieb-, Stich- oder Schusswaffen gleichermaßen ungeübt und außerdem als Bürgerlicher für einen von Streyth nicht einmal satisfaktionsfähig.

Deutlich erinnerte er sich jetzt an die Szene, während er dem Schiffbauerdamm zustrebte. Auf einen Besuch in der No. 3 konnte er verzichten. Dort würde er nicht mehr erfahren, als die unerwartete Verbindung Potzlow/von Streyth ohnehin hergab.

Der ältliche Oberst-Lieutenant selbst war irgendwo in der Friedrichstadt ansässig, die genaue Anschrift würde er im Adresskalender finden. Und dann? Er konnte wohl kaum im Streyth'schen Hause auftauchen und den

Oberst-Lieutenant des Totschlags an seinem möglichen Nebenbuhler bezichtigen!

In der Dorotheenstraße erwartete ihn sein Freund Kußmaul. »Nun?«, fragte Gontard gespannt. »Was hat die Obduktion ergeben?«

Kußmaul, der es sich auf dem Sofa bequem gemacht hatte und gemütlich seine Pfeife schmauchte, sah ihn gelassen an. »Nichts«, sagte er. »Zumindest nichts besonders Auffälliges, sieht man von einem merkwürdigen Einstich in der Armbeuge ab.«

Gontard hakte sofort ein. »Jemand könnte ihm also eine Giftspritze verabreicht haben!«

Kußmaul schüttelte den Kopf. »Gemach, gemach«, wehrte er ab. »Im Gewebe war davon ebenso wenig etwas festzustellen wie im Magen. Genaue Untersuchungen dauern natürlich ein paar Tage, doch der Professor Casper ist ein gewissenhafter Pathologe. Er wird kaum Ruhe geben, bis er die wahre Todesursache deines Kollegen herausgefunden hat.«

Ludwig Caspers Ruhm war auch bis zu Gontard gedrungen. Die Berufung des außergewöhnlich rührigen Mediziners zum Gerichtsphysikus der Stadt stand bevor. Bereits als Student hatte er die Worte zu den ersten Singspielen des jungen Felix Mendelssohn-Bartholdy verfasst und unter dem Pseudonym Till Ballistarius das romantische Trauerspiel *Die Karfunkel-Weihe* veröffentlicht.

»Dann sollte sich der Professor unbedingt auch die heute Morgen aufgefundene Leiche einer jungen Frau ansehen. Diesmal ist der Zusammenhang mit Heidenreichs Tod ganz offensichtlich.«

Kußmaul runzelte die Stirn. »Was ist das nun wieder? Deine Minna machte so eine merkwürdige Bemerkung ...«

In kurzen Worten erzählte Gontard Albertines Geschichte.

»Das wird ja immer verworrener«, sagte Kußmaul. »Hast du nichts Näheres über den Brief in Erfahrung bringen können, den sie absenden wollte?«

»Nein. Glaubst du etwa, dass es Zweck hat, auf dem Postamt danach zu fragen?«

Kußmaul lachte hämisch. »Am besten im schwarzen Kabinett! Da liegt er mit Sicherheit so lange, bis man den Inhalt kennt.«

»Möglicherweise hat ja Madame Koblank etwas Falsches gehört, und der Brief stammte gar nicht von Heidenreich. Weshalb sollte sie einen Auftrag noch über den Tod hinaus ausführen?«

»Weshalb nicht?«, gab Kußmaul zu bedenken. »Aber da gibt es doch noch einen anderen Doktor im Hause ...«

»Bächerle?«

»Könnte der sie nicht zum Postamt geschickt haben?«

Daran hatte Gontard noch nicht gedacht. »Ich werde ihn fragen.«

»Und was hast du sonst noch vor zu tun?«

Gontard knöpfte seinen Waffenrock auf. Das Buch an seiner Brust war ihm wieder eingefallen. »Ich werde Gebhardt Heidenreichs Aufzeichnungen studieren. Vielleicht helfen die mir weiter.«

Er schlug die Kladde auf und blätterte darin. Kußmaul zeigte sich nicht übermäßig interessiert. »Was hoffst du, darin zu finden? Die geheimnisumwitterte Entdeckung, die alles erklären wird?«

In dem Buch waren nur gut zwei Drittel der Blätter beschrieben. Gespannt suchte Gontard nach der letzten Eintragung. *Wahrhaftig eine Überraschung! Muss sogleich S an-*

fragen, ob ich mich nicht irre, stand da in flüchtiger Schrift unter dem Datum des 14. Oktober. Mehr nicht.

Kußmaul war aufgestanden und schaute ihm über die Schulter. »Wer ist S?«, fragte er.

Gontard antwortete nicht. Er blätterte zurück, bis ihm ein mit schwarzer Tinte umrandetes Oval ins Auge fiel: *Sie + ER !!! Der schwärzeste Tag meines Lebens!*

Datiert im April.

»Hast du eine Ahnung, wen er damit meinte?«, fragte Kußmaul.

»Ich fürchte, ja. Er hatte eine unglückliche Liebesbeziehung zu einer adligen Dame, die zu diesem Zeitpunkt einen anderen heiratete.«

Kußmaul schaute ihn skeptisch an. »Wollten wir alle sezieren, auf die Ähnliches zutrifft, hätten wir Tag und Nacht zu obduzieren«, sagte er. »Ob du es willst oder nicht – du wirst eines Tages anerkennen müssen, dass dein Freund sich blindlings totgesoffen hat. Kein erstrebenswertes Ende, doch kommt es in den besten Kreisen vor.«

»Sprachen alle Anzeichen wirklich eindeutig dafür?«

Darauf wollte Kußmaul sich nicht festlegen. »Das Herz zumindest war auffällig. Es sah aus, als enthielte es blutigen Schaum.«

»Blutiger Schaum? Wie kann so etwas entstehen?«

»Du bist Physiker«, entgegnete Kußmaul ein wenig ungehalten. »Vermagst du alle auftretenden Phänomene zu erklären? Wie entsteht ein Blitz?«

»Schon gut, schon gut«, beschwichtigte ihn Gontard. »Du musst verstehen, dass ich auch den kleinsten Anhaltspunkt beachten will.«

»Du kannst sicher sein, der Professor wird das Herz, den

Magen und die Gewebeproben genauestens untersuchen. Es gibt keinen Hinweis auf einen unnatürlichen Tod.«

»Und was ist mit diesem Spitzel, der um ihn herumschlich? Nach welcher Überraschung musste er sich bei S erkundigen? Weshalb hat sich das Mädchen umgebracht, mit dem ihn keine Liebesbeziehung verband? Welche gefährliche Entdeckung hat er mir nicht mehr rechtzeitig mitteilen können?«

Kußmaul schüttelte den Kopf. »Du redest dir etwas ein, Christian. Wenn du plötzlich sterben würdest – wovor dich der Himmel bewahren möge – und ich sollte die geheimnisvollen Hintergründe deines Lebens erhellen, wie viel Dunkles und Ungereimtes würde mir da begegnen? Gerieten nicht die unbekannten Mörder des Lords Bathurst ebenso in Verdacht wie Kameraden, denen du eventuell als Rivale im Wege bist, Verwandte, die es möglicherweise auf das Erbe abgesehen haben, alte Feinde, von denen du nichts ahnst, ein unbekannter Nebenbuhler bei der La Ramée? Was weiß ich denn über dich? Nicht mehr, als du mir freiwillig erzählt hast.«

»Du hast ja recht«, gab Gontard zu. »Aber ich habe mir nun einmal in den Kopf gesetzt, ein mögliches Verbrechen an Heidenreich aufzuklären. Das bin ich ihm schuldig. Und ich bin auf dem besten Wege zum Erfolg.« Den letzten Satz hatte er beinahe triumphierend hinzugefügt.

Ungläubig starrte Kußmaul ihn an. »So plötzlich?«, fragte er zweifelnd. »Eben hattest du noch tausend ungelöste Fragen.«

»Ich habe dir das Beste vorenthalten«, gestand Gontard. »Ich weiß nämlich, wer die Frau ist, und ich kenne ihren Ehemann. Das ist ein alter Haudegen, der im Zorn sicherlich zu allem fähig ist.«

Kußmaul gab seine Zweifel nicht auf. »Du übersiehst da etwas. Dein Freund ist nicht erschlagen worden. Sein Körper weist keinerlei Spuren äußerer Gewalt auf.«

»Bis auf den verdächtigen Einstich.«

»Das kann ein Insekt gewesen sein. So betrunken wie er war, hätte er nicht einmal den Tritt eines Esels gespürt.«

»Also konnte sich jedermann leicht an sein Lager schleichen und ihm etwas antun.«

»Einer, der den Schlüssel zum Haus besaß und sich gut darin auskannte? Wer sollte das gewesen sein?«

»Vielleicht der Vorreiter Spielvogel? Der steht in enger Verbindung mit diesem Liborius. Der wiederum hat Heidenreich den ganzen Abend über beobachtet, ist ihm gefolgt und hat Spielvogel das vereinbarte Zeichen gegeben: Die Gelegenheit wäre günstig.«

Kußmaul gestand ihm eine blühende Phantasie zu. »Und das Mädchen?«, fragte er. »Weshalb hat sie sich umgebracht?«

»Aber verstehst du nicht?« Je länger Gontard darüber sprach, umso deutlicher erschienen ihm die Zusammenhänge. »Sie ist ebenfalls ermordet worden! Sie war vermutlich die Einzige, die sich des Nachts im Hause bewegte. Vielleicht nur, um nach der greisen Großmutter zu sehen. Jedenfalls ist sie dem Mörder begegnet oder hat ihn heimlich beobachtet. Es erklärt, dass sie von der Gefahr wusste, die von Spielvogel ausging, und weshalb sie mich dringend sprechen musste.«

»Vor der angeblichen Gefahr hat dich dein Freund Heidenreich bereits bei Kasperski gewarnt, oder?«

»Vielleicht ahnte er, dass ein Anschlag gegen ihn geplant war. Er wollte sich an S wenden, um ganz sicher zu sein ...«

Kußmaul nickte düster, war aber keineswegs überzeugt. »Grau ist alle Theorie, mein lieber Christian. Es klingt alles sehr gut, nur fehlt jeglicher Beweis für deine kühnen Hypothesen.«

Das musste Gontard eingestehen. Den Commissarius Werpel würde er mit seinem luftigen Gedankengebäude kaum überzeugen. »Ich werde die Beweise Schritt für Schritt zusammentragen«, sagte er. »Die Obduktion der Albertine Knoppe wird der erste davon sein.«

Kußmaul verzog den Mund. »Hast du heute schon zu Mittag gespeist?«, erkundigte er sich.

»Ich hatte wahrhaftig Wichtigeres zu tun!«

»Das dachte ich mir. Dann werden wir jetzt gemeinsam ein kräftiges Mahl einnehmen und etwas Stärkendes trinken, bevor wir uns deinem Beweis zuwenden.« Er nahm seinen weiten Überrock von dem Stuhl, auf dem er ihn achtlos abgelegt hatte. »Worauf wartest du noch?«

»Was hast du vor?«, erkundigte sich Gontard argwöhnisch. Statt irgendein Gasthaus aufzusuchen, hätte er sich jetzt viel lieber in Heidenreichs Aufzeichnungen vertieft, für die ihm außerdem noch immer kein geeignetes Versteck eingefallen war. Sie unbewacht in der Wohnung zurückzulassen erschien ihm zu gewagt.

»Wir werden uns die Leiche des Mädchens anschauen«, erklärte Kußmaul lakonisch. Auch bezüglich Gontards Sorge um die Pergamentkladde wusste er Rat. Unter dem doppelten Rücken seines umhangartigen Überrocks verbarg sich eine Tasche, in die das Buch mit Not passte.

Nachdem sie sich im Goldenen Löwen ausgiebig gestärkt und einen beruhigenden Schluck nicht verschmäht hatten, winkte Kußmaul eine Droschke herbei. Gontard brachte keinen Einwand dagegen vor, die Friedrichstraße nicht ein drittes Mal durchwandern zu müssen. Vielmehr nannte er dem Kutscher zu Kußmauls Verwunderung das Schloss als Ziel und ließ ihn am Zeughaus plötzlich zum Kupfergraben abbiegen. *»Délire de persécution«*, erläuterte er auf eine Bemerkung des Freundes hin.

Der lachte nur. Der Kutscher hingegen fragte: »Wo woll'n denn die Herrn nu würklich hin?«

Die angegebene Adresse ließ in verstummen. Jeder in Berlin kannte das Haus, in dem die Last aus dem Nasenquetscher entladen wurde.

Gontard stellte sich die Sache nicht so schrecklich vor. Immerhin war Albertine erst in der Nacht verstorben, und das Wetter war kühl. Kußmaul lachte mal wieder. »Es liegen vermutlich noch ein paar mehr herum«, sagte er. »Und nicht alle sind so taufrisch wie deine Albertine.«

Er behielt recht. In dem finsteren, durch keinen Luftstrom ventilierten Kellerraum, in den sie der triefnasige Wärter nach Entgegennahme eines entsprechenden Obolus führte, roch es unbeschreiblich. Auf einer Leine hingen die Kleidungsstücke der Toten. Gegen ein weiteres Geldstück brachte der Mann, den eine intensive Spirituswolke gegen den Verwesungsgeruch schützte, eine Laterne zum Leuchten und zog großzügig ein Tuch unbestimmbarer Färbung von dem zuletzt eingelieferten Leichnam. Gontard bemühte sich, den Blick nicht nach rechts und links schweifen zu lassen und möglichst flach zu atmen, während Kußmaul ungerührt Albertines sterbliche Hülle in Augenschein nahm und eingehend ihre linke Armbeuge begutachtete.

»Sieh her«, forderte er Gontard schließlich auf, »das ist tatsächlich höchst bemerkenswert!«

Der beugte sich über die Tote. Der winzige Einstich und eine leichte Rötung ringsum wären ihm niemals aufgefallen. Fragend sah er Kußmaul an.

»Du hast gewonnen«, sagte der. »Der gleiche Befund wie bei deinem Freund Heidenreich.«

Zur gleichen Stunde durchlitt Traugott Liborius wahre Höllenqualen. Während er dem Geheimen Rath, Exzellenz Notger von Bewerstorff, einen in vorsichtigen Worten gehaltenen und dennoch anschaulichen Bericht über den unerwarteten Tod des Verdächtigen Heidenreich und dessen Begleitumstände lieferte, zitterten ihm spürbar die Knie. Bewerstorff, ganz im Gegensatz zu seiner sonstigen Gewohnheit, hatte ihn mehr als einen Tag lang warten lassen. Nun schien er nicht einmal zuzuhören und machte überhaupt einen eher zerstreuten Eindruck. »Schreiben Sie alles auf, Liborius!«, meinte er schließlich mit einer griesgrämigen Handbewegung. »Am besten kurz und knapp. Damit ist die Angelegenheit für Sie erledigt. Und selbstredend strengste Schweigepflicht!«

Liborius, geduckt vor ihm stehend, vergaß vor Erstaunen, den Mund zu schließen. »Erledigt?«, fragte er ungläubig, und seine Augen traten noch ein wenig mehr aus ihren Höhlen als gewöhnlich. Was hatte er falsch gemacht, dass man ihm den Fall auf diese Weise entzog?

»Habe ich mich wohl deutlich genug ausgedrückt!«, knurrte Exzellenz. »Werden sich in den nächsten Wochen und Monaten möglicherweise anderen Wirkungsfeldern zuwenden müssen, mein Lieber. Wir haben einen neuen König, falls es Ihnen noch nicht aufgefallen ist ...«

»Doch, doch«, beeilte Liborius sich zu versichern. »Gibt es bereits Hinweise, gegen wen ...«

Bewerstorffs Blick ließ ihn verstummen. »*Mit* wem, mein Lieber! *Mit* wem!«, donnerte er. »Mit Seiner Majestät selbstverständlich und ganz und ausschließlich in deren Sinne, verstehen wir uns?«

Liborius duckte sich noch tiefer und nickte beflissen. Er verstand kein Wort.

Exzellenz von Bewerstorff aber hatte anscheinend seinen jovialen Tag. Nicht umsonst war ihm bei der Huldigung einer der 238 Orden verliehen worden. »Also bringen Sie in Gottes Namen diese leidige Geschichte an der Artillerieschule zu Papier!«, sagte er überraschend aufgeräumt. »Vielleicht ist ja doch mehr daran, als uns im Augenblick scheinen mag ...«

»Gewiss, Exzellenz! Bei diesem Heidenreich handelte es sich wahrlich um einen üblen Hetzer ...«

Darüber ging der Geheime Rath mit einer abschätzigen Geste hinweg. »Unter den Journalisten gibt es Schlimmere. Der Kerl war ein Schnüffler. Das ist es, was unangenehm werden könnte.« Er musterte Liborius mit einem durchdringenden Blick und gestattete sich einen erstaunlichen Satz: »Haben Sie mal darüber nachgedacht, in welchem Verwandtschaftsverhältnis Seine Majestät und ein gewisser Prinz, der als der wohlhabendste Grundbesitzer Preußens gilt, zueinander stehen?«

Liborius traute seinen Ohren nicht. War ihm nicht unlängst jede Bezugnahme auf diese Person bei Leibesstrafe untersagt worden? »Das ist ... sehr weitläufig ...«, stammelte er.

Der Rath nickte. »Ahnen Sie auch nur, wer die Erben sein werden, wenn der Prinz eines Tages mit Tod abgeht? Sein Bruder ist vor 34 Jahren gefallen. Die Auseinandersetzungen um den Nachlass sind bis heute nicht gänzlich beigelegt. Und wer weiß, mit wie vielen Frauenzimmern und Kindern uns Seine Königliche Hoheit bis zu seinem Ende noch beglücken wird ...«

»Ich habe keine Vorstellung ...«, hauchte Liborius, förmlich erschlagen von dem Vertrauen, das Bewerstorff ihm plötzlich entgegenbrachte.

»Na eben. Aber Sie und ich wissen, dass sich dieser Heidenreich in überaus ungebührlicher Form für die höchst privaten Obliegenheiten des Königlichen Hauses interessiert hat. Alle seine diesbezüglichen Aufzeichnungen ...«

Liborius hatte das Gefühl, er müsse im Boden versinken, doch Bewerstorff fuhr ungerührt fort: »... hat der Commissarius Werpel bis jetzt nicht aufzuspüren vermocht.«

»Es gibt da diesen Kellerraum im Hause der Artillerieschule ...«, bemerkte der erleichtert aufatmende Liborius. »Vielleicht sollte man sich dort noch einmal genauer umsehen.«

»Sagten Sie nicht, Sie hätten den Raum gründlich durchsucht?« Bewerstorffs Stimme schwoll sofort wieder zu einem lauten Grollen an.

»In der Tat, in der Tat«, versicherte Liborius, der zugleich noch einmal den unerklärlichen Schmerz zu spüren meinte, der ihm dort zugefügt worden war. »Nur hat der Herr Major von Gontard möglicherweise bereits vorher ...«

»Sie haben es auf Gontard abgesehen«, unterbrach ihn der Geheime Rath mit einem diabolischen Lächeln. »Was wollen Sie dem denn nachweisen?«

»Man hat mir berichtet, er sei nach dem Tode der Knoppe an verschiedenen Orten gesehen worden. Unter anderem hat er den Banquier Gollwitzer aufgesucht.«

»Hat er dort etwas deponiert?«

»Das bestreitet der Gollwitzer.«

Nachdenklich betrachtete Bewerstorff die gekrümmte Gestalt vor sich. »Ich glaube«, sagte er bedächtig, »wir werden uns doch ein wenig um den Herrn Major kümmern müssen.«

Siebzehn

Für Gontard gab es keinen Zweifel mehr: Jemand hatte seinen Freund umgebracht und die unbequeme Zeugin oder gar Mitwisserin anschließend ebenfalls. Vielleicht würde der große Professor Casper Genaueres über die heimtückische Todesart herausfinden, doch so lange gedachte Gontard sich nicht zu gedulden. Ein ruchloser Mörder hatte zweimal zugeschlagen, das war zweimal zu viel.

»Was wirst du jetzt tun?«, fragte Kußmaul, als der Dunst- und Gesichtskreis des schrecklichen Leichengewölbes endlich hinter ihnen lag.

Gontard klopfte ihm auf den Rücken, was einen seltsamen Klang auf der Pergamentkladde hervorrief, die sich kaum unter Kußmauls Mantel abzeichnete. »Ich werde Wort für Wort seiner Aufzeichnungen entziffern«, sagte er, und es klang wie ein Gelöbnis. »Darin ist sicher die Wahrheit verborgen, und ich kann den Mörder entlarven.«

Kußmaul schaute skeptisch. »Und wenn nicht?«, fragte er ohne jeden spöttischen Unterton.

Das war eine Möglichkeit, die Gontard in seinen Gedanken ausschloss. Nach dem Misserfolg in Perleberg aber wollte er den Mund auch nicht zu voll nehmen. »Dann genügen hoffentlich die Erkenntnisse deines Professor Casper, den Commissarius Werpel in Trab zu versetzen.«

Nun lachte Kußmaul doch spöttisch. »Einverstanden. Wahrscheinlich solltest du es besser selbst versuchen.«

Sie waren inzwischen am Oranienburger Thor angelangt und blickten auf die Kaserne der reitenden Garde-Artillerie, in der Gontard lange Jahre Dienst getan hatte. Hinter den Friedhöfen vor dem Thor lag das Wartfeld, der Exerzierplatz der Regimenter.

Kußmaul winkte einem Droschkenkutscher. »Ich würde mich gerne an deiner Lektüre beteiligen«, sagte er beim Einsteigen. »Leider bin ich heute in der Oper verabredet.« Er sah Gontard forschend an. »Was ist eigentlich aus deinem Besuch bei der Demoiselle Celina geworden?«

Gontard sank in die zerschlissenen Polster der Kutsche und schüttelte abweisend den Kopf. »Nicht der Rede wert«, gestand er. »Aber ein kleines Stück hat er mich dennoch vorangebracht.«

Kußmaul verstand nicht.

»Heidenreich unterhielt eine Liaison zu einem Fräulein oder einer Frau von Potzlow«, raunte Gontard ihm zu und wies dabei auf die auffällig abstehenden Ohren des Kutschers vor ihnen.

Wieder lachte Kußmaul. *»Délire de persécution«*, sagte er. »Glaubst du wirklich, der Kerl kann uns bei dem Höllenlärm verstehen, den die Räder auf dem Pflaster verursachen?«

In der Dorotheenstraße kletterte Gontard aus dem Gefährt und überließ es samt der Bezahlung dem Freund. Heidenreichs Aufzeichnungen warm an der Brust geborgen, begab er sich unverzüglich in seinen Salon und schob das Buch unter die Zeitungsblätter der letzten Tage.

Kaum eine Minute später erschien Minna Koblank

und schlug die Hände über dem Kopf zusammen. »Aus Ihn' soll eens klug wern!«, klagte sie. »Nu weeß ick wieder nich, wie ick et Ihn' recht machen kann!«

»Liebe Koblanken, brühen Sie mir eine Kanne starken Kaffees, und lassen Sie mich für heute bitte völlig ungestört. Dann bin ich gänzlich zufrieden.«

»Und wat is mit's Ahmbrot?«

»Na gut, eine Kleinigkeit werde ich sicherlich essen. Stellen Sie es einfach draußen auf dem Tischchen ab.«

Nun hatte er ihr Misstrauen erst recht geweckt. »Mein Jott, wat hahm Sie denn Jeheimnisvollet vor?«, brummelte sie. »Is irjendeen hoher Besuch anjemeldet?«

»Ich habe zu arbeiten. Und das möchte ich in aller Ruhe tun.«

»Is ja schon jut ... Kann ick mir ja ooch denken, det Ihn' die beeden Todesfälle beschäftjen dun ...«

Minna kannte sein Interesse für Mordtaten. Er ging nicht darauf ein, sondern sagte: »Sie können mir noch einen Korb Holz bringen.« Inzwischen war ihm aufgefallen, wie kühl es in dem Raum war.

»Und Späne!«, ergänzte Minna Koblank. »Ick komm jleich mit'n Fidibus.« Sie zwinkerte ihm vertraulich zu. »Herr Major soll'n et scheen warm hahm bei die Arbeiterei.«

Endlich ging sie, kehrte aber nach wenigen Sekunden zurück. »Da is übrijens noch 'n Brief von Ihre Frau anjelangt«, sagte sie und zog das angeknitterte Couvert aus ihrer Schürzentasche.

»Was steht denn drin?«, hätte Gontard beinahe gefragt, doch er wollte es sich nicht mit Minna verderben. Wahrscheinlich misstraute er ihr grundlos. Sie war eine gute Seele, und seine Post las sie hoffentlich erst nach ihm.

Zwei Stunden später erhob sich Gontard von seinem Platz am Schreibsekretär, um eine Flasche Wein aus seinem Vorrat zu holen. Genüsslich eine Cigarre rauchend, zog er sich auf das bequeme Sofa zurück und vertiefte sich wieder in Heidenreichs Aufzeichnungen. Trotz der häufig flüchtigen Handschrift und der vielen, oft unverständlichen Verkürzungen von Namen und Umständen hatte er sich inzwischen so gut eingelesen, dass sich daraus allmählich ein Bild des Freundes ergab, das nur bedingt mit seinen bisherigen Einblicken in dessen Leben übereinstimmte.

Wie es schien, hatte Heidenreich unter mancherlei Äußerlichkeiten gelitten, seine widerspenstige Frisur und seine schmächtige Figur erwähnte er beispielsweise immer wieder. Gontard, von der Natur besser ausgestattet, verstand es nicht so recht. Gewiss war Gebhardt Heidenreich kein Adonis gewesen, doch immerhin ein nicht unansehnlicher und durchaus erfolgreicher junger Gelehrter, der in der preußischen Residenz sein Auskommen, Freunde und unter seinen Schülern sogar Bewunderer gefunden hatte. Sein Glück allerdings hatte er verfehlt, wie sich aus den Aufzeichnungen ergab.

Am Anfang seines Berliner Aufenthaltes hatte Heidenreich sich verpflichtet geglaubt, den einen oder anderen der berühmt-berüchtigten Salons aufzusuchen, hoffte er doch immer auf gleichgestimmte Seelen zu stoßen, sprich Interessenten für seine physikalischen Vorlieben oder wenigstens echte Kenner der Hohenzollern-Genealogie. Diese Hoffnungen erfüllten die Berliner Salons allerdings in keiner Weise. Was der junge Fremde dort neben weiblicher Unansehnlichkeit und Hochnäsigkeit zuhauf antraf, waren männliche Schwätzer und Wichtigtuer, denen die

Naturwissenschaften als ein Greuel galten, die Physik allenfalls als eine Art schwarzer Kunst. Indessen waren sie jederzeit bereit, ein endgültiges und zumeist vernichtendes Urteil über jede Form von Literatur und Theater auszusprechen oder sich herablassend über alles und jeden zu äußern, solange es sich um Nichtanwesende handelte. Ausgenommen blieb nur das angehimmelte Königshaus, über das man sich nicht einmal eine ironische Randbemerkung gestattete. Kein kritisches Wort etwa über Friedrich den Einzigen oder die illegitimen Sprösslinge des ihn beerbenden Neffen. Vergebens hatte Heidenreich zumindest auf die hinreichend bekannten Geschichten derer von der Mark, von Lichtenau, Ingenheim und Consorten gewartet, zu deren Vermehrung der »Dicke Wilhelm« das Seine geleistet hatte.

Am Rande eines solchen sich endlos hinziehenden Abends war Heidenreichs kurzsichtig schweifender Blick von einer jungen Dame auffallender Größe erwidert worden, die sich gleich ihm tödlich zu langweilen schien und der er auf sein Drängen hin von der freimütigen Gastgeberin vorgestellt wurde. Das sehr schlanke und großgewachsene Fräulein von P. stammte, wie sich herausstellte, aus altem märkischem Adel, und Heidenreich war klug genug, jede Anmerkung zur slawisch klingenden Endsilbe des Namens zu unterlassen. Stattdessen versuchte er, mit seinen geringen literarischen Kenntnissen zu brillieren, die sich im Wesentlichen auf einen gewissen Schiller bezogen, der im heimatlichen Württemberg als eine Art unbequemes Genie galt.

Zu seiner Freude erwies sich die aschblonde L., wie er sie in den Aufzeichnungen durchgängig nannte, als eine glühende Anhängerin ebenjenes Dichters, dessen Balladen es ihr ebenso angetan hatten wie die unvergänglich kühnen Räuber im gleichnamigen Drama, von denen sie nicht aufhörte zu schwärmen. Wie wenig galten dagegen all die falschen Dramen und Modestücke auf den Berliner Bühnen, in der Oper, im Königlichen Schauspielhaus und im Königstädtischen Theater am Alexanderplatz!

Ja, Heidenreich hatte richtig gehört. Das selbstbewusste adlige Fräulein, das alleine in der Stadt lebte und sich seiner Freisinnigkeit rühmte, verschmähte es nicht, ein solches bürgerliches Etablissement zu besuchen. Selbst in der Grünen Neune, dem Liebhaber-Theater Thalia in der übel beleumdeten Blumenstraße, war sie zweimal gewesen und ging mit Heidenreich ein drittes und viertes Mal dorthin.

Über das in ihren Kreisen übliche Heiratsalter schon einigermaßen hinaus, erfreute sich L. einer nahezu sorglosen Unabhängigkeit, die ihr den Umgang mit dem von ihr sogleich als außergewöhnlich und genialisch eingeschätzten Physiker erleichterte. Offensichtlich waren er und die ein wenig blasse Schönheit, die Heidenreich nur am Anfang ebenso sanft bemängelte wie ihre auffallende Größe, sich schnell nähergekommen. So nahe schließlich, dass der junge Doktor es nach einigen Monaten für angemessen gehalten hatte, ernstlich über eine gemeinsame Zukunft nachzudenken. Bei L. handelte es sich schließlich nicht um eine Grisette, wie sie in ihrer Umgebung so zahlreich mit Studenten und anderen leichtsinnigen Existenzen in einem »freien Verhältnis« lebten. Heidenreich begann, sich nach einer standesgemäßen Wohnung umzuschauen. Zuvor galt es natürlich, die Familie von P. von seiner Existenz und den gemeinsamen Plänen in Kenntnis zu setzen.

Heidenreichs schriftlicher Versuch, eine Audienz auf dem P.'schen Gut in der Neumark zu erwirken und bei dieser Gelegenheit um L.s Hand anzuhalten, blieb zu seinem Kummer unbeantwortet. Stattdessen tauchte ein Mann auf, der Heidenreich zur Rede stellte, nachdem er ihn offensichtlich tagelang observiert und sich an der Schule wie im Knoppe'schen Hause ausreichend über ihn informiert hatte. Dieser Mensch, ein Rittmeister namens Adrian von Langenbiehl, passte Heidenreich eines kalten Dezembernachmittags vor der Artillerieschule ab und gab sich als L.s Oheim und offizieller Abgesandter der Familie von P. zu erkennen. Der Vertraulichkeit seiner Mitteilungen wegen forderte er Heidenreich zu einem Spaziergang durch den Thiergarten auf, was den Physiker von vornherein gegen ihn aufbrachte. Er war kein Flaneur, notwendige Gänge pflegte er auf dem kürzestmöglichen Wege hinter sich zu bringen.

Sie waren noch keine hundert Schritt hinter dem Brandenburger Thor vorangekommen, da verlangte der Rittmeister – der knappen Beschreibung nach ein Kerl mit stechendem Blick und herausfordernden Manieren – ohne viel Federlesen, Heidenreich habe sofort und ohne Widerrede jegliche Beziehung zu L. abzubrechen. Heidenreichs Entgegnung blieb unbeachtet. Nach weiteren fünf Schritten hatte der den unangenehmen Boten einfach stehenlassen und sich stadtwärts in Richtung Unterbaum gewandt, um auf schnellstem Wege L. zu erreichen, die er zu seiner Bestürzung beim Packen antraf. Der Familienrat hatte sie kurzfristig auf das väterliche Gut in der Neumark beordert. In Begleitung des Schwagers gedachte sie, noch mit der Abendpost abzureisen.

Sie befand sich keineswegs in einer trübsinnigen Stimmung und wirkte sehr entschlossen. Alle seine Auslassungen trafen auf scheinbar taube Ohren. Es sei gedankenlos von ihr gewesen, ihm gewisse Hoffnungen gemacht zu haben, doch glücklicherweise sei es ja noch nicht zu spät …

Fassungslos drang Heidenreich darauf, die Gründe für den jähen Sinneswandel zu erfahren. Den Vater hatte sie bis dahin als einen eher gutmütigen Menschen geschildert, dem das Glück der Familie am Herzen liege. Was hatte der brave und schon recht betagte neumärkische Rittergutsbesitzer gegen einen bürgerlichen Schwiegersohn vorzubringen, der immerhin im höheren Staatsdienst stand und möglicherweise einmal eine Professur innehaben würde?

Es gäbe Dinge, so musste er erfahren, die außerhalb aller bisherigen Betrachtungen lägen und die es ihr verböten, eine – er möge ihr verzeihen – augenfällig nicht standesgemäße Ehe einzugehen.

»Aber du bist seit einem halben Jahr meine Frau!«, hatte er da lauthals erwidert, was sie mit heftigem Erröten beantwortete.

»Ab heute ganz gewiss nicht mehr!«, hatte sie gerufen.

So leicht gab sich Heidenreich nicht geschlagen, wie seinem ausführlichen Bericht über diesen verhängnisvollen Tag zu entnehmen war. Immerhin war es ihm gelungen, sie zu einer näheren Aussage über das zwischen ihnen aufgetauchte Hindernis zu veranlassen.

Als Kind habe sie es immer nur für ein Gerücht gehalten, was da aus verschämten Bemerkungen herausklang: dass nämlich ihre Mutter, in ihrer frühen Jugend eine stadtbekannte Königsberger Schönheit, in ebendieser Zeit in eine *affaire d'amour* mit einer hochstehenden Persönlichkeit verwickelt gewesen und sie, L., demzufolge nicht die leibliche Tochter des Majors a. D. von P. sei, sondern - wenn auch illegitim - einem weit höheren Hause angehöre.

An dieser Stelle ihrer bis dahin einigermaßen sachlich geführten Auseinandersetzung, so bekannte Heidenreich mit ätzender Schärfe, sei er in bitterböses Gelächter ausgebrochen, kannte er doch aus eigener Erfahrung ähnlich handfeste Legenden, die ihn ja erst zu seinen Hohenzollern-Forschungen veranlasst hatten. »Du bist also eine Prinzessin!«, hatte er vermutet und war dabei in Gedanken die Reihe möglicher Erzeuger durchgegangen. Eine Tochter des als kinderlos geltenden Kronprinzen gar? L. war im Februar 1809 geboren, zu einem Zeitpunkt, an dem sich die königliche Familie im ostpreußischen Exil aufgehalten hatte. Friedrich Wilhelm, der nachfolgende König, war da gerade fünfzehn Jahre alt gewesen und kam somit kaum in Frage. Sein entschlussloser Vater? Direkt unter den Augen seiner geliebten Luise? Auch diese Annahme besaß wenig Wahrscheinlichkeit.

Nicht von ungefähr war Heidenreichs Verdacht als Nächstes auf den Prinzen August gefallen, dem sein besonderes Augenmerk galt, seit ihm an der Artillerieschule die ersten Gerüchte über dessen unersättlichen Umgang mit Frauen zu Ohren gekommen waren.

Ein so mutiger Kriegsheld und tüchtiger Artillerie-Inspekteur der Prinz auch war - seine Erfolge im Bett übertrafen die des Kriegers fraglos um ein Beträchtliches. Trotz seiner inzwischen 61 Jahre noch immer unverheiratet und mit einer um fast vierzig Jahre jüngeren Geliebten versehen, hatte der wackere Kämpfer sich in mindestens zwei länger andauernden Beziehungen wohl ein Dutzend Mal im Fleische verewigt. Eine zur Frau von Waldenburg geadelte Demoiselle und Schwester der beiden Bildhauer Wichmann war die Mutter seiner ersten vier Nachkommen, von denen der Sohn Eduard ihn vor drei Jahren auf einer ausgedehnten Russland- und Türkeireise begleitet hatte. Eduard war im Mai 1807 in Soissons geboren worden, wohin Karoline Wichmann dem Prinzen in die französische Gefangenschaft gefolgt war, was den nicht hinderte, inzwischen in Paris einer gewissen Delphine de Custine feurig den Hof zu machen. Wenig später war er dann im Hause der Madame de Staël seiner großen Liebe Juliette Récamier verfallen, die ihn über viele Jahre hinzuhalten wusste. Ende 1807 nach Berlin zurückgekehrt, rief ihn der König bald nach Königsberg, und dort, so folgerte Heidenreich, war ihm L.s spätere Mutter begegnet.

Er sagte es ihr auf den Kopf zu, und L. fiel beinahe in Ohnmacht. »Es ist ein streng gehütetes Familiengeheimnis!«, hatte sie geklagt. »Niemals ist sein Name in unserem Hause ausgesprochen worden. Selbst meine Mutter ergeht sich in ihrem Brief«, sie presste ein eng beschriebenes Blatt an ihr Herz, »nur in Andeutungen über die nahe Verwandtschaft meines wirklichen Vaters zum großen Friedrich!«

Das war zu viel für den Hohenzollernkenner Heidenreich. »Dein Vater«, so entgegnete er aufgebracht und kaum Herr seiner Sinne, »ist nicht nur der reichste Mann Preußens – er darf sich mit Fug und Recht auch als der größte Hurenbock der Monarchie bezeichnen!«

Mit diesem Satz hatte die Beziehung zwischen L. und Gebhardt Heidenreich ihr Ende gefunden. Nicht ganz zu Unrecht und vielleicht sogar zu Heidenreichs Wohl, wie Gontard nach dem Genuss einer weiteren Flasche Wein fand. Es fiel ihm schwer, sich den Freund als Schwiegersohn des Chefs der preußischen Artillerie und Gemahl einer hochwohlgeborenen Prinzessin vorzustellen. Immerhin schien sie die auffallende Körpergröße des Vaters geerbt zu haben. Steckte der vielleicht sogar hinter der Intrige gegen den unerwünschten Gatten?

Erneut vertiefte sich Gontard in Heidenreichs Kladde, die reichlich Spannung bot. Deren Verfasser, einerseits tief betroffen vom Verlust seiner L., hatte einiges darangesetzt, zumindest für sich selbst den Beweis für seine unverschämte Behauptung anzutreten, und bald herausgefunden, dass es sich bei Prinz August von Preußen wahrscheinlich nur um einen vermeintlichen Sohn des 1813 dahingegangenen Prinzen Ferdinand handeln konnte. Selbiger Ferdinand, jüngster Bruder des unsterblichen Friedrich und angeblich nicht von ähnlicher Abneigung gegen das weibliche Geschlecht geprägt wie der und beider Bruder Heinrich, hatte im Alter von 25 Jahren Luise von Brandenburg-Schwedt geehelicht, die um acht Jahre jüngere Tochter seiner Schwester Sophie.

Die arme Prinzessin Sophie war vom Soldatenkönig als Fünfzehnjährige kurzerhand an seinen Vetter, den »Tollen Markgrafen« verheiratet worden, einen Hohenzollernspross, von dessen männlicher Nachkommenschaft nur ein illegitimer Georg von Jägersfeld überlebte.

Prinz Ferdinand stieg so rasch zu militärischen Ehren auf, wie es für Prinzen aus dem Herrscherhaus üblich war, musste jedoch die Armee seines ruhmreichen Bruders bereits als 28-jähriger Generalmajor *wegen schwächlicher Leibesbeschaffenheit* verlassen.

Fortan führten er und seine Luise in Friedrichsfelde, Rheinsberg und später im eigens erbauten Lustschloss

Bellevue ein beschauliches und eher zurückgezogenes Leben. Nach sechs Jahren Ehe wurde 1761 die erste Tochter geboren, der ab 1769 in schöner Regelmäßigkeit sechs weitere Kinder folgten, von denen nur der Jüngste, eben der Prinz August, ein höheres Alter erreichte, während Preußens Kriegsgott, der ältere Bruder Louis Ferdinand, kaum 34-jährig in der Schlacht bei Saalfeld sein ruhmreiches Ende fand.

Es bedurfte keines besonderen Scharfsinns, um zu bemerken, dass die kluge Luise – anders als ihre stets gehorsame Frau Mama – zu Widerspruch neigte und überdies den Freuden der körperlichen Liebe nicht abhold war. Wen wunderte es also, dass sie sich über die schwächliche Leibesbeschaffenheit ihres Angetrauten hinwegzusetzen wusste. Dessen Adjutant und Preußens vielbewunderter Kartograph, fünf Jahr jünger als sie selbst, galt denn auch insgeheim als der Vater zumindest ihrer sechs jüngeren Kinder, wobei gelegentlich auch der Herzog zu Braunschweig und Lüneburg als möglicher Erzeuger genannt wurde – der Sohn einer weiteren Schwester Friedrichs II.

Welch ein Sodom und Gomorra tat sich da auf! Heidenreich, begabt mit einem zwar kurzsichtigen, doch stets nüchtern-sezierenden Blick des Naturwissenschaftlers, ließ sich davon nicht beirren, denn was er über Louis Ferdinand und August von Schmettau, wie die Prinzen recht eigentlich hätten heißen müssen, herausgebracht hatte, übertraf die alten Geschichten um ein Vielfaches. Louis Ferdinand, ein Bild von einem Mann, sechs preußische Fuß groß und blond gelockt, war ein tapferer General und noch dazu ein begabter Komponist und Musiker, der in Berlin im Salon der Rahel Varnhagen verkehrte und dort auch seiner letzten Geliebten Pauline Wiesel begegnete.

Gegen Ende seines ach so kurzen Lebens verfiel er allerdings dem Alkohol und trank täglich ein Dutzend Bouteillen Champagner.

Louis Ferdinand hatte bereits als Sechzehnjähriger ein Fräulein von Schlieben geschwängert, bevor er später die Magdeburger Bürgertochter Friederike Fromme kennen und lieben lernte. Sie gebar ihm zwei Kinder, Louis und Blanche genannt, die im zarten Kindesalter – allerdings erst nach dem Tode des Vaters – als von Wildenbruch geadelt wurden und im Hause ihrer Tante Luise Radziwil aufwuchsen. Die von der zweiten Gemahlin des Großen Kurfürsten herrührende Hohenzollern-Linie Schwedt-Wildenbruch war erloschen.

Der General-Lieutenant Graf von Schmettau, der vermutlich leibliche Vater Louis Ferdinands, überlebte den Sohn nur um acht Tage. Nach der unglücklichen Schlacht von Auerstedt lag er schwer verwundet im Hause der Frau von Stein und starb am 18. Oktober 1806 im Weimarer Schloss.

In jener für Preußen so verhängnisvollen Schlacht lieferte Prinz August als Chef eines Grenadier-Bataillons Beweise höchster Tapferkeit. Anschließend kämpfte er sich mit seiner Truppe weiter nach Norden durch, bis er schließlich in den Sümpfen nördlich von Prenzlau in französische Kriegsgefangenschaft geriet.

Zwei Jahre später reformierte und kommandierte er als Generalmajor Preußens Artillerie. Doch nicht diese Tätigkeit, die der scharfäugige Inspekteur später über Jahrzehnte überaus gewissenhaft ausübte, hatte Heidenreichs Interesse erweckt, sondern die zahllosen Affären, die sein Auftreten immer wieder begleiteten. Bei seinem Aufenthalt in England war die englische Thronfolgerin Charlotte in Liebe zu ihm entbrannt, in Wien, wo er nähere Bekanntschaft mit den Straßenmädchen schloss, traf er am Rande des Congresses neben Wilhelmine von Sagan, geborene Prinzessin von Kurland, die exzentrische englische Schönheit Lady Emily Rumbold. War es Zufall, dass seine bald danach in Berlin geborene Tochter den Namen Emilie erhielt, während es ihn schon wieder zu Juliette Récamier nach Paris zog?

Je weiter Gontard las, umso mehr erstaunte ihn die Akribie, mit der Heidenreich dem Liebesleben Augusts nachgegangen war. Seiner eigenen Aufmerksamkeit war bisher entgangen, dass dessen Liaisons – neben ungezählten Liebschaften – mit bürgerlichen Frauen zu mindestens zwei neuen preußischen Adelsgeschlechtern geführt hatten.

Nach der Trennung von Karoline Wichmann hatte der Prinz sein privates Leben mit der achtzehnjährigen Auguste Arend geteilt, der Tochter eines jüdischen Berliner Geldverleihers. Sieben Kinder, darunter drei Söhne, entsprossen dieser immerhin vierzehn Jahre andauernden Verbindung. Standesgemäß wurden Auguste und ihre Kinder mit dem Namen von Prillwitz geadelt. Davor und dazwischen aber lagen immer wieder neue Affären. 1826 bezichtigte ihn die siebzehnjährige Friederike Gottschalk, der Vater ihrer Tochter Agnes zu sein. August bestritt es nicht, versuchte allerdings, eine geforderte Entschädigung herunterzuhandeln, bis sich das dafür zuständige Königliche Pupillenkollegium einmischte. Friederike erhielt schließlich fünfhundert Taler und monatliche Alimente von fünfzehn Talern für das geistig unterentwickelte Kind, wie Heidenreich herausgefunden hatte. Eine Frau Schlesinger, geborene Arend, bezog für ihren im September 1830 geborenen Sohn Rudolf eine jährliche Zahlung von sechshundert Talern.

Bald nach der Geburt seiner jüngsten Tochter Clara von Prillwitz hatte der Prinz seine Liebe zu Emilie von Ostrowska entdeckt, der anmutigen Tochter eines verwitweten polnischen Grafen. Zwei Jahre vor Auguste von Prillwitz' Tod mietete er der Fünfzehnjährigen eine Wohnung in der Leipziger Straße, in der er sie regelmäßig besuchte. Sechs Tage nach seinem 59. Geburtstag gebar ihm die inzwischen zwanzigjährige Emilie eine weitere Tochter, die auf den Namen Charlotte getauft wurde.

Gontard las bis in die tiefe Nacht. Er war noch längst nicht bei der letzten Eintragung angelangt, als ihm die Augen zufielen. Todmüde und nicht mehr gänzlich nüchtern schleppte er sich ins Bett. Auf dem Tisch lag noch immer der Brief seiner Henriette, den zu lesen er vergessen hatte.

Achtzehn

Gontard schlief bis lange in den trüben Sonntag hinein. Nicht einmal Minna Koblank störte ihn in seinen unruhigen Träumen. Schon vor Wochen hatte er ihr den freien Tag für die Reise zur Hochzeit ihrer Nichte in Kaulsdorf bewilligt.

Noch vor der Morgentoilette galt sein erster Blick dem Pergamentband mit Heidenreichs Aufzeichnungen, und sofort begann er, wieder darin zu lesen. Seine Annahme, Heidenreich würde die Verfolgung durch einen Elefanten nicht bemerkt haben, erwies sich als falsch. Der Freund schien über vielseitige Quellen verfügt zu haben, die ihn über alles auf dem Laufenden gehalten hatten, was den Oberst-Lieutenant und seine Gemahlin betraf.

Nach einiger Zeit riss er sich mühsam von seiner Lektüre los. Henriettes Brief lag noch immer ungeöffnet auf dem Tisch. Bevor er den las, musste erst einmal ein Versteck für das Buch gefunden werden. Er konnte es schließlich nicht ständig am Leibe mit sich herumtragen, wenn er das Haus verließ. Am einfachsten schien es ihm, es bei seinem Hauswirt Zerkelwitz zu hinterlegen, der gewiss über ein sicheres Gelass für sein Geld verfügte. Aber durfte er dem vertrauen? Stand der nicht allzu gut mit den Kunden von Gendarmerie und Militär und war auch sonst ein Maulheld ersten Ranges?

Einmal mehr kam ihm zum Bewusstsein, wie stark sich das allgemeine Misstrauen als ein erstickender Schleier über das öffentliche Leben in Preußen gebreitet hatte, wo jeder im Nächsten einen Spitzel der allmächtigen Geheimen Polizei witterte und seine Worte auf die Goldwaage legte.

Von Hause aus an ein freies Wort gewohnt, hatte er sich wenigstens im Verkehr mit Kußmaul und Heidenreich keine Zurückhaltung auferlegen müssen. Wie sehr würde ihm Gebhardt mit seinen krausen Ideen und seiner analytischen Logik fehlen! Hatte man ihn seiner allzu frei geäußerten Ansichten wegen umgebracht? Und welche Rolle kam diesen Kreaturen Liborius und Spielvogel bei den unglückseligen Ereignissen zu?

Er überlegte lange, wo es wohl ein geeignetes Versteck für das sperrige Buch geben könnte, bis ihm die Küche einfiel. In dem dunklen Gelass, in dessen vorderen Teil Minna Koblank abends ihr Bett aufschlug, würde niemand etwas Wichtiges vermuten, und bis Minna aus Kaulsdorf heimkehrte, war er längst wieder zu Hause.

Dann jedoch erschien ihm das als überflüssige Vorsicht. Niemand wusste, dass er Heidenreichs Aufzeichnungen besaß, und sollte man ihn verfolgt haben, führte die Spur zu Gollwitzer, wo nur der vermutlich harmlose Teil lagerte. Er nahm die Kladde wieder mit in den Salon und arrangierte einige Journale und Zeitungen so, dass der Pergamentband darunter verschwand. Obenauf lag Henriettes Brief, den er noch immer nicht gelesen hatte.

Adam Zerkelwitz kam gerade von seinem sonntäglichen Frühschoppen zurück, ein derber, schwergewichtiger Mann mit dröhnender Stimme und Bierfahne, der ihn im Flur überschwenglich begrüßte und sich lautstark nach seinem Wohlbefinden erkundigte. Er habe gehört, ein enger Freund des Herrn Major sei überraschend von dieser Welt abberufen worden, was ihm herzlich leidtäte, und auch der hinreichend bekannte Kaffeefälscher Knoppe habe ja einen herben Verlust erlitten …

Gontard gelang es kaum, den Angetrunkenen zu beschwichtigen, der ihn großzügig zum Essen einlud. »Damit wir mal ein Gespräch unter Männern führen können, wie es sich gehört …«, dröhnte er.

Er sei leider verabredet und kehre gewiss erst am späten Abend zurück, erklärte Gontard – froh darüber, Zerkelwitz nicht das wertvolle Buch anvertraut zu haben. Beruhigt ging er aus dem Haus. Für ein spätes Frühstück bei Stehely war es gerade die richtige Zeit. Er blickte zum oktobergrauen Himmel. Danach konnte er immer noch einen Ausritt mit Waldemar unternehmen und darüber nachdenken, was es in der Angelegenheit Lia von P. und Aemilius von Streyth zu unternehmen galt. Wahrscheinlich fanden sich ja Anhaltspunkte dazu in den Aufzeichnungen, denen er sich am Abend widmen würde. Allerdings begann am Montag der Unterricht an der Schule, zu dem er nicht gerne unvorbereitet antrat. Unter den Fähnrichen war er dafür bekannt, zu allen artilleristischen und ballistischen Problemen Beispiele aus der Kriegsgeschichte heranzuziehen oder sie notfalls zu erfinden, was jedes Mal stürmische Begeisterung hervorrief. Wenn ihm heute nichts mehr einfiel, musste es morgen eben einmal ohne ein solches Exempel gehen. Heidenreichs Tod würde an der Schule ohnehin für genügend Aufregung sorgen.

Als er die Mittelstraße kreuzte, fiel ihm der merkwürdige Brief ein, mit dem Albertine angeblich zur Post unterwegs gewesen war. Kurz entschlossen ging er die paar

Schritte bis zum Knoppe'schen Haus und zog am Klingelzug. Nach einiger Zeit öffnete ihm der Hausherr selbst. Unrasiert und verquollen wirkte Knoppe um Jahre älter als am Vortag. »Gibt es etwas Neues?«, erkundigte er sich erregt.

Gontard beruhigte den Mann, dem die Hände zitterten, und bat darum, den Doktor Bächerle zu sprechen.

Knoppe sank in sich zusammen und nickte ihm gleichgültig zu. »Gehen Sie nur«, murmelte er weinerlich. »Sie kennen ja den Weg.«

Bächerle, wiederum mit dem rotsamtenen Morgenmantel bekleidet, schien nahezu erschrocken über den Besucher, für den er in dem nur notdürftig eingerichteten Salon erst einen Stuhl herbeischaffen musste.

»Bitte keine Umstände«, bat Gontard. »Es handelt sich lediglich um eine einzige Frage, die ich Ihnen stellen möchte.«

Bächerle lächelte unsicher. »Sie scheint immerhin so wichtig zu sein, dass Sie sich dafür am heiligen Sonntag zu mir bemühen. Worum handelt es sich?«

»Um die Frage, ob Sie die verstorbene Albertine jemals um einen Botengang gebeten haben.«

Bächerles Miene verriet noch mehr Unsicherheit. »Ich verstehe nicht, welche Bedeutung meiner Antwort zukommen sollte ...«, sagte er bedachtsam.

Gontard, der vorgehabt hatte, dem Doktor die Bedeutung nachträglich zu erläutern, fühlte sich ein wenig befremdet. Möglichst harmlos sagte er: »Für Sie ergibt sich keinerlei Wichtigkeit, lieber Doktor. Antworten Sie nur unumwunden, und Sie sind mich wieder los.«

Bächerle runzelte die Stirn. »Wohin sollte die Demoiselle für mich gehen? Ich bin fremd hier in der Stadt und muss mir meine Wege vorerst selbst erlaufen«, erklärte er steif.

»Mehr wollte ich gar nicht hören«, sagte Gontard lebhaft. »Sie hatte also keinen Brief für Sie irgendwo abzugeben. Ich danke Ihnen.«

Er grüßte höflich und wollte sich davonmachen, doch der Doktor hielt ihn zurück und sagte ernst: »Verzeihen Sie bitte, Herr Major. Ich darf wohl um eine nähere Erklärung bitten!«

Gontard blieb bei seinem harmlosen Ton. »Selbstverständlich«, entgegnete er lächelnd. »Das Mädchen ist am Abend vor seinem Tode mit einem Brief in der Hand gesehen worden ...«

»Von wem?«

Die Zwischenfrage überhörte Gontard und fuhr fort: »Ich dachte, man könne vielleicht herausfinden, an wen dieser Brief gerichtet war.«

Der Doktor hatte ihm sehr aufmerksam zugehört. »Und dann?«, fragte er. »Gibt es Anzeichen für den Verdacht, dass es beim Tod des Mädchens in irgendeiner Weise ...« Bächerle machte eine unbestimmte Handbewegung.

Gontard zögerte einen Augenblick, ob er den Einstich in der Armbeuge erwähnen sollte. Schließlich war Bächerle Mediziner. Andererseits war es fraglich, ob es Kußmaul recht sein würde, wenn er mit dessen vorläufigen Erkenntnissen hausieren ging, ohne die Untersuchungsergebnisse des Professors abzuwarten. »Nicht, dass ich wüsste«, sagte er deshalb. »Der Brief interessiert mich ausschließlich Heidenreichs wegen.«

Bächerles Augen blitzten. »Und in dem Fall haben Sie einen solchen Verdacht ...«

»Lieber Doktor, ich bin etwas in Eile. Vielleicht sollten

wir uns demnächst einmal etwas ausführlicher darüber unterhalten.«

Man sah Bächerle an, dass der mit der Antwort nicht zufrieden war, doch Gontard verspürte wenig Lust zu weiteren Erklärungen und empfahl sich. Wenn er sich beeilte, würde er Kußmaul noch bei Stehely treffen, und das war ihm entschieden wichtiger.

Am Fuß der Treppe erwartete ihn Martha Knoppe. »Ich habe einen Brief von der Albertine gefunden«, sagte sie in ihrem breiten Sächsisch und reichte ihm das Papier. »Den hat sie ihrem Ludwig geschrieben, aber nicht abschicken können. Keiner weiß ja, wo der steckt, und es wäre wohl auch besser, wenn der Commissarius nicht den ganzen Brief zu Gesicht bekäme ...«

Gontard bedankte sich. Ohne den direkten Vergleich mit der hinterlassenen Botschaft war der Brief belanglos. Vielleicht ließ ihn Werpel noch einmal einen Blick auf den Zettel werfen.

Kußmaul sah müde aus. Nicht ganz so mitgenommen wie der leidgeprüfte Knoppe, aber er war ja auch zwanzig Jahre jünger als dieser und wenigstens sonntäglich glattrasiert.

»Hinter dir scheint eine anstrengende Nacht zu liegen«, vermutete Gontard. Friedrich Kußmaul rührte in seinem Mocca und bestätigte es wortlos nickend.

Gontard, der oft genug unter Kußmauls Spott zu leiden hatte, drang weiter in ihn: »War sie wenigstens hübsch?«

Kußmaul schien zu überlegen, dann sagte er: »In ihrer Jugend gewiss einmal ...«

Gontard lachte schadenfroh. »So ähnlich wäre es mir unlängst auch beinahe ergangen!«

Kußmaul tat erstaunt. »Ach! Holt man dich jetzt auch des Nachts zu einer 76-jährigen Patientin?«

Gontard stieß einen Laut des Unmuts aus. »Deine Scherze waren schon besser!«, bemängelte er.

»Entschuldige. Ich vergaß, du bist in Trauer. Gibt es etwas Neues zu vermelden?«

»Das kann man wohl sagen!« Er beugte sich näher zu Kußmaul. »Weißt du, wie viele Kinder mein höchster Chef hat?«

Warnend hob er die Hand, bevor Kußmaul den Namen aussprechen konnte. Der verstand und sagte: »Ich vermute, nicht ganz so viele wie sein starker sächsischer Namensvetter.«

»Mehr als ein gutes Dutzend jedenfalls«, bestätigte Gontard.

»Und was haben die mit unseren beiden Toten zu tun?«

»Ich kenne noch längst nicht alle Zusammenhänge. Aber einer der illegitimen Töchter war Heidenreich längere Zeit in Liebe verbunden.«

Kußmaul griente. »Herzlichen Glückwunsch! Nicht jeder stößt auf Anhieb auf eine fast echte Prinzessin. Obwohl es wahrlich genügend davon gibt.« Er sah Gontard fragend an. »Du glaubst doch nicht etwa, der alte Herr hätte deinen Freund deswegen auf dem Gewissen?«

»Natürlich nicht. Aber es gibt weitere Eigentümlichkeiten. Die Dame ist nämlich inzwischen verheiratet.«

Kußmaul hielt zwar viel von der Ehe, meinte jedoch in seiner spöttischen Art: »Einen Fehler macht auch der Gescheiteste ...«

»Dabei ahnst du nicht einmal, wer der Glückliche ist!«

»Du wirst ihn mir gleich vorstellen.«

»Das brauche ich nicht. Du hast schon viel von ihm gehört. Wenn auch nichts Gutes.«

Kußmaul zog seine Taschenuhr hervor. »Mach's nicht so spannend. Ich habe heute einen kleinen Mittagsschlaf redlich verdient.«

»Es ist der Oberst-Lieutenant von Elster, genannt von Streyth.«

Nun war Kußmaul doch überrascht. »Bist du sicher?«, fragte er zweifelnd. Über von Streyth und dessen überraschende Beförderung hatten sie öfter gesprochen.

Gontard schüttelte den Kopf. »Nein. Bis jetzt handelt es sich nur um die vagen Erinnerungen einer reizenden alten Gräfin. Allerdings glaubt Demoiselle La Ramée, die betreffende Dame in der Taubenstraße gesehen zu haben. Wenn ich dem Adresskalender glauben darf, wohnt dort der jüngst beförderte Oberst-Lieutenant.«

»Ich erinnere mich, dass Heidenreich und dir diese Ernennung höchst merkwürdig erschien.«

»Eben. So etwas lässt sich nur von ganz oben her durchsetzen.«

Kußmaul verstand. »Vom Schwiegervater persönlich sozusagen. Das meinst du doch, nicht wahr?«

»Ja«, sagte Gontard nachdenklich. »Obwohl ich damit noch längst nicht verstehe, weshalb der arme Gebhardt sterben musste.«

»Vergiss das Mädchen nicht! Wahrscheinlich steckt ja etwas ganz anderes dahinter, als du vermutest.«

»Ein gefährliches Geheimnis«, zitierte Gontard leise seinen Freund Heidenreich und sah sich um, konnte aber keinen Spitzel entdecken.

Neunzehn

Seit Aemilius von Streyth am Freitagabend aus der Tabagie heimgekehrt war, leuchtete die »Haussonne« – wie der Oberst-Lieutenant in einer poetischen Anwandlung seine junge Frau gerne nannte – in der Taubenstraße nicht mehr. Nicht etwa, dass Wolken sie verdeckt hätten, nein, sie erschien gar nicht mehr am Himmel, sprich vor seinen Augen, oder verließ sofort jeden Raum, den er betrat. Nüchtern betrachtet war sich von Streyth klar darüber, dass ein solches Verhalten seinem unglückseligen Auftritt durchaus angemessen war, es jedoch bis auf den Sonntag auszudehnen erschien ihm dann doch übertrieben.

Nach dem Mittagsmahl, das er in gedrückter Stimmung allein und nur von den anmaßenden Blicken der Mamsell begleitet eingenommen hatte, suchte er deshalb seine Frau auf, die er in ihrem Zimmer fand, den kleinen Emil im Arm. Ein rührendes Bild, das selbst einen alten Kämpen wie von Streyth in eine sentimentale Gemutslage versetzte.

»Ich möchte dich noch einmal in aller Form um Vergebung bitten«, sagte er und beugte dabei tatsächlich seine Knie vor ihr. »Mein Verhalten ist unentschuldbar, aber ich gelobe: So etwas wird nie wieder vorfallen.«

»Es ist gut«, entgegnete sie leise und schenkte ihm

einen so traurig vielsagenden Blick, dass er erkennen musste: Nichts war gut. Und es würde vorläufig nicht wieder gut werden, wie es aussah. Das wiederum ärgerte und nötigte ihn zu der Erklärung: »Es war der Tag der Königshuldigung. Gewiss haben wir ein Gläschen zu viel auf das Wohl Seiner Majestät und nachträglich auf meine Beförderung geleert ...«

Sie machte eine müde Geste, die das Kind in Unruhe versetzte. »Das war am Tag zuvor«, berichtigte sie mild, »doch will ich dir gerne verzeihen.«

Ihr kühles Verhalten strafte ihre Worte Lügen. Streyth richtete sich auf und polterte los: »Dann behandle mich endlich wieder wie deinen Ehemann und nicht wie ein lästiges Möbel! Seit zwei Tagen hast du kein einziges Wort mit mir gewechselt!«

Emil wandte den Kopf der störenden Stimme zu und begann zu weinen. Seine Mutter wiegte ihn beruhigend. »Es ist nicht deinetwegen«, sagte sie leise und ohne ihren Mann anzublicken. »Lass mir etwas Zeit.«

Von Streyth lenkte ein. »Einverstanden«, sagte er. Frauen waren einfach eine andere Menschensorte. Würde er jemals verstehen, was in ihr vorging? Er erinnerte sich dumpf an den leidigen Abend und an ihre erschrockene Reaktion. Als er in den Salon zurückgekommen war, hatte die Mamsell sie gerade aus einer Ohnmacht zurückgerufen und ihn mit essigsauren Worten verscheucht. Hatte sein trunkenes Unwohlsein Melitta derart erschüttert, oder gab es da noch etwas anderes?

Da war noch irgendeine unangenehme Nachricht gewesen, die er ausgesprochen hatte und auf die er sich nun dunkel besann: Heidenreichs Tod. Hing ihr Verhalten etwa damit zusammen? Sollte sie etwa Heidenreich ...

Er zögerte, gab dann aber doch dem Verdacht nach. »Warst du ... mit dem Doktor Heidenreich ... bekannt?«, erkundigte er sich ebenso stockend wie ahnungsvoll.

Er wusste, dass er damit gegen ihre Vereinbarung verstieß, doch sie beklagte sich nicht darüber. Vielmehr blickte sie ihn aus großen Augen geradeheraus an und sagte nur ein Wort: »Ja.«

Von Streyth wusste nicht, was er darauf entgegnen sollte. »Du entschuldigst mich jetzt bitte«, sagte er steif, wandte sich um und stakte aus dem Raum. Er hatte seit dem Freitagabend keinen Schluck Alkohol zu sich genommen. Nun zog es ihn geradezu übermächtig zu dem Wandschrank, in dem er die besseren Tropfen unter Verschluss hielt.

Danach fühlte er sich besser und beschloss, den trüben Nachmittag für einen ausgiebigen Ritt durch den Thiergarten zu nutzen. Bereits auf dem Weg zum Stall versuchte er vergeblich, seine Gedanken zu ordnen. Hatte er nicht immer geahnt, dass es ein dunkles Geheimnis in ihrem Vorleben gab? Hätte es nicht wenigstens ein standesgemäßer Nebenbuhler sein können und nicht ausgerechnet ein rebellischer junger Wirrkopf wie Heidenreich? Hatte sie ihn etwa bewusst als einen von dessen Kollegen erwählt, um dem Liebhaber auch weiterhin nahe zu sein?

Nein, das war nicht möglich. Er war nicht ganz zufällig an sie geraten, aber doch ohne ihr Zutun. Jemand hatte ihm nahegelegt, zum Weihnachtsfest einen Besuch auf dem Potzlow'schen Gut abzustatten. Mit Stolz erinnerte er sich, wer es gewesen war: Prinz August persönlich, sein höchster Kriegsherr nach dem König. Bei der Schulinspektion hatte sich Seine Königliche Hoheit in ein liebenswürdiges Gespräch mit ihm eingelassen und sich beiläufig nach den Nachbarn dort oben in der Neumark erkundigt, die ihm aus früheren Jahren gut bekannt waren. »Reiten Sie doch mal vorbei, mein Lieber, und grüßen Sie dort herzlich von mir!«, hatte Prinz August geäußert.

Erstaunlicherweise waren diese Grüße seitens der Potzlow'schen Familie mit Zurückhaltung aufgenommen worden, die man ihm jedoch, dem Boten, keineswegs entgegenbrachte. Im Gegenteil, er war überaus herzlich aufgenommen worden, und dann war alles überraschend schnell gegangen. Das neue Jahr hatte er bereits als stolzer Bräutigam begrüßt ...

Auf die Idee, im Thiergarten auszureiten, waren auch andere Offiziere gekommen. Von Streyth war noch keine Viertelstunde unter den herbstlichen Bäumen unterwegs, als sich ihm auf der Flora-Allee ein Reiter näherte, in dem er viel zu spät ausgerechnet den Major von Gontard erkannte. Ein Ausweichen war nicht möglich, also sprengte er spornstreichs auf den Kollegen zu und grüßte stramm, bevor der sich von seiner Überraschung erholt hatte.

Mühsam gelang es Gontard, der eigentlich zuerst hätte grüßen müssen, seinen unruhigen Hengst zu zügeln. Der scheute vor von Streyths Arminius und blieb tänzelnd stehen.

Da sie sich nun einmal so nahe gegenüberstanden, hielt es von Streyth für angebracht, Gontard sein Beileid zum Tod des Freundes auszusprechen.

Gontard, ersichtlich auch darüber erstaunt, murmelte seinen Dank.

»Verstehen Sie mich bitte nicht falsch«, fuhr der Oberst-Lieutenant fort und beschloss augenblicklich, die günstige Gelegenheit für ein unbelauschtes Gespräch mit

Gontard zu nutzen. »Ich gehörte bekanntermaßen nur bedingt zu den Bewunderern des jungen Herrn Doktor. Aber ein so vorzeitiges Ende wünscht man nicht einmal seinem ärgsten Feind.«

Gontard blickte ihn forschend an und nickte, worauf sich von Streyth genötigt fühlte hinzuzufügen: »Vermutlich ist es auch ein Verlust für die Wissenschaft ...«

»Zweifellos ...«, stimmte Gontard ihm zu, um gleich darauf eine Frage zu stellen, die von Streyth befremdete: »Erinnern Sie sich, wann Sie den Doktor Heidenreich zum letzten Mal gesehen haben?«

»Doch wohl am Mittwoch vor der Huldigung, wenn ich mich nicht irre«, entgegnete von Streyth nach kurzem Zögern. »Weshalb fragen Sie?«

»Ich versuche, ein möglichst vollständiges Bild über seine letzten Tage und Stunden zu gewinnen«, sagte Gontard nachdenklich. »Am Abend der Huldigung ist er Ihnen jedenfalls nicht begegnet?«

»Wie sollte er!« Von Streyth lächelte ein wenig mokant. »Ich habe das Ereignis gemeinsam mit einigen alten Regimentskameraden festlich begangen.«

Die nächsten Anzüglichkeiten ließen von Streyth daran zweifeln, dass es eine kluge Idee gewesen war, sich auf eine Konversation mit dem Major einzulassen. Der begann harmlos: »Verzeihen Sie bitte meine Aufdringlichkeit, Herr Oberst-Lieutenant, aber ist Ihnen ein gewisser Spielvogel bekannt? Seines Zeichens prinzlicher Vorreiter?«

Wohin sollte diese Frage führen? Von Streyth überlegte, fand jedoch nichts dabei zu antworten: »Meinen Sie diesen kleinen Wichtigtuer mit dem zerfurchten Antlitz eines Trinkers? Der ist mir aus dem Stall hinreichend bekannt.«

»Und ein gewisser Liborius?«

Von Streyths Gesicht, in der frischen Oktoberluft und vom Branntwein von gesunder Röte gefärbt, erbleichte unwillkürlich. »Liborius, Liborius ...«, wiederholte er zunächst, als müsse er scharf nachdenken. »Wer sollte das sein?«

Gontard klopfte seinem aufgeregten Gaul beruhigend die Kruppe und sagte, ohne von Streyth dabei anzuschauen: »Das ist der Mann, der vom Pedell unserer Schule Auskünfte sehr persönlicher Art bezieht. Und wahrscheinlich nicht nur von Thielicke allein.«

Von Streyth schluckte und räusperte sich. »Mit derlei Leuten habe ich nichts zu schaffen«, grollte er, indem die Röte verstärkt in seine Gesichtszüge zurückkehrte. »Wenn Sie allerdings dieses froschäugige Subjekt meinen, das auch mir gelegentlich in unangenehmer Weise aufgefallen ist – der Kerl ist mir nur vom Wegblicken bekannt. Was hat es mit dem auf sich?«

Gontard zögerte. »Er hat den Doktor Heidenreich ganz offensichtlich beobachtet. Außerdem traf ich ihn kurz nach dessen Ableben im Knoppe'schen Haus, wo Heidenreich ja wohnte – und starb.«

Von Streyth ließ einen undeutlichen Laut hören, der Missbehagen andeuten sollte. Worauf wollte Gontard hinaus? Dessen Vorliebe für geheimnisvolle Criminalfälle war ihm hinreichend bekannt. Im Kollegenkreis wurde gelegentlich darüber gespottet. »Was schlussfolgern Sie daraus?«, erkundigte er sich.

»Bis jetzt noch nichts«, entgegnete Gontard leichthin. »Ich halte es nur für ein bemerkenswertes Zusammentreffen.«

Gontard wich ihm aus, das spürte der Oberst-Lieutenant zusammen mit dem aufsteigenden Ärger. Er war sicher, Gontard hatte längst mehr herausgefunden, als er jetzt preisgab. Wie viel wohl? War es überhaupt sinnvoll, das Gespräch mit dem Major fortzusetzen? Doch ließ er ihn jetzt einfach mit einem knappen Gruß ziehen, erfuhr er gar nichts, und mindestens eine ihn bedrückende Frage war noch offen. »Reiten wir ein Stück gemeinsam!«, schlug er vor.

Dagegen konnte Gontard schlecht etwas einwenden. Im leichten Trab erreichten sie die nächste Baumallee, an deren Ende nur einige Spaziergänger zu sehen waren.

»Sie nehmen an, Ihr Freund Heidenreich sei keines ganz natürlichen Todes gestorben ...«, begann von Streyth schließlich. Es war nicht seine Art, lange um den heißen Brei herumzureden. Angriff war allemal die beste Verteidigung.

»Gewisse Anzeichen deuten darauf hin«, gab Gontard immerhin zu. »Die medizinischen Untersuchungen sind allerdings noch nicht abgeschlossen.«

Wieder so ein Ausweichen. Von Streyth beschloss, alles auf eine Karte zu setzen. Mit großer Wahrscheinlichkeit wusste Gontard ohnehin mehr darüber als er selbst. Mit verbissener Miene sagte er: »Ihnen ist sicherlich geläufig, dass der Doktor Heidenreich vor Zeiten mit meiner Frau ... bekannt ... gewesen ist ...«

Gontard ließ sich keine Überraschung anmerken. »Ich habe davon gehört«, äußerte er zurückhaltend.

Na also! Seine Ahnung hatte ihn nicht getrogen. »Von Heidenreich selbst, wie ich vermute?«, fragte er. »Glaubte er, Grund zu haben, sich dessen zu brüsten?«

Auf Gontards Stirn erschien eine steile Falte. »Sie schätzen Gebhardt Heidenreich völlig falsch ein. Er war ein Ehrenmann und hat niemals über Privates gesprochen, auch nicht mit mir. Von der Bekanntschaft erfuhr ich durch einen Zufall. Um genau zu sein, von einer ehemaligen Freundin Ihrer Frau.«

Von Streyth zügelte seinen Arminius. Wie das schon klang: Zufall! Er hatte genug erfahren, um klar zu sehen, und er hatte nicht vor, seine Gedanken unausgesprochen zu lassen. Seine Mundwinkel verzogen sich zu einem umgekehrten U. »Ich warne Sie, Gontard!«, stieß er wütend hervor. »Sie wühlen da in höchst persönlichen Angelegenheiten herum, nur um einer Ihrer unsinnigen Mordtheorien nachzugehen! Glauben Sie wirklich, ich hätte Ihrem teuren Freund aus nachträglicher Eifersucht etwas angetan? Das ist geradezu lächerlich! Sollten Sie eine solche Behauptung ernsthaft in Erwägung ziehen, schicke ich Ihnen noch heute meine Sekundanten! Guten Tag!« Damit gab er Arminius die Sporen und sprengte im Galopp davon.

Gontard, der gleich ihm stehengeblieben war, blickte ihm betroffen hinterdrein.

Zwanzig

Die unerwartete Begegnung mit dem Oberst-Lieutenant, die Gontard nicht geneigt war, als einen Zufall zu betrachten, versetzte ihn in Unruhe. Sich außerdem von dem alten Süffel durchschaut zu sehen ärgerte ihn noch mehr. Die Wahrscheinlichkeit, in ihm den Hintermann für einen Mord an Heidenreich zu entlarven, war wohl tatsächlich gering, und weder die geheimnisvolle Todesart noch der Tod des Mädchens Albertine deuteten wirklich darauf hin.

Was aber hatte von Streyth, oder wer immer ihn dazu angestiftet hatte, mit dieser Konfrontation im Thiergarten erreichen wollen?

Darüber nachgrübelnd ritt Gontard durchs Brandenburger Thor. Die eigene Unruhe trieb ihn, in der Dorotheenstraße vorbeizuschauen, bevor er Waldemar zur Tierarzneischule brachte.

Die Straße lag sonntäglich still. Im Zerkelwitz'schen Hause stand die Durchfahrt zum Hof offen, was Gontard als Einladung ansah, den Hengst dort vor der Remise anzubinden und nicht auf der Straße. Der Fouragehändler hielt hier in einem dumpfen Stall seine Pferde, für Waldemar war kein Platz vorhanden gewesen.

Gontard fiel der unverschlossene Zugang zum Hause auf, wies der wachsame Zerkelwitz doch gerne auf die

Gefahr von Einbrechern hin, die jede Gelegenheit zum Diebstahl nutzten. Womit er zweifellos recht hatte, die Residenz war in dieser Hinsicht kein sicherer Ort.

Gontard blieb am Fuß der Treppe stehen und horchte. Im Obergeschoss schien alles ruhig. Erleichtert stieg er hinauf. Die Dunkelheit in dem fensterlosen Aufgang störte ihn schon lange nicht mehr, dem Fuß war jede Stufe und jede Diele vertraut. Dennoch wäre eine noch so kleine Gasflamme hilfreich gewesen.

Unvermittelt verharrte er auf der vorletzten Stufe. Irgendetwas, ein leises Geräusch oder ein kaum wahrnehmbarer Geruch, warnte ihn. Er spürte, dass er nicht alleine war. Als er suchend die Hände ausstreckte und tatsächlich den nachgiebigen Widerstand eines bekleideten Körpers spürte, traf ihn ein mörderischer Hieb auf den Kopf. Von dem heftigen Stoß, der ihn die Treppe hinunterschleuderte, merkte er nichts mehr.

Als er wieder zu sich kam, roch er zuerst Zerkelwitz' Bieratem und nahm dessen besorgte Miene wahr. »Dem Himmel sei Dank, er schlägt die Augen auf!«, sagte der Hauswirt, worauf sich seine Frau ins Bild schob und Gontard mit einem feuchten Tuch im Gesicht herumfuhr, als gelte es, Staub zu wischen.

»Se sind die Treppe runterjefallen!«, erklärte sie ihm in ihrem schlesischen Idiom. »Se sollten ihr doch niemals ohne Licht benützen!«

»Jemand hat mich von oben hinuntergestoßen!«, ächzte Gontard, der langsam zu sich kam. Noch konnte er nicht feststellen, woher all die Schmerzen in Kopf und Rumpf rührten.

»I wo denn! Niemand war im Hause«, widersprach die Frau. »Nich wahr, Adam?«

»Wer sollte Sie wohl gestoßen haben?«, fragte auch der. Sein gedunsenes Gesicht leuchtete im schwachen Schein des Talglichts in seiner Hand.

»Oben hat einer auf der Lauer gelegen«, beharrte Gontard. Er griff sich an den Kopf und fühlte Blut und eine schmerzende Beule. »Man hat mir auf den Kopf geschlagen.«

Die Frau fuhr mit dem Tuch über die Wunde und betastete die Beule. »Des is nur von der Treppe«, sagte sie.

Gontard wollte den Kopf schütteln, doch es ging nicht. »Es stand jemand oben. Mit einem Knüppel in der Hand wahrscheinlich«, widersprach er schwach.

Die Frau verdrehte die Augen. »Nu, nu komm' Se erscht mal richtich zu sich, Herr Major. Wer sollte denn so was machen?«

»Wir haben nur den Lärm von Ihrem Sturz gehört«, ergänzte ihr Mann. »Hier war keiner außer Ihnen im Haus.«

Gontard fühlte sich nicht in der Verfassung, mit den beiden zu streiten. »Der Thorweg stand offen ...«, stöhnte er nur und versuchte sich aufzurichten.

»Ja, ja. Mein Mann wollt' em ja jrade abschließen, wie wir Sie ham stirzen heern.«

Gontard gab es auf und sagte beinahe kläglich: »Mein Pferd ... Es steht im Hof ...«

»Ich seh' gleich mal nach«, versprach Zerkelwitz. »Aber erst müssen wir rausfinden, ob Sie sich auch nichts gebrochen haben.«

Mit Hilfe der beiden gelang es Gontard aufzustehen. Die linke Schulter schien verletzt, der Schmerz am Rumpf hinderte ihn daran, tief zu atmen, und sein Schädel dröhnte wie eine Landsknechtstrommel. Es bereitete einige Mühe, ihn bis in den ersten Stock und in seine Schlafkammer zu geleiten, wo die Eheleute ihm beim Auskleiden halfen. Auch sein rechtes Bein hatte gelitten.

»Am besten holen wir einen Dokter!«, schlug Frau Zerkelwitz vor.

Gontard nickte. »Meinen Freund Kußmaul«, stöhnte er. Der würde ihm helfen. Aber war nicht heute Sonntag? Wer weiß, wo Friedrich sich gerade aufhielt. Zu Hause sicherlich nicht. »Gleich um die Ecke, im Knoppe'schen Haus, wohnt ein Arzt, er heißt Doktor Bächerle ...« Er instruierte Zerkelwitz, dort vorbeizugehen und anschließend Waldemar in den Stall zu bringen. »Versuchen Sie nicht zu reiten!«, warnte er. »Der Hengst ist ungebärdig!«

Zerkelwitz lachte geräuschvoll und prahlte: »Ich bin meinen Lebtag noch mit jedem Gaul fertig geworden!«

Gontard verzog das Gesicht. Der Schmerz in Kopf, Rumpf und Bein hinderte ihn daran zu widersprechen.

Kaum hatten ihn die fürsorglichen Hausleute verlassen, versuchte er aufzustehen. Es kostete ihn erhebliche Anstrengungen, sich mit schmerzverzerrtem Gesicht zu erheben und bis zur Tür zu schleppen. Dort wurde ihm schwarz vor Augen. Krampfhaft hielt er sich am Türrahmen aufrecht, bis der Schwindel verebbte und er sich wieder etwas besser fühlte.

Dennoch schien die Tür zum Salon unendlich weit entfernt. Schwerfällig tastete er sich an der Wand entlang und öffnete die Tür.

Der erste Blick in den Raum offenbarte ihm, dass seine Sorge nicht unberechtigt gewesen war. Im dämmrigen Licht des frühen Abends war unschwer zu erkennen, dass jemand in aller Eile Kisten und Kasten durchwühlt hatte. Gontard schlurfte zum Tisch. Nur ein einziger Gedanke bewegte ihn: Weshalb hatte er seiner Eingebung nicht vertraut und Heidenreichs Aufzeichnungen nicht versteckt?

Erneut überkam ihn der Schwindel, als er eine Kerze anzündete, um sich genauer umzusehen, und er sank auf das Sofa. Auf dem Tischchen vor seinen Augen lagen nur noch zwei Journale. Wer immer beim Durchsuchen des Salons von ihm gestört worden war – die pergamentene Kladde und Henriettes ungeöffneten Brief hatte er mitgenommen.

Doktor Bächerle fand ihn ohnmächtig auf dem Sofa liegend, die bloßen Füße auf den blanken Dielen.

»Sie haben sich nicht einmal zugedeckt!«, mahnte Bächerle.

Gontard benötigte einige Zeit, um zu begreifen, weshalb der Doktor plötzlich vor ihm stand.

»Sie sind auf der Treppe gestürzt. Erinnern Sie sich?«

Gontard nickte. In seinem Kopf schien eine riesengroße Kugel zu rollen. »Man hat …«, setzte er an, vollendete den Satz jedoch nicht. Er erinnerte sich, dass ihm die Wirtsleute nicht geglaubt hatten. Wenn man ihn überfallen hatte, und dessen war er sicher, ging es Bächerle nichts an.

Der besah sich die Kopfwunde und versorgte sie. »Ich habe noch immer keine Approbation«, bemerkte er dabei.

Gontard gab ihm zu verstehen, dass ihn das nicht interessiere. »Schauen Sie nur, ob etwas gebrochen ist«, sagte er. »Und geben Sie mir was gegen die Schmerzen!«

Doktor Bächerle erwies sich als wenig zimperlich bei seiner Untersuchung. Zweimal schrie Gontard laut auf, was den Arzt kaum störte.

»Die Schulter ist geprellt, das Kniegelenk ein wenig verdreht«, stellte er fest, »und zwei Rippen sind gebrochen oder mindestens angebrochen. Dagegen lässt sich ohnehin nichts anderes tun, als abzuwarten.«

Er kramte in seiner großen Ledertasche und förderte eine beinerne Röhre ans Licht, der er eine Stahlspitze aufsetzte.

»Was wird das?«, erkundigte sich Gontard stöhnend.

Bächerle erläuterte es, während er die Spitze in einem Fläschchen versenkte. »Eine Injektion. Das ist eine ganz neue Art der Behandlung aus England, mit der man jedes beliebige Mittel viel schneller ins Blut bringen kann als durch die bloße Einnahme.«

»Damit durchstechen Sie die Haut?«, fragte Gontard alarmiert. »An welcher Stelle, bitte?«

Der Doktor sah ihn verwundert an. »Am besten natürlich in der Nähe des Schmerzherdes«, sagte er. »Aber die Wirkung setzt auch ein, wenn ich die Spritze im Arm oder Bein ansetze. Das Mittel verbreitet sich über den ganzen Körper.«

Gontard schüttelte den dröhnenden Kopf. »Keine Spritze!«, sagte er entschlossen. Es war unsinnig, aber er sah in diesem Augenblick den Einstich in Albertines Armbeuge vor sich.

Bächerle lächelte anzüglich. »Wie Sie wünschen! Ich wollte Ihnen möglichst schnell helfen. Doch wenn Sie den winzigen Stich so sehr fürchten ...«

Gontard fiel kein geeigneter Vorwand ein. »Das nicht, aber ...«, sagte er und stöhnte auf, als raube ihm der Schmerz im Augenblick die Sinne.

Der Doktor entleerte die beinernen Kolben zurück in das Fläschchen und sagte beruhigend: »Ich kann Ihnen *Hyoscyamos* auch in Tropfenform verabreichen. Es hilft recht gut gegen Schmerzen aller Art. Gegen die Erschütterung des Hirns allerdings nicht. Da hilft nur absolute Ruhe.«

Als Bächerle sich verabschiedete, vermochte Gontard eine Frage nicht zurückzuhalten. »Mit so einer Spritze könnte man einem Menschen auch Gift beibringen, nicht wahr?«, sagte er und ärgerte sich im gleichen Moment darüber. Derartiges ließ sich mit Kußmaul allemal besser und unverdächtiger bereden.

»Selbstverständlich«, antwortete Bächerle unbeeindruckt. »Auch *Hyoscyamos nigre*, das gemeine Bilsenkraut, ist ebenso wie *Stramonium* oder *Belladonna* eine Arznei, welche durch Einwirkung auf das Nervensystem die Empfindlichkeit für den Schmerzeindruck vermindert. Alle diese Mittel können in entsprechend hoher Dosierung tödlich wirken.«

Gontard nickte. »Ich weiß«, sagte er. Kußmaul hatte ihm schon manchen Vortrag über die Wirkung von Giften gehalten.

Bächerle packte in Ruhe seine Tasche. »Man sollte nur bedenken«, sagte er und lächelte dabei Gontard zu, »dass sich alle Gifte im Körper noch lange nach dem Tode nachweisen lassen.«

Einundzwanzig

Als Friedrich Kußmaul am darauffolgenden Vormittag endlich an Gontards Krankenbett trat und die Schädelwunde neu versorgte, bestätigte er Bächerles Diagnosen und die Behandlungsmethode. »Scheint ein aufgeklärter Mann zu sein«, bescheinigte er dem Kollegen. »Diese Spritzengeschichte ist wahrhaftig recht neu.«

»Ich habe darüber nachgedacht«, sagte Gontard, der eine schlaflose Nacht damit verbracht hatte, sich den dumpfen Schädel zu zermartern. »Ein solches Instrument könnte der Mörder benutzt haben. Und rein zufällig wohnt der Doktor Bächerle in dem Haus, in dem Heidenreich und Albertine zu Tode kamen ...«

Kußmaul musterte ihn, wie man eben einen armen Kranken betrachtet, und sagte: »Du bist ein unverbesserlicher Schwarzseher! Der Mann wohnt keine Woche hier und bringt ausgerechnet im Hause seiner künftigen Praxis gleich zwei ihm unbekannte Menschen um. Hältst du ihn für einen solchen Narren?«

Ob Gontard wollte oder nicht – er musste Kußmauls Urteil zustimmen. »Die Spritze ist dennoch auffällig«, beharrte er.

»Nicht auffälliger als die Beule auf deinem weisen Haupt«, entgegnete Kußmaul, »das du nach dem übereinstimmenden Rat der Herren Doktoren Bächerle und Kußmaul gefälligst schonen solltest. Mit einer Hirnerschütterung ist nicht zu spaßen. Sei froh, dass dir nicht mehr zugestoßen ist bei dem Schlag und dem Sturz! Du hättest dir leicht das Genick brechen können.«

»Welch tröstlicher Gedanke ...«, stöhnte Gontard. »Es wäre sehr freundlich von dir, wenn du Heidenreichs restliche Aufzeichnungen vom Banquier Gollwitzer holen würdest. Vielleicht bringen die mich auf andere Gedanken.«

Kußmauls Einwand, er solle besser das Lesen unterlassen, ließ er nicht gelten. »Ich kann nicht den ganzen Tag herumliegen und die schlecht gekalkte Zimmerdecke anstarren«, sagte er. »Ich stelle dir eine Vollmacht aus, und Gollwitzer wird dir die Papiere aushändigen.«

So war es auch, und zusätzlich brachte Kußmaul vom Banquier die Nachricht mit, ein unauffälliger Herr mit auffällig braunem Haar und hervortretenden Augen habe sich bei ihm nach seinen Geschäftsbeziehungen mit dem Major von Gontard erkundigt.

»Liborius!«, sagte Gontard. »Aber den Schlag mit dem Knüppel hat er gewiss nicht selber geführt.«

Dennoch war ihm höchst unwohl bei dem Gedanken, den glotzäugigen Spitzel im Besitz von Heidenreichs Kladde zu wissen. Ob es dem allerdings gelingen würde, hinter den Sinn von Gebhardts verklausulierten Aufzeichnungen zu kommen, war zu bezweifeln. Damit versuchte Gontard sich zu trösten.

Die bei Gollwitzer gelagerten Papiere enthielten, wie nicht anders erwartet, ausschließlich Notizen und Protokolle zu den wissenschaftlichen und technischen Versuchen und Problemen, die Heidenreich in starkem Maße beschäftigt hatten. Persönliches fehlte gänzlich.

Müde betrachtete Gontard Blatt für Blatt, das eine oder andere würde er noch einmal gewissenhafter prüfen, wenn er den Unterricht an der Schule wiederaufgenommen hatte.

Vielleicht morgen, dachte er, musste aber auch am nächsten Tag feststellen, dass es ihm trotz Kußmauls Heilkunst und Minna Koblanks selbstloser Pflege nur wenig besser ging. Als daher am späten Vormittag die Klingel gezogen wurde und er unten Minnas ablehnende Stimme vernahm, hoffte er, sie würde jeden unerwünschten Besucher abwehren. Wenig später jedoch trat sie erregt in den Salon, wo er es sich auf dem Sofa bequem gemacht hatte.

»Die Dame is nich abzeschitteln!«, stieß Minna voller Empörung hervor. »Muss partout ein paar dringende Worte mit Sie reden, sagt se! Es wäre wichtich.«

Gontard lächelte unter Schmerzen. »Um wen handelt es sich denn?« fragte er.

»Des isses ja! Ihr Name tät Ihn' nischt saren, sagt se. Es wär' wejen dem Dokter Heidenreich ...«

Gontard vergaß allen Schmerz. »Ist sie groß und schlank?«

Minna Koblank nickte missbilligend. »So kann man et ooch nenn'«, sagte sie. »So 'ne richtje dirre Bohnstange, wenn Se mir fraren.«

»Dann bitten Sie sie höflich herauf«, sagte er, und als Minna noch zögerte, fügte er hinzu: »Schnell bitte!«

Er empfing die schwarzgekleidete Dame, die ihr blondes Haar unter einem Hut mit Schleier verbarg, an der Tür, musste sich aber gleich darauf wieder auf dem Sofa niederlassen, weil ihn der Schwindel übermannte. »Nehmen Sie bitte Platz!«, bat er.

»Es tut mir unendlich leid, Sie in Ihrem beklagenswerten Zustand zu belästigen«, sagte sie, die sich ihm als Melitta von Potzlow vorgestellt hatte. »Ich habe von Ihrem Unglück erfahren ...«

Gontard hob beruhigend die Hand. »Es geht schon wieder«, sagte er. »Sie sind mir herzlich willkommen.«

Sie schlug den Schleier an ihrem Hut zurück, so dass er ihre feinen Gesichtszüge und ihre blasse Haut erkennen konnte. »Danke«, sagte sie mit angenehmer Stimme. »Sie wissen, wer ich bin?«

Gontard bemühte sich um eine liebenswürdige Miene, was ihm angesichts seiner Schmerzen nicht leicht fiel. »Ich glaube schon ...«, entgegnete er höflich.

Sie zögerte. »Dennoch weiß ich nicht so recht, womit ich beginnen soll ...«

Ahnte sie, wie viel er über sie wusste? »Mit unserem gemeinsamen Freund Gebhardt Heidenreich?«, schlug er vor.

Das Lächeln, das ihre blassen Züge verschönte, wirkte ein wenig schmerzlich. »Hat er Ihnen viel von mir erzählt?«, fragte sie.

Kein Wort, hätte er jetzt wahrheitsgemäß antworten und ihr von den Aufzeichnungen berichten müssen, die wohl unwiederbringlich in die falschen Hände gelangt waren. Sollte er sie gleich mit dem ersten Satz derart beunruhigen?

»Ich weiß eine ganze Menge«, sagte er deshalb. »Allerdings nicht, weshalb er Sie stets nur L. genannt hat.«

Ihre Augen waren blau, die Nase schmal, der Mund ausdrucksvoll. Wieder lächelte sie schwach. »Er nannte mich Lia, wie damals alle meine hiesigen Freunde. Er fand, es klinge poetischer als Melitta.«

Sie sagte *damals*, dabei lag die Zeit vermutlich kaum ein Jahr zurück. Gontard sagte nichts dazu.

»Was wissen Sie denn sonst noch über ... uns?«, fragte Melitta von Potzlow, genannt Lia, und nunmehr von Streyth.

»Nun, zum Beispiel, wie und wo Sie sich kennengelernt haben, welch tiefen Eindruck Sie auf ihn gemacht haben, wie sehr er Sie verehrt – und leider auch, wie schwer ihn die Trennung getroffen hat.«

Unter ihrem hochgeschlagenen Schleier sah sie ihn schweigend an. Keine Schönheit, aber eine interessante und vermutlich kluge Frau nicht ohne Reiz. »Ich habe auf meine Familie gehört ...«, sagte sie schließlich wie zur Entschuldigung.

Gontard nickte verständnisvoll, was in seinem Kopf eine neue Schmerzattacke hervorrief.

»Sie wissen, dass ich inzwischen Frau von Elster, genannt von Streyth, bin?«

Diesmal besann sich Gontard rechtzeitig und antwortete, ohne den Kopf zu bewegen: »Ich weiß. Ihr Gatte hat Ihnen gewiss von unserer Auseinandersetzung berichtet ...«

Ihrer erschrockenen Miene war anzusehen, dass von Streyth nicht darüber gesprochen hatte. »Wann war das?«, fragte sie erregt.

»Am Sonntag. Kurz bevor das hier geschah«, entgegnete Gontard ruhig und wies auf seinen verpflasterten Schädel.

Sie schien sehr beunruhigt. »Und Sie meinen, er wäre es gewesen, der Sie ...«

»Nein, nein«, widersprach Gontard sofort. »Das ist ganz unmöglich. Ich bin hier im Hause auf der Treppe unglücklich gestürzt, während der Herr Oberst-Lieutenant zur selben Zeit noch im Thiergarten unterwegs gewesen sein dürfte.«

»Aber Sie hatten sich mit ihm gestritten?«

»Das wäre zu viel gesagt. Er hat sich lediglich gegen den Verdacht verteidigt, mit Gebhardts Tod in Verbindung gebracht zu werden.«

»Hegen Sie einen solchen Verdacht noch immer?«

»Nein«, sagte Gontard nicht ganz wahrheitsgemäß. »Gebhardt ist nach bisherigen medizinischen Gutachten seiner Alkoholsucht erlegen.«

»An der ich die Schuld trage, nicht wahr?«, stellte sie nicht ohne Bitterkeit fest.

»Nun, es ist nicht zu bestreiten, dass er im letzten halben Jahr zu viel getrunken hat ...«

»Seit ich mich gegen mich selbst entschieden und Aemilius geheiratet habe.«

Gontard hob die Schultern, aber auch das tat weh. »Wer wollte Ihnen daraus einen Vorwurf machen? Wir sind alle Gefangene gewisser Konventionen ...«

Seine Worte schienen sie nicht zu beruhigen. »Konventionen«, sagte sie bitter. »Ich habe lange versucht, mich darüber hinwegzusetzen. Bis ich erfuhr, wer angeblich mein leiblicher Vater ist.«

Er sah sie lange an. Wiesen außer ihrer Größe nicht sogar ihre Gesichtszüge eine deutliche Ähnlichkeit mit August auf, dem er oft genug begegnet war? »Ich weiß auch das«, sagte er mitfühlend.

»Sie kennen ihn selbstverständlich. Und Gebhardt kannte ihn auch. Ich hingegen habe ihn erst vor einer Woche kennengelernt. Ihn und seine jüngste Eroberung. Eine sehr zarte, anmutige Erscheinung, beinahe so groß wie ich und aus Perleberg gebürtig.«

»Perleberg?«, stieß Gontard überrascht hervor, dem sofort der verschwundene Lord Bathurst einfiel.

»Ja«, bestätigte sie. »Dazu meine reizende Halbschwester Charlotte. Sie ist gerade zwei Jahre alt.«

Wieder nickte Gontard unwillkürlich unter Schmerzen. Das alles wusste er aus Heidenreichs Aufzeichnungen.

Sie aber fuhr voller Verdruss fort: »Und wegen eines solchen Vaters habe ich Gebhardt aufgegeben!«

Er verstand ihre Erregung, sagte dennoch: »Das ist nun nicht mehr zu ändern.«

»Nein, es ist nicht zu ändern, was ich ihm angetan habe«, bestätigte sie in anklagendem Ton. »Gebhardt war eine empfindsame Seele. Wie mag er sich gefühlt haben, als er im Februar von meiner Anwesenheit in Berlin und meiner Verlobung mit dem verwitweten Oberst-Lieutenant erfuhr? Ich hatte ja keine Ahnung, wie gut die beiden sich kannten!«

»Und nicht besonders mochten. Das hatte aber überhaupt nichts mit Ihnen zu tun. Hat Gebhardt sich vorher nie bei Ihnen über den Herrn von Streyth beklagt?«

»Er hat wenig über die Schule gesprochen. Und wenn, dann von Ihnen oder einem gewissen Professor Ohm. Manchmal hat er sich über einen verknöcherten alten Major lustig gemacht.«

»Der dann überraschend befördert wurde.«

»Auf wessen Anordnung wohl? Es hat lange gedauert, bis ich das Spiel durchschaute, in dem ich nur eine Figur bin. Wie hat Gebhardt es ertragen, beinahe täglich meinem Herrn Gemahl zu begegnen?«

Gontard lächelte. »Er hatte die Absicht, ihn zum Duell zu fordern, konnte sich jedoch meinen gegenteiligen Ausführungen nicht gänzlich verschließen.«

»Weshalb wollte er sich für eine Frau schlagen, die ihn so niederträchtig verraten hat? War ich für ihn nicht durch eine Ehe mit dem Oberst-Lieutenant ausreichend gestraft?«

Voller Mitleid fragte Gontard: »Ist es so schlimm?«

»Nein.« Sie lächelte sogar. »Aemilius benimmt sich mustergültig. Ich habe ihm einen Sohn und Erben geschenkt. Das alleine macht ihn glücklich. Er stellt keine Fragen, und wir sind übereingekommen, den Namen Gebhardt Heidenreich im Gespräch miteinander nicht zu erwähnen.«

»Das ehrt den Herrn Oberst-Lieutenant.«

»Am liebsten würde er aus dem Schuldienst ausscheiden.«

»Er verfügt über die besten Beziehungen. Einem solchen Gesuch mit hoher Protektion wird man sicher stattgeben.«

»Dennoch möchte ich nicht in der Provinz versauern. Mein Sohn soll hier in der Residenz aufwachsen. Darüber sind Aemilius und ich uns einig.«

Minna Koblank klopfte und trat ein. Ohne der Besucherin mehr als einen neugierigen Blick zu gönnen, mahnte sie: »Se miss'n Ihre Ruhe ham, Herr Major!«

Beruhigend winkte Gontard, den das Gespräch sehr angestrengt hatte, ihr zu. »Einen Augenblick noch, Minna. Dann werde ich auch brav schlafen.«

Grollend zog sich Minna zurück, während sich Melitta von Potzlow, genannt von Streyth, erhob und sich noch einmal für ihre Aufdringlichkeit entschuldigte.

»Keine Ursache«, meinte Gontard. »Ich habe nur den wahren Grund für Ihren Besuch noch immer nicht erfahren.«

Sie errötete. Auch das stand ihr gut. »Ursprünglich wollte ich Ihnen nur eine Frage stellen«, sagte sie zaghaft.

»Bitte.«

Sie zögerte. »Hat Gebhardt Ihnen gegenüber je den Verdacht geäußert, der leibliche Vater meines Sohns Emil zu sein?«

Überrascht sah Gontard sie an. Erst vor etwa drei Wochen hatte jemand an der Schule beiläufig Streyths Stammhalter erwähnt. Ein Gerücht, das Heidenreich sicherlich mit einem neuerlichen Wutausbruch in den nunmehr verlorenen Aufzeichnungen festgehalten hatte.

Wäre er überzeugt gewesen, der leibliche Vater des Streyth'schen Ablegers zu sein, hätte er vermutlich daran gedacht, Mutter und Kind zu entführen, um irgendwo in der Fremde – und sei es in Amerika – ein neues Leben zu beginnen.

Oder hätte er sich auch nur halbwegs damit abgefunden, den Nachkommen der Hohenzollern ein weiteres, auf verworrene Weise mit beiden Häusern verwandtes Glied hinzugefügt zu haben? Einen Sohn, der mit einigem Fug und Recht den eigenen Großvater als einen Neffen des einzigen Friedrich bezeichnen durfte? Was für eine absurde Vorstellung!

»Nein!«, sagte Gontard mit Überzeugung. »Eine solche Annahme hat Gebhardt niemals und niemandem gegenüber geäußert.«

Erst nachdem ihn Frau von Streyth längst und – wie er glaubte – beruhigt verlassen hatte, kam Gontard der Gedanke, dass dies möglicherweise die Entdeckung gewesen war, von der Heidenreich am Vorabend seines Todes gesprochen hatte.

Zweiundzwanzig

Zwei weitere Tage lang ließ Gontard sich von Minna Koblank pflegen, bevor ihn die Beerdigung des Freundes zu einem ersten Ausflug zwang. Das Pflaster auf seinem Schädel verdeckte der hohe Tschako, die immer noch beachtlichen Schmerzen in Rumpf und Schulter ließ er sich nicht anmerken, und dass er leicht hinkte, fiel im gemessenen Schritt des Leichenzuges kaum auf.

Die Artillerieschule war durch den Director und einen Teil des Lehrkörpers vertreten, zu dem zu Gontards Überraschung auch Aemilius von Streyth zählte, der ihn vorerst übersah. Hinter den Notabeln schritt eine starke Abordnung der Fähnriche einher, gefolgt von Studenten und anderem jungen Volk, das sich zu Heidenreichs Anhängern zählte.

Die Knoppes waren erschienen, wenn auch nicht der Doktor Bächerle. Immerhin war es den Eltern gelungen, am entfernten Wedding ein christliches Begräbnis für die Tochter durchzusetzen, nachdem der Professor Casper eine Mitwirkung von dritter Hand bei Albertines Tod nicht hatte ausschließen wollen, was gleichermaßen für Heidenreich galt. Die abschließende und amtliche Bestätigung für eine solche Vermutung lag bisher allerdings nicht vor, wie Kußmaul dem Freund zuflüsterte, während der katholische Priester sein fremdartig anmutendes Ritual vollzog. »Gift ist nicht gefunden worden, sieht man von Spuren in Albertines Hals und Zungenbereich ab.«

Kußmaul war erst in letzter Minute in der Kirche aufgetaucht und hatte sich zu Gontard durchgedrängt, den die Trauergemeinde als den Hauptleidtragenden betrachtete. Heidenreichs süddeutsche Familie in ihrer kleinstädtischen Abgeschiedenheit zu erreichen war in der Kürze der Zeit offenbar nicht gelungen.

So war es denn auch Gontard, der gezwungenermaßen die Beileidsbezeugungen am offenen Grabe entgegennahm und dies eigentlich nur in der Hoffnung tat, die eine oder andere Erkenntnis daraus zu ziehen. Der Oberst-Lieutenant nahte sich ihm mit undurchdringlicher Miene und deutete stumm eine leichte Ehrerweisung an, worauf Gontard mit einem ebenso stummen Nicken antwortete. Widerstrebend war er inzwischen bereit, die Spur von Streyth endgültig aus den weiteren Betrachtungen über Heidenreichs Tod zu streichen. Dessen Anwesenheit bei der Beerdigung trug das ihre dazu bei. Er hielt von Streyth einfach nicht für kaltblütig und empfindungslos genug, eine solche öffentliche Vorführung darzubieten, falls er wirklich in die Morde verstrickt war.

Denn dass es sich um Tötungsverbrechen handelte, davon war Gontard mehr als zuvor überzeugt. Die Casper'schen Untersuchungsergebnisse waren im Fall der Gewebeanalyse in den Armbeugen negativ ausgefallen. Außer einem gehörigen Quantum an Alkohol hatten sie keinerlei Giftstoffe in Heidenreichs Körper und Organen nachgewiesen, der Tod war durch Herzstillstand eingetreten. Noch eigenartiger nahmen sich die Resultate im Fall der Albertine Knoppe aus, in deren Magen sich keine

Spuren des Giftes fanden, mit dem sie ihrem Leben angeblich ein Ende gesetzt hatte. »Vielmehr scheint es«, so hatte sich der Professor bei einer kurzen Zusammenkunft mit Kußmaul geäußert, »als hätte man ihr das Mittel nachträglich eingeflößt, so dass etwas davon sogar in der Luftröhre nachzuweisen war. Tödlich konnte sich die geringe Dosis auf keinen Fall auswirken.«

Ein ähnliches Gutachten teilte Professor Casper dem Commissarius Werpel mit, der es achselzuckend zu den Akten nahm. Wie er den Mörder in zwei möglichen Mordfällen ermitteln sollte, in denen nicht einmal feststand, auf welche Weise die Opfer ums Leben gekommen waren, ging aus Caspers Schreiben nicht hervor. Da Werpel jedoch ein gewissenhafter Beamter war, legte er im selben Aktenstück auch die hinterlassene Botschaft der Albertine Knoppe samt dem Teil eines Briefes ab, den ihm Gontard mit einer verschwommenen Erklärung wegen der Unvollständigkeit des Textes übergeben hatte.

Der Commissarius hatte wahrhaftig anderes zu tun. Auf dem an die Neustädtische Kirchstraße grenzenden Gartengelände der Freimaurerloge »Royal York zur Freundschaft«, das sich bis ans Spreeufer hinunter erstreckte, war am Morgen zuvor die Leiche eines jungen Mannes gefunden worden, die keine äußeren Zeichen von Gewaltanwendung aufwies. Bisher stand nicht einmal fest, wer der Tote überhaupt war.

Seufzend begab sich Werpel auf den Weg zur Dorotheenstraße 24, wo die Loge in dem von Schlüter für den Oberhofmeister von Kameke erbauten Gebäude residierte. Vor dem Thor des von einem eisernen Gitter umzäunten Vorhofs kam sein Wägelchen zum Stehen, und in einer gewissen feierlichen Stimmung betrat Werpel den vielgerühmten Bau, der sonst jedem Fremden verschlossen blieb.

Glücklicherweise weilte jener entschlossene Mann im Hause, den in der Nacht vor dem Fund des Toten verdächtige Geräusche in den Garten gelockt hatten. Eine Gestalt, eher massig als schlank, so berichtete der furchtlose Wächter, sei bei seinem Erscheinen über den Zaun zur Neustädtischen Kirchstraße hin entkommen. Er habe einen versuchten Einbruch vermutet und trotz des nächtlichen Regens noch mehrere Rundgänge durch den Garten unternommen, wobei er erst in der Morgendämmerung nahe dem Spreeufer beinahe über den Toten gestolpert sei.

Werpel fand nichts an dieser klaren Aussage auszusetzen. Im Garten, den sie anschließend besichtigten, waren zwischen Zaun und Fundort der Leiche durch den Regen verwaschene Schleifspuren zu erkennen, als hätte jemand eine Last in die Nähe des Flussufers gezerrt. Auch das schien eindeutig: Der über den Zaun Entkommene war dabei gestört worden, sich endgültig der Leiche zu entledigen.

Um wen es sich bei dem mit dem Nasenquetscher bereits abtransportierten Toten handelte, würde sich herausstellen. Papiere oder Wertgegenstände waren bei ihm nicht gefunden worden.

Als Gontard am gleichen Nachmittag vom Unterricht in der Artillerieschule zurückkehrte, erwartete Minna Koblank ihn mit kaum verhohlener Unruhe. Trotz der Schmerzen und der gelb-violetten Male am Körper hatte Gontard den Dienst vor einer Woche wiederaufgenommen. Der Treppensturz eines Offiziers konnte kaum als Ursache einer ehrenvollen Verwundung gelten, und von dem Überfall wusste außer den Zerkelwitzens, die ihn so vehement bestritten, nur Kußmaul. Selbst Minna Koblank gegenüber hatte Gontard eine wenig glaubwürdige Ausrede für die Unordnung im Salon gebraucht. Seitdem überwachte sie sein Tun mit noch mehr Argwohn als zuvor. Einmal hatte sie ihn gefragt, ob er denn den Brief seiner Frau beantwortet habe.

»Die arme Frau Knoppe war hier«, empfing ihn Minna an diesem Tag.

Gontard sah sie aufmerksam an und wartete ab, was ihre Beunruhigung sichtlich steigerte. »Sie wollte bei Ihn'!«

Gontard hatte die Knoppes seit Albertines Beisetzung nicht mehr gesehen. »Hat man Heidenreichs Hinterlassenschaft endlich freigegeben?«, fragte er. Ihm lag nicht viel daran. Seit er den größten Teil der Aufzeichnungen gelesen und die restlichen, bei Gollwitzer deponierten Papiere einer gründlichen Durchsicht unterzogen hatte, erwartete er vom Rest in Heidenreichs Stube keine sonderliche Überraschung.

»Davon hat'se nüscht jesagt.« Minna nestelte einen braunen Umschlag hervor, den sie ihm mit sichtlichem Widerstreben reichte. »Den Brief hat'se jebracht. Se meint, Sie wären allemal vertrauenswürdja als der Commissarius.«

Der Brief war an Doktor Gebhardt Heidenreich adressiert.

Bei aller Neugierde zögerte Gontard, das versiegelte Schreiben zu öffnen. War er nicht schon tief genug in Heidenreichs privates Leben eingedrungen? Es war zweifelhaft, ob der Brief ihm bei seinen steckengebliebenen

Nachforschungen helfen würde. Andererseits ehrte ihn Martha Knoppes Vertrauen.

Zu Minnas Enttäuschung sagte er nur »Danke« und nahm den Brief mit in den Salon. Er öffnete das Fenster, um den derben Umschlag im letzten Licht des Tages zu begutachten. Falls jemand das Siegel erbrochen hatte, so war das nicht ohne Geschick geschehen. Man erzählte sich wahre Wunderdinge von den diesbezüglichen Fertigkeiten im schwarzen Postkabinett. Und wenn Heidenreichs Post dort gelesen worden war, dann stand ihm als engem Freund durchaus das Recht zu, den Brief zu öffnen.

Es handelte sich nur um einen einzigen, nicht einmal eng beschriebenen Bogen in der schwer zu entziffernden Schrift eines gewissen Sebastian. Ein Freund aus Heidenreichs Studientagen in Tübingen, wie Gontard sich erinnerte.

Du hast wie immer recht und Dein vorzügliches Gedächtnis trügt nicht, hieß es da. *Die Sache ist IHM nie nachgewiesen worden, doch hat er die Fakultät in Schimpf und Schande verlassen müssen und ist wohl auch anderen Ortes ohne Abschluss auffällig geworden. Sobald ich Näheres herausgefunden habe, schicke ich Dir alle Unterlagen ...*

Der Rest bestand in einem Kurzbericht über Sebastians Wohlbefinden und entsprechenden Wünschen für den Freund in der fernen preußischen Residenz.

Lange hielt Gontard das Blatt in der Hand und las die ersten Zeilen immer wieder. Dass Sebastian der in Heidenreichs Aufzeichnungen erwähnte S sein musste, war ihm beim zweiten Lesen klargeworden. Der Brief stellte eindeutig die Antwort auf eine Frage Heidenreichs dar. War es diese Anfrage, die Albertine noch nach dessen Tod in Heidenreichs Auftrag zur Post gebracht hatte? Doch wen betraf sie? Gontard versuchte, sich an die genaue Formulierung in der Kladde zu erinnern.

Wahrhaftig eine Überraschung!, lautete Heidenreichs letzter Eintrag, datiert am Vortag seines Todes. *Muss sogleich S anfragen, ob ich mich nicht irre.*

Es war ein Rätsel nach Gontards Geschmack, das ihm der Freund da hinterlassen hatte. Gehörten dazu nicht auch die Sätze, die Heidenreich bei Kasperski an ihn gerichtet hatte? Er sah Gebhardt schwankend und mit erhobenem Zeigefinger dozieren: »Du wirst begeistert sein von dieser Aufgabe! Eine exorbitante Entdeckung, die ich da mit hochgradiger Wahrscheinlichkeit gemacht habe!«

Weshalb war er nicht auf die Idee gekommen, die Entdeckung könne sich auf eine bestimmte Person beziehen?

»Die Angelegenheit ist nicht ohne Gefahr! Ich verspreche dir, sie wird dein höchstes Interesse wecken und erfordern!«

War die Gefahr, vor der er anscheinend auch Albertine vergeblich gewarnt hatte, so groß gewesen, dass sie beiden das Leben kostete?

Gontard grübelte und schrieb die Sätze Heidenreichs, die ihm einfielen, untereinander auf ein Blatt. War da noch mehr gewesen?

Ja. Heidenreich hatte Gontards hoffnungsvolle Vermutung, der Telegraph funktioniere endlich, verneint: »Leider nicht. Sonst wäre ich schon klüger.«

Gontard verstand. Hätte eine Telegraphenlinie nach Tübingen existiert, wie Heidenreich sie sich erträumte, wäre die schriftliche Anfrage überflüssig gewesen. Er hätte schnell auf die Gefahr reagieren können – und wäre noch am Leben?

Unten zog jemand ungeduldig am Glockenstrang,

Minna Koblank polterte schimpfend die Treppe hinunter. Kaum eine Minute später stürmte Friedrich Kußmaul, ohne eine Antwort auf sein flüchtiges Klopfen abzuwarten, in den Salon. »Du rätst nicht, was ich soeben erfahren habe.«

»Ganz meinerseits«, antwortete Gontard. »Wollen wir mal sehen, wessen Neuigkeit die bessere ist.«

Triumphierend sagte Kußmaul: »Es gibt einen dritten Toten mit einem Einstich in der Armbeuge! Ohne uns hätte Casper die Sache vielleicht gar nicht bemerkt.«

Gontard wollte aufspringen, sank jedoch mit einem Schmerzenslaut auf den Stuhl zurück. Die Rippen! Also erhob er sich behutsam, wies Kußmaul einen Platz auf dem Sofa an und ging zur Tür. »Minna«, rief er, »eine große Kanne Kaffee, und bitte recht stark!« Dem Glasschrank entnahm er zwei Gläser und die festverschlossene Branntweinflasche. »Das haben wir uns jetzt verdient«, sagte er. »Erzähle!«

»Da gibt es nicht viel zu berichten«, sagte Kußmaul nach dem ersten Schluck. »Im Garten der Loge Royal York hat man gestern einen Toten gefunden, dem rein physisch nichts weiter zu fehlen scheint als das Leben. Casper war schon recht ungnädig, da er keine Todesursache feststellen konnte.«

»Um wen handelt es sich bei dem Toten?«

»Um einen Studenten der Pharmazie, wie dein besonderer Freund, der Commissarius Werpel inzwischen entdeckt hat. Ein gewisser Eduard Cordshals, 27 Jahre alt, dem Maurergarten gegenüber in der Neustädtischen Kirchstraße zur Miete wohnend. Die Gegend soll früher als ›das Modderloch‹ bekannt gewesen sein.«

»Hat man noch mehr über ihn herausgefunden?«

Kußmaul grinste. »Da ich dich noch immer ein wenig in deiner Bewegungsfreiheit eingeschränkt weiß, habe ich mich der Mühe unterzogen, selbst bei der untröstlichen jungen Wirtin des Herrn Cordshals vorzusprechen.«

»Nun rede schon!«, forderte Gontard ungeduldig.

»Du wirst es kaum glauben. Der Herr Student pflegte in einem dir nicht gänzlich unbekannten Etablissement in der Friedrichstraße zu verkehren ...«

Gontards Spannung wuchs. »Bei Kasperski? Du meinst, er zählte zu Heidenreichs Bekanntenkreis?«

»Gut möglich.«

Gontard erhob sich – wieder zu schnell. »Worauf warten wir noch?«, ächzte er.

»Auf den Kaffee«, entgegnete Kußmaul ungerührt und blieb ruhig sitzen. »Kasperski läuft uns nicht weg. Zumal es noch eine weitere mitteilenswerte Beziehung zwischen Cordshals und Heidenreich geben könnte ...«

»Die da wäre?«

»Cordshals weilt erst seit drei Wochen in Berlin. Er hat vorher in Tübingen studiert.«

Offenen Mundes starrte Gontard den Freund an. »Sag das noch einmal!«, forderte er.

Kußmaul wiederholte, und Gontard reichte ihm den Brief. »Aus Tübingen!«, setzte er hinzu.

Minna Koblank brachte den Kaffee. Gontard hätte am liebsten darauf verzichtet, Kußmaul hingegen trank ihn langsam und mit Genuss und studierte dabei den Brief. »Nun wissen wir also, wer S ist«, stellte er fest. »Wirst du ihm antworten und auf die Unterlagen warten?«

»Später. Das dauert viel zu lange. Wir werden vorher herausfinden, um welche Person es in der Correspondenz geht.«

»Könnte Cordshals gemeint sein?«

Darauf war Gontard nicht gekommen. »Nein«, sagte er nach längerem Überlegen. »Cordshals ist ein weiteres Opfer …«

»Und wir suchen den Mörder«, ergänzte Kußmaul. »Hast du eine Vorstellung, wie und wo wir ihn finden werden?«

Gontard wirkte plötzlich sehr entschlossen. »Die habe ich!«, sagte er. »Es wird Zeit, dass wir gehen.«

In Kasperskis Weinstube herrschte noch nicht die drangvolle Enge des Abends. »Sie waren lange nicht hier, Herr Major«, begrüßte sie der Wirt. »Ich habe gehört, was Ihrem Freund widerfahren ist. Mein Beileid! So verliert man seine besten Gäste …«

Gontard nickte und rückte ihm vertraulich nahe. »Wie mir zugetragen wurde, haben Sie gestern einen weiteren Gast eingebüßt …«

Kasperski hob die Augenbrauen. »Der Student, den man am Spreeufer gefunden hat? Ich kannte ihn kaum. Er kam erst seit kurzer Zeit.«

»Erinnern Sie sich, ihn jemals im Gespräch mit dem Doktor Heidenreich angetroffen zu haben?«

Kasperskis Miene verschloss sich. »Nach dem Doktor bin ich so oft gefragt worden, dass ich mich besser an gar nichts erinnere.«

»Das verstehe ich«, stimmte ihm Gontard zu. »Aber der junge Mensch – war er vorgestern Abend auch hier?«

Kasperski dachte nach. »Ich denke schon.«

»Alleine?«

Der Wirt sah sich um und beugte sich noch näher zu Gontard, um ihm eine längere Antwort zuzuflüstern, die Kußmaul nicht verstand.

»Das dachte ich mir«, sagte Gontard. Es klang nicht erfreut. Kasperskis Einladung auf einen Schoppen guten Weins schlug er aus. »Vielleicht kommen wir später am Abend noch einmal vorbei«, versprach er.

Draußen auf der Mittelstraße versuchte Kußmaul, Gontard zu entlocken, was der Wirt ihm mitgeteilt hatte.

»Du wirst alles rechtzeitig erfahren«, sagte Gontard unbeirrt. »Lass mich nur machen.«

Sie standen vor dem Knoppe'schen Hause, und Gontard zog die Klingel. Diesmal öffnete Martha Knoppe die Tür. »Der Herr Major!«, rief sie aus. »Hat man Ihnen den Brief ausgehändigt?«

Gontard bestätigte es und lobte sie. »Sie konnten nicht ahnen, dass er gerade im rechten Augenblick eintraf«, sagte er. »Ist der Herr Doktor Bächerle im Hause?«

Frau Knoppe schien ein wenig enttäuscht. »Ich dachte, Sie wollen zu uns ...«, sagte sie. »Bei uns hat sich so viel verändert.«

Gontard war die Ungeduld anzumerken. Dennoch wartete er auf eine nähere Erklärung.

»Mein Mann wird endlich die Fabrik verkaufen«, sagte sie nicht ohne Triumph in der Stimme.

»Dazu kann man Ihnen gewiss gratulieren«, meinte Gontard und schob Kußmaul zur Treppe.

Doktor Bächerle öffnete die Tür seines Salons erst nach längerem Klopfen und trug wie üblich seinen samtenen Schlafrock. Ohne den Kneifer sah er verquollen um die Augen aus, als wäre er gerade aus tiefem Schlaf erwacht. »Der Herr Major!«, stellte er überrascht fest. »Die Rechnung hätte doch Zeit gehabt ...«

Gontard stellte ihm den Doktor Kußmaul vor und sagte: »Manche Rechnungen sollte man so schnell wie irgend möglich begleichen. Dürfen wir für einen Augenblick nähertreten?«

Bächerle zögerte, bat sie aber schließlich doch herein und entschuldigte sich für die Unordnung, die selbst im Schein der einzigen Kerze nicht zu übersehen war. An dem mit Papier und allerlei Krimskrams überladenen Tisch in der Mitte stand nur ein Stuhl, auf einem zweiten lag Bächerles Kleidung. Ein dritter war nicht vorhanden.

»Alles nur behelfsweise«, erklärte der Doktor. »Ich habe mich nämlich noch nicht endgültig entschieden, in Berlin zu bleiben.«

»Das wäre schade«, sagte Gontard, der in der Nähe der Tür stehengeblieben war, und fügte an Kußmaul gewandt hinzu: »Der Herr Doktor Bächerle verfügt nämlich über ein interessantes Instrument, mit dem sich jede Art von Flüssigkeit in den Körper injizieren lässt.«

»Eine Spritze?«, fragte Kußmaul. »Ich habe von diesem englischen Verfahren gehört.«

Bächerle sah irritiert von einem zum anderen und schwieg.

»Ich kann mir vorstellen, dass sich die Armvene besonders gut für eine solche Injektion eignet«, sagte Kußmaul.

Gontard blinzelte ihm zu, erleichtert darüber, dass der Freund so bereitwillig auf sein Spiel einging.

Bächerle, als verließe ihn die Kraft, setzte sich auf das Sofa, auf dem er vorher anscheinend geschlafen hatte. »Sind Sie hier, um mit mir über die Vorteile von Injektionen zu sprechen?«, fragte er mürrisch.

»Es scheint ein nicht ungefährliches Verfahren zu sein«, sagte Gontard immer noch im Plauderton und ohne jeden Vorwurf. »Drei Menschen sind dadurch zu Tode gekommen.«

Bächerle raffte sich auf. »Durch Injektionen?«, fragte er zweifelnd. »Wer hat Ihnen diesen Unsinn zugetragen?«

Gontard zauberte den Brief aus seiner Tasche und sagte, als läse er es von dem Blatt ab: »Ich erhielt heute Post aus Tübingen. Dort soll es einen ähnlichen Fall gegeben haben ...«

Kußmaul staunte über diese Behauptung, ließ es sich jedoch nicht anmerken. Bächerle starrte aus trüben Augen von einem zum anderen und keuchte, als fiele ihm das Atmen schwer: »Was wollen Sie von mir?«

Gontard, immer noch neben der Tür verharrend, blieb bei seinem leichten Ton. »Wir möchten gerne wissen, was Sie dem trunkenen Heidenreich in die Armvene gespritzt haben. Und eine Nacht später der armen Albertine. Und vorgestern dem Studenten Cordshals.«

Bächerle begehrte auf. »Absurd!«, stieß er hervor. »Ich kenne keinen Cordshals! Und außerdem ...«

Gontard unterbrach ihn sanft: »Das ist der junge Mensch aus Tübingen, der Sie am Abend in Kasperskis Weinkeller ansprach. Erinnern Sie sich? Sie verfolgten ihn bis zu seiner Wohnung, und es gelang Ihnen irgendwie, ihn zu überwältigen und die Spritze anzusetzen ...«

»Haben Sie zur Betäubung Ihrer Opfer Äther verwendet oder das moderne Chloroform?«, erkundigte sich Kußmaul interessiert. Und zu Gontard gewandt, fügte er hinzu: »Das erklärt nämlich, wie er Albertine zu einer Bewusstlosigkeit verhalf, in der er ihr die Spritze verabreichen konnte.«

Bächerle hockte auf seinem Sofa. Sein Aussehen hatte sich erschreckend verändert. Die Haut, soweit nicht vom Bart bedeckt, wirkte grau, und seine tiefliegenden Augen flackerten. »Das werden Sie niemals beweisen können!«, sagte er mit Nachdruck. »In keiner der Leichen ist Gift nachzu...« Erschrocken verstummte er.

»... nachzuweisen?«, fragte Kußmaul. »Woher wissen Sie das so genau? Sie sollten sich nicht zu sicher fühlen. Professor Casper ist eine anerkannte Kapazität in der forensischen Medizin.«

»Außerdem ist da der Brief aus Tübingen.« Gontard wedelte mit dem Papier, als enthielte es die endgültige Wahrheit.

»Auch in Tübingen ist mir nichts nachgewiesen worden!«, brachte Bächerle hervor. »Weshalb sollte ich alle diese schrecklichen Dinge begangen haben, die Sie mir andichten?«

»Das ist höchst einfach«, erklärte Gontard. »Weil Heidenreich Sie als den anscheinend nicht überführten Mörder aus Tübingen erkannt hatte und die arme Albertine vor Ihnen warnte. Cordshals traf das Unglück, Sie ebenfalls wiederzuerkennen.«

Bächerle erhob sich. Er deutete eine majestätische Geste an und versuchte, seiner Stimme einen drohenden Ton zu verleihen. »Verlassen Sie unverzüglich meine Wohnung!«

Kußmaul zog den einzigen freien Stuhl unter dem Tisch hervor und ließ sich behaglich darauf nieder. »Nicht bevor Sie ein schriftliches Geständnis abgelegt haben«, sagte er. »Und vergessen Sie nicht, die geheimnisvolle Substanz zu benennen, mit der Sie Ihre Taten ausgeführt haben!«

Bächerles Gesicht verzerrte sich. »Das möchten Sie!«, höhnte er. »Sie werden es nie herausfinden!«

»Die Folter wurde vor knapp hundert Jahren abgeschafft«, sagte Gontard gelassen. »Mit der preußischen Justiz ist dennoch nicht zu spaßen.«

Mit einer kräftigen Armbewegung wischte Kußmaul den Tisch leer und stand auf. »Setzen Sie sich und schreiben Sie!«, befahl er.

Das war der Ton, den Bächerle verstand. Unsicher hockte er sich auf die Stuhlkante.

Gontard fischte einen Bogen aus dem Papierwust am Boden. Auf dem Schreibpult am Fenster fand er Feder und Tinte.

Bächerle sah ihn mit blöden Augen an. »Unter Ihren Blicken kann ich nicht schreiben!«, erklärte er.

Kußmaul und Gontard verständigten sich durch einen Blick. »Wir warten vor der Tür«, sagte Gontard.

In der Diele setzte sich Gontard auf eine Treppenstufe. »Hol bitte den Commissarius«, bat er Kußmaul. »Er soll möglichst schnell kommen, bevor Bächerle es sich anders überlegt.«

Kaum zwanzig Minuten später polterte Werpel die Stufen herauf. »Schreibt er noch?«, fragte Kußmaul, der dem Commissarius folgte.

»Es scheint so.«

Im Salon stürzte etwas Schweres auf die Dielen. Kußmaul, der am nächsten stand, riss die Tür auf. Im Schein der Kerze lag Bächerle als dunkle Masse am Boden. Kußmaul sprang auf ihn zu und versuchte, ihn auf den Stuhl zu hieven. Gontard half ihm. Bächerle gab unbeschreibliche Laute von sich und rang mit weit aufgerissenem Mund nach Atem. Werpel war in der Tür stehengeblieben und betrachtete die Szene ohne jede Erschütterung. »Gift«, bemerkte er tadelnd. »Das hätten Sie doch voraussehen müssen!«

Doktor Bächerles Augen traten weit hervor, er riss den Mund noch einmal auf und erstarrte in der Bewegung.

Kußmaul griff nach seinem Arm. Der linke Ärmel des samtenen Morgenmantels war hochgeschlagen, in der Armbeuge steckte die beinerne Spritze, vor der Gontard so erschrocken war.

Kußmaul zog die blutige Stahlspitze aus dem Einstich und drückte den Stempel bis zum Anschlag. Es trat keine Flüssigkeit aus. Überrascht zog er den Kolben gänzlich aus der beinernen Hülle und roch an beidem. »Nichts!«, sagte er. »Es scheint, als handle es sich um reine Luft ...«

Ärgerlich sah ihn der Commissarius Werpel an und wandte sich Gontard zu. »Als könne man sich mit Luft ums Leben bringen!«, sagte er verächtlich. Dass der angebliche Doktor Henricus Bächerle nicht mehr unter den Lebenden weilte, war unschwer zu erkennen.

Friedrich Kußmaul hob die Schultern. »Nun kannst du dich in Ruhe wieder deinem Lord Bathurst zuwenden«, sagte er zu Gontard.

»Zuerst einmal«, sagte der, »muss ich wohl endlich meiner Henriette schreiben.«

Nachbemerkung

V*erhängnis in der Dorotheenstadt* ist der erste einer Reihe von Kriminalromanen mit dem fiktiven Ermittler Christian Philipp von Gontard. Die Personen, soweit sie nicht historisch belegte Vorbilder haben, und die Handlung, soweit sie nicht historische Ereignisse widerspiegelt, sind erfunden.

Die komplexe Genealogie des Hohenzollernhauses ist weitgehend zuverlässig dargestellt, den illegitimen Nachkommen des in der Literatur häufig unterdrückten und dafür in jüngster Zeit mitunter unangemessen verherrlichten Prinzen August von Preußen (1779–1843) wurde ein weiterer Spross hinzugefügt.

Die technischen und medizinischen Erkenntnisse entsprechen dem Stand um 1840, die Embolie als Todesursache wurde um 1845 von Rudolf Virchow erkannt, etwa zur gleichen Zeit kamen in England Injektionsspritzen in Gebrauch.

Der von Willibald Alexis und Julius Eduard Hitzig in ihrem Pitaval beschriebene Fall des in Perleberg verschwundenen Lord Bathurst ist bis heute ungeklärt.